LA MALÉDICTION DES FLORES

ANGÉLICA LOPES

LA MALÉDICTION DES FLORES

roman

Traduit du portugais (Brésil)
par Marine Duval

ÉDITIONS DU SEUIL
*57, rue Gaston-Tessier, Paris XIXe*

Titre original : *A maldição das Flores*
Éditeur original : Editora Planeta do Brasil, 2022
ISBN original : 978-65-5535-731-8

ISBN 978-2-02-152700-1

www.seuil.com

À Lygia, Hilda, Celina et Sonia,
Les premières arrivées.

À Gabriela,
Arrivée pendant.

À Cecília,
Arrivée ensuite.

1

Ce fut toujours un acte de rébellion, même invisible.

Il n'était pas sans risque, nous le savions bien. C'était peut-être ce danger d'être découvertes, infime au départ, insoupçonnable, entrelacé dans les motifs discrets de la dentelle, sur nos foulards et nos voiles, qui fit grandir en nous l'audace d'oser chaque fois un peu plus.

Nous n'étions pas toutes liées par le sang, mais nous étions unies par l'art de manier fil et lacet pour les transformer en canevas uniques. Ici, dans ce coin du monde où les détails importent plus que les grands événements, où le sol d'argile est aussi marqué que le visage de ma tante Firmina – sculpté par le temps et les peines –, où le destin aride des femmes est tracé d'avance, tel l'envers imparfait de la seule trame exclusivement guidée par notre volonté : la dentelle. Puisque les autres voies ne nous appartiennent pas vraiment.

Mon amie Vitorina nous rendit maîtresses de ce savoir-faire

après avoir elle-même, du haut d'une échelle, usurpé le secret venu de la capitale.

– Qu'est-ce que tu fais là, jeune fille ? avait demandé dona Hildinha en la voyant espionner la chambre d'ami à travers la soupente du toit.

– Laisse-moi, maman, je suis sur le point de faire une découverte de grande valeur.

Grâce à la curiosité de Vitorina, la technique de la dentelle qui ornait les autels d'Europe depuis des siècles, secret des dieux connu seulement des religieuses des couvents des grandes villes, s'établit chez nous, à Bom Retiro.

Un coup du sort, une cabriole du destin, apporté par la cousine d'une cousine d'une autre cousine de Vitorina, qui, après s'être fait voler son secret, ne pardonna jamais sa trahison à mon amie.

La jeune femme travaillait comme aide cuisinière dans un couvent où les règles étaient strictes. Les religieuses, dont elle avait gagné la confiance après des années de service dévoué, lui enseignèrent l'art de la dentelle. Encore prudentes, elles ne l'avaient d'abord initiée qu'aux points les plus simples, et ce ne fut qu'après avoir éprouvé la fermeté de son caractère qu'elles l'estimèrent digne d'apprendre les plus élaborés.

Cette lointaine cousine de Vitorina avait des doigts de fée, disait-on, et savait se faire discrète, qualité indispensable aux gardiennes du secret. Quand la jeune femme annonça qu'elle se rendrait auprès de sa famille dans l'arrière-pays pour les fêtes, les religieuses l'avertirent :

– Si tu travailles la dentelle chez toi, fais-le à l'abri des regards.

Toujours respectueuse de ses supérieures, la jeune femme obéit à leur demande. Afin de rester fidèle à la promesse faite devant les saints, cette cousine d'une cousine d'une autre cousine de Vitorina ne s'attelait à son ouvrage que lorsqu'elle était seule dans la chambre d'amis, à la lumière d'une bougie de suif jaunie.

Pourtant, tout en haut de son échelle, décidée à découvrir ce que cette cousine faisait enfermée dans sa cellule les volets clos en plein jour, Vitorina l'observait à son insu.

Elle l'observa tant qu'elle parvint à mémoriser chaque mouvement.

Penchée sur un coussin en forme de rouleau, l'invitée tressait des fils qui se transformaient en dessins, au gré d'une infinité de points.

Entre deux, patte d'ours, croix, épine. Araignée, étoile, roue.

Orient, rayonnant et – mon préféré – le point caché, qui m'enchantait moins pour sa forme que pour son nom, qui semblait à la fois une menace et une promesse. Espace inexploré, inconnu, qui peut signifier chance ou revers, pièce d'argent ou scorpion, une qualité révélée uniquement à ceux qui ont le courage de prendre des risques et d'avancer les yeux fermés.

Bien sûr, les points ne s'appelaient pas ainsi à l'époque. Ils étaient arrivés ici, dans la vallée de la rivière Pajeú, sans leurs noms d'origine. Mais, à force de les pratiquer, nous finîmes par leur trouver des ressemblances avec les choses du monde et par les baptiser un à un, comme s'ils nous avaient toujours appartenu.

Certains après-midi, penchée sur mon coussin, j'essayais d'imaginer comment je nommerais un point si, par hasard, j'en inventais un. Non pas que j'eus une telle ambition, mais il suffit d'un moment d'inattention : l'aiguille s'emmêle dans le fil, atterrit à un autre endroit et un nouveau point est né.

Il serait le premier à venir au monde sur cette terre chaude du *Sertão*, loin des contrées étrangères qui avaient vu naître ceux qui l'avaient précédé, de l'autre côté de l'océan, amenés par les religieuses et subtilisés par Vitorina du haut de son échelle.

Point du ruisseau, point de rosée, point de l'aube.

C'étaient les noms que j'avais secrètement choisis pour baptiser mon premier point, qui ne verrait peut-être jamais le jour. Enfant de la *caatinga*, la brousse du nord-est du Brésil, tel Virgulino, qui, en cet an de grâce 1918, entamait à peine sa carrière de criminel, et dont nous n'entendrions parler à Bom Retiro que des années plus tard. Une histoire d'hommes, bruyante, si différente de la nôtre, survenue presque imperceptiblement, entre les silences et les murmures.

J'en étais convaincue, lorsque je poserais les yeux sur le point que j'aurais moi-même inventé, je saurais comment le nommer. Comme certaines mères avec leur enfant. Quand d'autres se risquent à donner à leur nourrisson un nom qui n'était pas censé être le sien. On choisit Nonato en l'honneur d'un grand-père et le garçon insiste tout au long de sa vie pour ressembler à Casemiro. D'où la profusion de surnoms dans le monde. Après tout, ce sont les choses qui choisissent leur nom, pas les gens.

Donc la cousine d'une cousine d'une autre cousine de Vitorina retourna au couvent, et le secret échappé par la chambre d'amis fut transmis à qui voulait bien l'apprendre. Rapidement, un petit groupe de femmes, auquel j'appartenais, commença à se réunir quotidiennement pour confectionner des nappes, des napperons, des chemins et des serviettes de table d'un grand raffinement.

Il ne fallut pas longtemps pour qu'une de nos pièces arrive dans la capitale, offerte en présent à une dame de bonne famille, qui montra notre travail à une autre dame de bonne famille, qui, à son tour, entre deux pâtisseries à l'heure du thé, le montra à une autre dame de bonne famille.

– Vous voyez cette perfection ? Ça vient du fin fond de la campagne, près de Serra Talhada, mais on dirait que ça a été fabriqué en Europe. Il faut absolument en faire venir d'autres !

Les commandes furent rapidement organisées.

Quand les dames de bonne famille s'intéressent à quelque chose, il se trouve toujours un opportuniste pour leur faciliter la tâche et en tirer profit.

Quelques semaines plus tard, un monsieur en costume sombre arriva dans notre ville. Il transpirait plus que les hommes de chez nous et nous annonça son intention d'acheter notre production.

Ce fut ma tante Firmina qui se chargea de négocier avec lui. Comme elle était l'aînée du groupe et qu'elle n'avait pas d'enfants, elle pouvait consacrer son temps à prendre les commandes et à comptabiliser les ventes, puis à partager équitablement les bénéfices.

– Sans moi, ce type vous roulerait toutes dans la farine. Il voulait repartir avec une nappe de fête pour une bouchée de pain, n'importe quoi. Heureusement que je suis là pour défendre nos intérêts, se vantait-elle.

Lorsque l'homme au costume sombre posa les premières pièces de monnaie sur la table, le temps s'arrêta sous nos yeux.

C'était comme si elles ne nous appartenaient pas. Des pièces de musée, avec l'écriteau « Veuillez ne pas toucher » en-dessous.

– C'est à nous ? demanda Vitorina, comme si elle n'arrivait pas à y croire.

Jusque-là, la dentelle n'avait été qu'un passe-temps pour occuper les chauds après-midi. Certaines s'y attelait pour elles-mêmes, pour créer des robes qu'elles ne porteraient jamais. D'autres confectionnaient des couvre-lits pour le trousseau d'un mariage qui n'était pas encore arrangé. Ma tante Firmina, elle, se consacrait à tisser son propre linceul.

– J'entrerai au paradis avec l'élégance que mérite Jésus-Christ Notre Seigneur, déclarait-elle, à nos yeux un peu trop impatiente d'un moment que tout le monde préfère repousser.

Pour autant que nous sachions, l'argent était l'affaire exclusive des hommes, qui travaillaient la terre et gardaient le bétail. Qu'ils soient patrons ou propriétaires. Qu'ils soient instruits, hommes de main ou colporteurs. Qu'il s'agisse de nos maris, nos pères ou nos frères. L'argent leur appartenait toujours.

Nous, les femmes, n'étions bonnes qu'à débarrasser leur couvert ou à ordonner à d'autres femmes de débarrasser leur couvert. C'était leur patronyme, inscrits sur nos certificats de naissance et de mariage, qui déterminaient notre place dans le monde.

Pour la plupart d'entre nous en tout cas, sauf dans ma famille.

*

Beaucoup croyaient que les Flores, victimes d'une malédiction prononcée autrefois par une gitane, subissaient leur destin. Mais pour nous, vivre sans hommes était simplement notre quotidien.

« Ils ne durent pas longtemps, les pauvres », nous avait expliqué notre mère, nostalgique, à ma sœur et moi. Notre père était mort de la malaria alors qu'il n'avait pas trente-cinq ans. Elle l'avait profondément aimé, comme elle avait aimé son père, mon grand-père, puis son fils, mon benjamin, qui ne vécut pas un an.

Ma mère avait appris de sa mère, qui l'avait elle-même appris de sa mère, que les hommes de nos vies seraient toujours de passage, des visiteurs pressés qui, à peine arrivés, préviennent qu'ils ne s'attarderont pas. Un café tout au plus, merci bien, recoiffant déjà leur chapeau pour partir.

Ils se mariaient avec nous, nous les mettions au monde, mais, le temps passant, inquiets de leur prochaine grande affaire, ils partaient, voilà tout. Ils mouraient de mort naturelle ou accidentelle, tués lors d'une rixe ou par une forte fièvre. Ils mourraient jeunes, parfois plus mûrs, mais nous ne voyions jamais leur visage se rider ni leurs cheveux blanchir.

En bons amphitryons de leur existence, nous savions qu'il était de notre devoir de rendre le plus agréable possible leur passage dans ce monde et de leur offrir les adieux les plus affectueux quand sonnait la dernière heure. Conscientes que la rencontre serait brève, une certaine nostalgie serrait déjà notre poitrine au moment de faire leur connaissance.

Lorsque ma mère embrassa mon père pour la première fois au cours d'une fête de Santa-Águeda, entremêlée à l'enchantement qu'elle éprouva immédiatement pour le garçon surgit l'angoisse de savoir que ce premier baiser était à soustraire du nombre limité de baisers qui leur était destiné. Il fallait qu'elle en profite intensément.

Au moment de déposer une rose blanche sur leur pierre tombale, nous faisions preuve du même naturel qu'à leur arrivée, puis nous préparions la maison pour la prochaine visite. Bientôt un nouveau cycle commencerait, qui se terminerait par un départ aussi prématuré que les précédents. Rompues à ce mode de vie, nous n'en souffrions pas. Nous ne questionnions pas non plus la raison de ce destin, que les gens appelaient « la malédiction des Flores ».

Par compassion ou médisance, la plupart des habitants que nous croisions dans les rues de Bom Retiro nous dévisageaient. Les braves gens du pays se désolaient que nous n'ayions personne pour veiller sur nous, comme si, puisque nous étions des femmes, nous avions besoin de qui que ce soit d'autre que nous-mêmes pour survivre. Les plus méfiants étaient convaincus que nous avions commis quelque péché pour mériter ce châtiment. « Ne vous laissez pas embobiner. Elles ne sont pas innocentes », c'est ce qu'on disait de nous, et pas toujours dans notre dos.

Ma mère ne se laissait pas atteindre par les fragments de phrases qu'on entendait parfois à l'église.

– La vie est comme elle est, nous enseignait-elle. Aller à l'encontre du destin ne fait qu'accroître la douleur. Il nous faut suivre notre route.

– Ces gens ne savent rien, s'indignait tante Firmina, offensée par ces commérages. Qu'ils gardent leur pitié pour eux ou les plus démunis. Bonté divine, pourquoi diable aurions-nous besoin d'un homme par ici ? Pour roter et se plaindre de la consistance de la confiture ? Je ne vois pas ce que nous gagnerions à être encombrées d'un tel fardeau.

Ma tante était fière d'avoir consacré son existence à une seule figure masculine : Jésus-Christ Notre Seigneur. Et c'est peut-être grâce à cela qu'elle a moins souffert que ma mère, qui portait, cachée au fond de sa poitrine mais bien visible dans ses yeux, la douleur du veuvage et la perte de son unique fils.

– Au moins, je les ai aimés infiniment. La nostalgie vaut mieux que le vide, nous rassurait-elle, ma sœur et moi, chaque fois que tante Firmina nous suggérait de choisir la vie religieuse pour éviter les larmes à venir.

– Ce sera leur décision, Firmina. Laisse-les.

Mais ma tante ne s'en tenait pas là :

– Elles ne seront pas heureuses, c'est sûr, Carmelita. Et puis, une religieuse dans la famille, c'est la garantie d'une place au paradis. Je dis ça pour vous, car mon âme est déjà tirée d'affaire.

Malgré les nombreuses veillées funèbres auxquelles nous avions déjà assisté dans cette maison, nous vivions heureuses. Nos hommes étaient présents sur les portraits accrochés aux murs et dans nos souvenirs. Tendres pour certains, cruels pour d'autres. D'autres encore n'étaient ni l'un ni l'autre. De mon père, je me souviens de la pipe que je prenais pour une extension de sa main et qui laissait entre nos murs une odeur chaude et boisée. Et de l'entendre siffler.

C'est lui qui nous apprit, à ma sœur Cândida et moi, à reconnaître les oiseaux à leur chant. Nous passions souvent nos après-midi sur ses genoux, tandis qu'il sifflait la mélodie d'un merle à ventre roux ou d'un kikiwi pour nous apprendre à les différencier. Aujourd'hui, de nombreuses années après sa mort, je continue d'entendre le sifflement de mon père dans le chant de chaque oiseau.

*

Bien que notre nom de famille soit à l'origine Oliveira, on nous appelait « les filles Flores ». La confusion était née du jardin bien entretenu qui se trouvait devant chez nous. À l'époque, lorsqu'un voyageur demandait la direction de l'église, les gens répondaient la plupart du temps : « Tout droit jusqu'à la maison des fleurs, puis tournez à droite. »

La maison des fleurs, *a casa das flores,* ne désignait donc au départ qu'une maison au jardin semé de patiences, d'ipomées, de peigne-macaque, de mauves blanches et de cléomes violets. Mais au fil du temps, après tout ce qui fut dit, redit et jamais dédit, notre maison devint la maison des Flores, au lieu de la maison des Oliveiras. Le jardin se fit patronyme et, le temps passant, il finit même par figurer sur nos papiers d'identité.

C'est précisément parce que nous étions les Flores qu'il

ne sembla pas étrange aux habitants de Bom Retiro que la tragédie survenue soit liée à la maison aux volets bleus où se réunissait notre groupe de dentellières.

– C'est un coup des Flores, disait-on à l'époque.

C'était nous faire trop d'honneur. Ce qui arriva au début de cette année 1919 prit sa source dans la détresse de mon amie Eugênia, née Damásio Lima, sur le point de devenir une Medeiros Galvão.

2

Rio de Janeiro, de nos jours

La veille, Alice s'était rendue à une fête avant de prolonger la nuit dans un bar du quartier de Lapa.

Au bar elle s'était autorisée à boire sans se restreindre puisque la bière n'était pas chère et qu'elle avait besoin de se détendre après une semaine d'examens à l'université. Ce qui n'avait fait que retarder l'heure du dernier verre.

Une succession de décisions qui l'avait conduite à ce samedi après-midi, à peine capable de se traîner hors du lit jusqu'à l'étagère pour atteindre deux cachets contre la migraine et une bouteille d'eau. Même ça lui était difficile, les pilules lui glissaient entre les doigts et roulaient sous le lit.

De nouveau allongée, elle s'est regardée dans le miroir accroché au mur devant elle, qui lui a renvoyé la décision prise quelques jours auparavant : se teindre les cheveux en bleu.

Elle s'est souri à elle-même, satisfaite du résultat, avant de sentir un léger vertige. Elle savait que sa mère allait bientôt frapper à la porte pour la réveiller et lui prendre la tête parce qu'elle était rentrée ivre. Mais Alice avait déjà décidé de ne pas lui prêter attention et de simplement répondre par des « Hmm ». Sa mère aussi buvait, elle aussi sortait s'amuser, elle n'était donc pas en mesure de la critiquer. Toutes égales dans cette maison. C'était ce qui était convenu.

– Alice ? a fait sa mère, plus tôt que prévu.

Ou peut-être était-ce la gueule de bois qui altérait sa perception du temps.

– Lève-toi.

– Je ne peux pas, a grogné Alice dans un demi-sommeil.

– Nous avons de la visite. Habille-toi et viens.

Alice a décidé de ne pas obéir à sa mère et s'est retournée vers le mur, espérant obtenir un peu plus de temps sous la couette, en vain.

– Tu n'as pas entendu, jeune fille ? Ta tante veut te rencontrer.

« Tante ? »

Sa mère a ouvert le rideau et Alice s'est cachée sous l'oreiller pour se protéger de la lumière.

– Ta tante du Pernambouc. Allez.

Elle s'en souvenait vaguement, maintenant, elle avait de la famille dans un État où elle n'avait jamais mis les pieds. Des connexions mentales ont commencé à se faire dans son esprit.

Sa grand-mère était arrivée très jeune du Pernambouc, et elle n'évoquait presque jamais ses origines. Après sa mort, Vera, la mère d'Alice, née à Rio, avait monté tout un plan pour utiliser les points qu'elle avait accumulés grâce au programme de fidélité de la compagnie aérienne et visiter enfin la terre de ses ancêtres, mais cela n'avait jamais eu lieu. Les *miles* avaient fini par être dépensés la veille de leur expiration dans un forfait de deux nuits à Buenos Aires, voyage au cours duquel Alice et Vera avaient passé leur temps à se disputer.

Sa tante, qui s'appelait Helena, ce qu'Alice apprendrait une fois dans le salon, était une dame sympathique aux pommettes saillantes, comme prêtes à sauter de son visage. Elle devait bien avoir quatre-vingts ans, mais montrait plus d'énergie qu'Alice à dix-huit.

– Voilà Alice, ma tante.

Sa mère avait pris la parole en adressant des grimaces à Alice. Une fois de plus, le fait que sa fille se soit présentée dans le salon les cheveux hirsutes, avec pour seuls vêtements un T-shirt et une petite culotte, n'était pas vraiment à la hauteur de ses attentes.

– Je t'avais envoyé un lien vers les photos de sa remise de diplôme l'année dernière, non ? Elle étudie la communication maintenant. Mais elle sèche un jour sur deux, et le deuxième aussi.

Aucune n'a ri à la plaisanterie.

Vera opérait selon son mode préféré : elle lançait des piques à Alice sous couvert d'humour pour ensuite, quand sa fille la confronterait, faire mine de rien et s'écrier : « Oh là là, on ne peut même pas plaisanter. »

Sa mère fabulait pour combler les silences. Elle n'avait probablement envoyé aucune photo, mais la tante, poliment, a fait semblant de s'en souvenir.

– Bien sûr, j'ai vu les photos, une très belle fête. Tu étais magnifique, Alice.

Alice essayait de sourire et, tandis que sa mère continuait d'écarquiller les yeux, elle s'est risquée à dire quelque chose d'agréable. La politesse nous impose d'être aimable avec les tantes inconnues, y compris quand leur existence nous est révélée du jour au lendemain. Et surtout quand ces mêmes tantes affichent un large sourire qu'Alice ne méritait certainement pas, elle qui se tenait dans une posture peu avenante, contrôlant l'écran de son téléphone portable d'une main et essuyant de l'autre un mélange de mascara sec et de mucus collé à ses cils.

– Quoi de neuf, chère tante ? Tu as fait bon voyage ? a-t-elle lancé en se jetant dans le fauteuil, les jambes entrouvertes sur l'accoudoir, ce qui a mis sa mère encore plus mal à l'aise.

Alice s'attendait à recevoir une litanie de récriminations au départ de leur hôte, mais elle ne pouvait s'empêcher de provoquer Vera. Elle aimait la voir comme ça, décontenancée. Et puis, elle avait trop mal à la tête pour bien se tenir.

C'était une lutte armée silencieuse que Vera et Alice se livraient depuis toujours : d'un côté, une mère qui souhaitait enfermer sa fille dans un moule. De l'autre, une fille qui luttait pour repousser ses limites au-delà du modèle imposé par le désir maternel. Une dynamique relationnelle qui les épuisait toutes les deux, mais qu'elles reproduisaient invariablement, car elles ne connaissaient pas d'autre façon de vivre ensemble.

Consciemment, Alice dépassait les bornes que Vera considérait comme acceptables, au-delà de ce que le naturel lui dictait. Elle se rebellait volontairement, pour que sa mère n'ait aucun doute : toute tentative de la transformer serait vaine.

– Tante Helena, a repris sa mère en insistant sur son prénom pour qu'Alice ne commette aucune gaffe. C'est une fête qui t'amène à Rio, c'est bien ça ?

– Les noces d'or d'une amie d'enfance qui s'est installée ici quand elle était jeune. Puisque j'étais là, je ne pouvais pas ne pas vous rendre visite. J'ai même apporté quelques souvenirs ! Vous voulez voir ? Ce sont des spécialités du Nord.

Sa tante vivait en réalité dans la région du Nordeste, pas dans le Nord, mais les gens de sa génération parlaient comme ça, comme si le pays était divisé en deux parties seulement : le Sud et le Nord. Avec une agilité qui a donné le tournis à Alice et lui a rappelé les cachets gisant sous son lit, tante Helena a sorti des petits paquets d'un sac. Un aimant de réfrigérateur, un panier en paille et même un gâteau ont terminé entre les mains reconnaissantes de Vera, qui réagissait comme une petite fille irritante.

– Oh, ce n'était pas nécessaire. Oh, comme c'est beau. Tu as transporté tout ça dans l'avion ? Même le fameux *bolo de rolo* ? C'est pas vrai.

Elle a célébré chaque cadeau comme s'il s'agissait des objets les plus précieux de la planète.

Lorsqu'elle s'est levée pour servir le gâteau, Alice a attrapé son téléphone portable d'un geste machinal et inutile. Dans sa boîte de réception, juste un « coucou, tu as disparu ? » d'un professeur qui voulait la mettre dans son lit.

Une fois tranché, l'intérieur du gâteau laissait apparaître des dizaines de couches millimétriques, presque transparentes, marquées par le contraste que créait la pâte beurrée avec la confiture de goyave, dont on avait déposé une quantité si précise qu'elle salissait à peine le couteau. Un art délicat, a pensé Alice avec admiration, mais elle ne voyait aucune raison de déployer autant d'efforts. Il aurait été beaucoup plus facile de mettre une seule couche épaisse plutôt que de recommencer autant de fois.

Après le café, sa tante a sorti de son sac ce qui semblait être le cadeau principal, soigneusement emballé dans du papier de soie.

– J'ai aussi apporté une relique familiale, a-t-elle annoncé solennellement. C'est pour toi, Alice.

Alice a posé son téléphone portable, pensant n'avoir pas bien compris.

– Pour moi ?

– Bien sûr. Tu es une Flores, après tout, a-t-elle répondu

en déballant elle-même le paquet. Tu vois, c'est un voile. Il appartenait à ton arrière-grand-mère, qui était dentellière.

Avec un soin qu'Alice trouvait exagéré, après tout la dentelle n'était pas non plus du cristal, sa tante a fièrement déplié la pièce sur ses genoux, mais Alice s'est sentie incapable de lui rendre son sourire comme l'exigeait la bienséance, et comme sa mère le souhaitait certainement.

– Un voile ? a-t-elle demandé pour exprimer sa surprise en voyant l'objet devant elle. J'espère qu'il ne s'agit pas d'un voile de mariée.

Sur le canapé, Vera s'est contractée face à ce qu'elle qualifierait ensuite de « grande impolitesse envers une dame si gentille, qui voulait juste te faire plaisir, mais je n'attendais rien de moins de ta part, Alice. Je ne sais pas de qui tu tiens ces manières. Certainement pas de moi. Je suis extrêmement bien élevée, je me soucie des autres, contrairement à toi qui veux toujours agresser tout le monde ». Mais ce discours, Alice n'y aurait droit que plus tard.

– Alice ! a protesté sa mère, avec un regard qui, encore à dix-huit ans, ramenait sa fille directement en enfance, quand elle s'était sentie abandonnée pour la première fois de sa vie.

Elles étaient en vacances dans la maison de plage d'un couple d'amis de Vera, lorsque, occupée en cuisine, sa mère a demandé à Alice, alors âgée de six ans, de lui rendre service et d'aller chercher une serviette hygiénique.

Fière de se voir confier une tâche digne d'une grande personne, Alice s'est exécutée aussitôt. Elle a mis la main sur la serviette hygiénique dans la valise de Vera et s'est empressée de traverser le jardin, impatiente de la lui remettre et de lui dire : « J'ai réussi, tu vois comme je suis responsable, comme je suis une bonne fille. » Mais au lieu des éloges attendus, le regard de sa mère a anéanti les espoirs de la petite fille. Dans son innocence enfantine, elle lui avait remis l'objet devant les autres adultes, sans imaginer que ce geste embarrasserait sa mère au point qu'elle cesserait de parler à Alice pour le reste de la journée.

Elle n'avait jamais éprouvé un tel sentiment d'injustice. Elle savait à peine ce qu'était une serviette, comment aurait-elle pu imaginer qu'elle ne devait pas la lui remettre devant les autres ? Sa mère ne l'avait pas mise en garde. Elle avait attendu qu'elle se trompe pour la récriminer. Une habitude que Vera avait peaufiné au fil des années qui avaient suivi, sans même s'en rendre compte.

Alice a ainsi compris très tôt que personne ne lui donnerait les bonnes clés. Elle ne pourrait pas compter sur le soutien émotionnel de sa mère et devrait prendre des risques pour découvrir sa propre façon de se défendre dans le monde, consciente qu'elle n'aurait pas de filet de sécurité en cas de chute.

La tension entre la mère et la fille étant palpable, tante Helena s'est mise à parler du voile centenaire pour tenter de détendre l'atmosphère.

– Ce n'est pas un voile de mariée, ne t'inquiète pas. C'est un voile de messe, a-t-elle expliqué.

Alice allait dire « Pfff, encore pire ! », mais elle s'est retenue. Non pour sa mère, mais pour sa tante. Elle ne voulait pas donner raison à la théorie de Vera selon laquelle elle avait un comportement naturellement agressif envers ceux qui l'entouraient. Elle ne lui ferait pas ce plaisir.

– J'imagine que tu n'es pas non plus croyante, a repris sa tante.

– Tu as bien deviné, a répondu Alice, ironique.

Regrettant aussitôt sa franchise, elle s'est montrée plus reconnaissante :

– Mais il est beau, je peux l'utiliser autrement. Merci.

– Tu n'es pas obligée de l'utiliser, a précisé Tante Helena d'un ton rassurant. Depuis qu'il a été brodé, ce voile a toujours été confié à la plus jeune femme de notre famille. Mon devoir était de te le transmettre. Tu peux en faire ce que tu veux. Garde-le dans un tiroir et ne l'ouvre plus, ou customise-le – c'est ce que vous dites aujourd'hui, non ? J'ai cru un moment qu'il reviendrait à ta mère, mais je n'ai pas pu venir plus tôt. Je pense qu'il t'appartient désormais, Alice. Je suis désolée, ma chère Vera.

Celle-ci parvenait mal à cacher sa déception.

– C'est une tradition, tu comprends...

– Bien sûr, a minimisé Vera, mécontente d'avoir été laissée pour compte, et discréditant déjà Alice. De toute façon, c'est moi qui vais m'en occuper. Alice ne fait attention à rien. Impossible de mettre un pied dans sa chambre tant elle est en désordre. Un vrai bazar.

Alice a ressenti ces mots comme des coups de poing. Droite, gauche, crochet, paf, pouf. Mais elle ne riposterait pas, elle se contenterait d'attendre le signal de l'arbitre.

– Elle l'aura perdu dans deux jours, tu verras. Une telle relique, dans la famille depuis si longtemps. Quel dommage.

Sa tante ne semblait pas prendre au sérieux ses prédictions ni le portrait d'Alice qu'elle dressait :

– Ta seule mission est de le remettre à ta fille, a-t-elle finalement indiqué à sa petite-nièce.

Alice a éclaté de rire. Cette femme ne la connaissait vraiment pas.

– Ou à une parente plus jeune, a corrigé tante Helena en voyant le visage contrarié de la jeune fille. Comme moi aujourd'hui.

Alice s'est dit qu'elle ne ferait rien de tout cela. Aucun de ces scénarios n'étaient près de se concrétiser, et si l'un deux se produisait un jour, elle ne se souviendrait certainement pas de l'étrange tâche qui venait de lui être confiée. Elle a néanmoins rassuré sa tante d'un « Tu peux me faire confiance », puis, considérant son rôle terminé, elle s'est levée pour retourner dans sa chambre, oubliant le voile sur le bras du fauteuil.

– Tu vois ! Je t'avais bien dit qu'elle ne faisait attention à rien ! s'est vantée Vera, tandis qu'Alice revenait prendre le cadeau.

Sa tête lui faisait encore mal, il fallait vraiment qu'elle retrouve ces cachets.

3

Bom Retiro, 1918

– Qu'est-ce que c'est que ce travail, Eugênia ? critiqua tante Firmina en voyant la dentelle de la jeune femme. Un point après l'autre, sans motifs, trèfles ou oiseaux. Où es-tu allée chercher ça ?

– J'ai eu envie d'essayer, dona Firmina. Quel est le problème ? répondit Eugênia, quelque peu impertinente et sans interrompre le mouvement de l'aiguille.

Cet après-midi-là, alors que nous mangions du gâteau de maïs et que la brise d'avril entrait timidement par la porte de la véranda, Eugênia brodait des points au hasard, sans suivre le dessin esquissé la veille à partir du modèle qu'elle avait choisi.

– Quelle impudence ! poursuivit tante Firmina, mécontente de ce qu'elle considérait comme « une négligence ». Elle est en train d'aligner les points les uns à la suite des autres. Autant les défaire pour au moins récupérer le matériel. On va avoir des pertes. Eugênia, tu m'écoutes ? Tu vis où, sur la lune ?

– Peut-être bien, dona Firmina, répondit Eugênia, sèchement et une fois de plus sans le respect approprié.

Une fille de son âge ne pouvait pas s'adresser ainsi à une femme de son expérience. L'affront attisa un peu plus la colère de ma tante.

– Est-ce une façon de parler à ses aînés ? J'aimerais bien voir si tu restes aussi rebelle après ton mariage.

L'aiguille d'Eugênia resta suspendue en l'air, comme si ce geste pouvait interrompre le cours du temps.

Jusqu'alors, Eugênia n'avait que deux préoccupations majeures : feuilleter les magazines de mode de la capitale commandés par sa mère et vendre des billets de tombola pour la fête de Santa-Águeda, la patronne de la ville.

À quinze ans, rien ne manquait à la fille unique du commissaire.

Elle disposait de tout son temps et avait peu de tâches à accomplir, mais si elle aspirait à une vie plus excitante, elle n'enviait pas pour autant le travail des autres filles qui, comme moi, devaient pétrir le pain, entretenir le jardin et s'occuper des animaux.

Se croyant promise à un futur plus flamboyant que le nôtre, Eugênia ne s'inquiéta pas lorsque le colonel Aristeu Medeiros Galvão, nouvellement veuf et père de deux jeunes enfants, s'invita chez ses parents.

Elle m'avoua plus tard s'être même réjouie d'accueillir des invités. Sa mère avait été si occupée à préparer des petits-fours ce matin-là qu'elle avait à peine eu le temps d'expliquer la raison de cette visite.

Quand la cloche de l'église sonna pour annoncer onze heures, Eugênia entendit frapper à la porte. Le colonel était connu pour être un homme de parole, qui honorait ses engagements. Il n'arrivait ni avant ni après l'heure prévue.

– Entrez, je vous en prie. Installez-vous confortablement, colonel. Quelle chaleur aujourd'hui, n'est-ce pas ? En plein mois d'avril. Asseyez-vous ici, il fait plus frais. Quelles adorables créatures. Entrez, les enfants. Vous voulez du jus de cajá ? Nous avons aussi des biscuits. Ils sortent tout juste du four.

La mère d'Eugênia ne se comportait pas comme d'habitude. Elle semblait quelque peu fébrile, obséquieuse, troublée, s'essuyant nerveusement les mains sur le bas de sa robe et cherchant sans cesse Eugênia du coin de l'œil.

– Eugênia, ma fille, va demander le jus et les biscuits à la cuisine, dépêche-toi. Et montre le jardin aux petits. Ils doivent être pressés de se dégourdir les jambes après le voyage. Allez, tu n'as pas entendu ? Là-bas, les enfants. Suivez Eugênia, allez-y.

Ils obéirent à la maîtresse de maison et avancèrent vers Eugênia, qui leur sourit avec une curiosité un peu morbide. Ils étaient orphelins depuis peu et, dans son fantasme romantique, elle s'imaginait les enfants du colonel pâles, leurs yeux pleurant éternellement la perte de leur mère.

Prête à accueillir la douleur de ces petits, elle se sentit légèrement frustrée à la vue de ces bambins aux joues roses qui couraient, tout excités à l'idée de jouer dans le jardin.

– Venez ! Je vais vous montrer la balançoire.

– Merci, Senhora Eugênia, remercia poliment l'aîné, et Eugênia trouva ce formalisme amusant.

– Eh bien, qu'est-ce que c'est que ça, mon garçon ? Senhora Eugênia n'est plus de ce monde. Appelez-moi seulement Eugênia.

– Notre père nous a ordonné de vous appeler « senhora », Senhora, expliqua le garçon, et Eugênia essaya de dissiper ce qu'elle considérait comme un de ces malentendus d'enfant.

– Par « senhora », votre père faisait certainement référence à ma mère. Je suis juste Eugênia, d'accord ? Nous avons presque le même âge, dit-elle au garçon qui lui sourit, soulagé de ne pas avoir à traiter la jeune femme avec tant de déférence.

Après le déjeuner, lorsque sa présence fut requise dans le salon, Eugênia n'y prêta pas non plus attention. Elle s'imagina que son père allait lui demander de servir le café ou cette liqueur de corossol encore scellée, qu'on gardait au fond du vaisselier depuis des années pour des visiteurs de cette importance.

Ce fut le regard de son père, plus fugace et craintif que d'habitude, qui lui fit comprendre que quelque chose se tramait.

Debout à l'entrée de la petite pièce, elle reçut la nouvelle qui depuis lors lui assombrissait les yeux. Le colonel avait demandé sa main et son père la lui avait bien volontiers accordée.

– Tu ne trouveras pas meilleur parti ici, essayait de la convaincre sa mère. Tu as beaucoup de chance et tu regretteras un jour ces larmes.

Bien de sa personne, le colonel avait à peine trente ans et Eugênia jouirait de tout le confort qu'elle méritait à la Fazenda Caviúna.

– Et puis, tu auras les enfants, a insisté sa mère, énumérant une infinité d'avantages qu'Eugênia, selon elle, n'avait pas la maturité de mesurer encore. Orphelins, les pauvres !

Eugênia devait avoir de la compassion pour ces petits anges qui avaient besoin qu'on prenne soin d'eux, autant que sa fille avait besoin d'un but dans la vie. En moins d'un an, sa mère en était certaine, elle se rendrait à peine compte qu'ils n'étaient pas sa chair et, qui sait, un autre enfant serait peut-être en route.

– Quelle bénédiction ce serait. Mes petits-enfants, héritiers de Caviúna, rêvait sa mère.

Mais ce n'était pas la vie qu'Eugênia s'était imaginée.

Les enfants du colonel avaient subi un coup dur avec la mort de leur mère, mais ils avaient bonne mine et riaient joyeusement tandis que la balançoire prenait de la hauteur. Ils n'avaient pas besoin d'elle, tout comme elle n'avait pas besoin des terres de l'exploitation. Eugênia aimait vivre en ville, exhiber ses nouvelles robes à la messe, croiser du monde dans les rues.

Toujours debout à l'entrée du salon, écoutant la voix de son père lui parler de la décision qui allait changer son existence, Eugênia sentit l'air lui manquer. Devant elle, le colonel Aristeu gardait le silence, respectueux, sans manifester d'intérêt particulier pour sa future épouse. S'il s'était déplacé jusque-là, c'était uniquement pour trouver la pièce qui manquait aux rouages de sa vie.

Le moteur qui garantissait son bon fonctionnement – des assiettes bien remplies, des vêtements repassés, une famille assise au premier rang à la messe dominicale – était tombé en panne quelques mois auparavant. Il était désormais urgent de procéder aux réparations.

Sans doute le colonel était-il venu cet après-midi-là pour s'assurer que la jeune femme était capable de prendre la place laissée par sa défunte épouse, qui avait quitté la vie plus tôt que prévu et provoqué tant de désordre. S'il faisait le bon choix, dans quelques années il ne se rendrait peut-être même plus compte que sa seconde épouse était une pièce de substitution et non l'originale.

On n'avait pas demandé à Eugênia son avis. Est-ce qu'elle acceptait le destin décidé à son insu ? Cela n'intéressait pas les deux hommes ici présents, ni sa mère – qui, à cet instant, priait dans sa chambre et suppliait Dieu, Notre Seigneur, que tout se passe comme prévu et que le colonel ne renonce pas à ses intentions à l'égard de sa fille.

Eugênia aurait refusé. Elle ne voulait pas être l'épouse du colonel, ni la mère de ces deux enfants. Fille unique, elle avait été gâtée toute son enfance. Jamais punie, on ne l'avait pas non plus initiée aux tâches domestiques, comme étendre les vêtements au soleil et battre le maïs pour réserver les meilleurs grains à la semoule et laisser les brisures aux poules. Eugênia était une jeune femme habitée par des désirs, devenir la nouvelle épouse du colonel Aristeu Medeiros Galvão n'en faisait pas partie.

– Allez, ne reste pas là. Viens saluer ton fiancé, entendit-elle son père lui ordonner, encore sidérée.

Au lieu de lui obéir, Eugênia tourna les talons et courut à l'intérieur de la maison, un geste qui fut considéré comme une grande offense envers le colonel et lui valut d'être enfermée plusieurs jours.

Il s'en fallut de peu que le commissaire lui flanque des coups de sa ceinture. Eugênia fut sauvée par les supplications de sa mère, qui soutint auprès de son mari que ces éclats étaient très courants chez les filles. « Le colonel comprendra certainement, l'émotion de la nouvelle sans doute, quoi d'autre ? »

Honteux des mauvaises manières de sa fille, le commissaire, très dur à l'extérieur de la maison, mais très tendre envers sa famille, raccrocha la lanière de cuir au chambranle de la porte pour avertir Eugênia : il n'était pas question de revenir sur l'engagement déjà pris.

Au fond, il s'en voulait. Son manque d'autorité sur la jeune femme l'avait conduit à cet embarras devant l'homme le plus puissant de la région.

Même s'il renonça à la punition corporelle, il ne pardonna pas à sa fille et refusa qu'elle mette un pied dehors les semaines suivantes. Pas même dans le jardin. Qui sait, peut-être qu'Eugênia reprendrait ainsi ses esprits. Elle ne reverrait pas la lumière du jour à moins de se décider à se comporter comme une honnête jeune femme et à exprimer de sincères regrets lors de la prochaine visite du colonel.

– Elle s'excusera auprès de son fiancé, lui assura sa mère en son nom. Le mariage la fera mûrir, tu verras. Nous sommes toutes pareilles. Moi aussi j'ai pleuré quand mon père, qui te tenait par le bras, est arrivé pour annoncer notre mariage. Et je suis là, n'est-ce pas ?

Le commissaire ne cacha pas sa surprise. En près de vingt ans de mariage, il n'avait jamais entendu cette histoire.

– Les jeunes gens, que veux-tu ! Allez, termine cette liqueur, demain tout ira mieux.

Lorsque la punition fut finalement levée, après qu'Eugênia se fut formellement excusée auprès du colonel lors de leur deuxième rencontre, elle se présenta chez nous pour reprendre le travail. Elle avait laissé une pièce de dentelle à moitié terminée, mais elle n'était plus la même. Notre amie semblait avoir désappris le métier de dentellière. La tristesse lui avait faire perdre la main. Au lieu des belles arabesques d'autrefois, Eugênia produisait désormais ces dessins informes qui irritaient tant ma tante.

– Le colonel n'est pas si vieux, Eugênia, lui disait Vitorina pour la consoler. Il a de l'allure et il est riche. Il peut t'emmener voir la mer à Recife. Ou peut-être même en Europe ? Tu pourrais visiter Paris, tu imagines ?

Silencieuse, Eugênia ne semblait pas entendre les divagations de Vitorina.

– Tu as de la chance, ajoutait ma tante. Qu'est-ce que tu voudrais ? Rester célibataire ? Mourir jeune ? Tomber dans les griffes d'un va-nu-pieds et courir à ta perte ? Tu devrais remercier le ciel, ça oui. Je vais être franche, Eugênia, puisque tes amies n'ont pas le courage de te dire la vérité. Ta petite moue abattue est signe d'une grande ingratitude envers tes parents, qui ont bien fait les choses avec le colonel, dans ton intérêt. Mais Dieu te punira. Tel est le destin de ceux qui crachent dans la soupe comme tu le fais depuis l'annonce de tes fiançailles.

Il semblait à Eugênia que Dieu lui avait déjà envoyé son châtiment, elle continua donc son ouvrage en silence, l'air mélancolique, et toujours de cette étrange façon, sans former de dessins, telle une apprentie s'entraînant aux points de base.

– Personne n'achètera cette dentelle, se plaignit encore une fois ma tante en se penchant pour l'analyser de plus près. On ne pourra même pas s'en servir d'échantillon.

– Je ne le vendrai pas, dona Firmina, finit par répondre mon amie dans un soupir. J'en ferai un col pour la robe que je porterai à la messe.

À ces mots, tante Firmina se redressa.

– Tu vas mettre ce torchon à l'église ? Exhiber un travail bâclé devant tout le monde ? Pourquoi, jeune fille ? Pour salir notre réputation ? J'ai hâte que ce mariage ait lieu. Que ton mari te mette plutôt une laisse autour du cou. Ah çà !

Cette fois, Eugênia ne répondit pas à la provocation. Elle poussa un autre soupir, comme il en échappait tant de sa poitrine ces derniers temps, et se remit à la tâche.

Elle termina le col l'après-midi même et, à notre grande surprise, quand le dimanche arriva, elle entra dans l'église un large sourire aux lèvres, son ouvrage cousu à sa robe d'une façon qui semblait assez inconfortable, comme le collier de la laisse évoquée par ma tante.

Avec une bague de fiançailles à la main droite, Eugênia était censée s'habiller différemment. Une jeune promise ne devait plus porter de tresses ni de rubans. Ses cheveux devaient être relevés en un chignon, et sa robe, coupée droite, devait être de couleur neutre. Le colonel et ses enfants assistèrent également à la messe, mais cette fois ils s'assirent sur le même banc que le commissaire, sa femme et sa fille, pour annoncer à tous le rapprochement entre les deux maisons. Quiconque les regardait de loin au premier rang pouvait voir le portrait de la famille qu'ils allaient bientôt former.

Le col d'Eugênia, réalisé avec cette étrange dentelle, n'attira l'attention de personne d'autre que nous, les dentellières. Aux yeux de ceux qui ne connaissaient pas les points, elle portait une dentelle comme une autre. Un peu plus discrète, comme le voulait sa nouvelle condition de future mariée.

Mais à la sortie de la messe, Eugênia s'approcha de moi, agitée.

– Je dois te dire un secret.

Ses yeux brillaient d'une lueur inhabituelle.

– Essaie de comprendre où je veux en venir avec ce col.

Je n'eus pas le temps de lui demander de quoi elle parlait ; elle retourna la paume de ma main et, d'un mouvement rapide, y déposa un morceau de papier plié. Elle referma mes doigts dessus et sourit d'un air complice avant de courir vers son père, qui l'appelait déjà à la porte de l'église.

Je n'eus le courage de le lire qu'une fois rentrée à la maison. Il est vrai que je ne compris pas immédiatement. Sur le billet qu'Eugênia m'avait remis, des lettres étaient disposées à côté de symboles dessinés au crayon, d'une écriture arrondie.

Ce ne fut qu'en y regardant de plus près que je reconnus la forme des dessins et compris ce qu'il se passait. Eugênia avait attribué une lettre à chaque point de dentelle. Mon amie avait créé un code. Un code dans la dentelle.

*

Eugênia avait commencé par utiliser les initiales de chaque point. Le point de l'araignée représentait le A, le point de boucle, le B, le chevron, le C, et puis, comme il n'y avait pas toutes les lettres de l'alphabet, elle avait imaginé des ajustements. Pour le Z, le point d'abeille, pour le X, le point de croix, jusqu'à couvrir bientôt tout l'alphabet.

Le lendemain de notre rencontre à la messe, lorsque nous nous réunîmes chez moi autour de notre dentelle, Eugênia portait le même col que la veille, cette fois attaché à une blouse en coton.

– Alors ? me dit-elle, discrètement, pour que les autres ne l'entendent pas. Tu as compris où je voulais en venir ?

Dans un réflexe, je regardai le col de plus près, pour essayer de le décoder. En me voyant faire, Eugênia se mit à rire, amusée.

– C'est un nouveau défi que je te propose aujourd'hui, en plus de ta dentelle parfaite. Mais ne t'inquiète pas, je m'assiérai juste en face de toi pour te faciliter la tâche.

– Qu'est-ce que vous chuchotez comme ça ? voulut savoir tante Firmina.

Eugênia prétexta une commande qu'il nous fallait terminer cette semaine-là.

Pendant qu'elle discutait avec les autres, j'en profitai pour ajuster mon coussin en plaçant le code sous mon ouvrage, attentive à ce que personne ne puisse le remarquer.

Au cours de la journée, à chaque point terminé, j'ajoutais un léger haussement de tête au mouvement de mon bras, ce qui me permit d'identifier la séquence de points du col d'Eugênia et de la comparer ensuite au code.

Le premier point était un M, le deuxième un O. Il me fallut du temps pour reconnaître la troisième lettre, car je devais la retrouver à travers les lignes vides de ma dentelle. À mesure que l'aiguille montait et descendait, je déchiffrai le message d'Eugênia et je mémorisai les combinaisons, de sorte qu'après une demi-heure je n'eus plus besoin de regarder le papier.

Quand je compris la première phrase, je laissai tomber une bobine qui heurta le sol avec un bruit sec et roula sur toute la longueur de la pièce, jusqu'au porche.

Mon mariage me dégoûte. C'est ce qu'annonçait le col.

Ma sœur Cândida, qui jouait dehors, entendit la bobine claquer sur le sol en pierre et, suivant la direction du son, tâta dans le vide jusqu'à la trouver et me la rendre.

– Tiens, Inês, me dit-elle en me tendant sa petite main délicate.

– On dirait presque qu'elle y voit quelque chose cette petite, commenta Vitorina, et ma mère se vanta :

– Cândida voit mieux que la plupart des gens. Ne vous y trompez pas.

– De quelle couleur est le fil, Inês ? voulut savoir ma sœur.

– Il est blanc, comme une *viuvinha-alegre.*

« Petite veuve joyeuse. » Ma sœur associait les couleurs aux oiseaux. Je savais combien elle aimait le chant du pépoaza irupéro, un oiseau typique du Nordeste, où il est aussi appelé « la petite fiancée », je le pris donc comme exemple pour lui expliquer le blanc.

Remise de mon choc, je me tournai de nouveau vers Eugênia et je compris que mon amie attendait une réaction de ma part, mais je fis mine d'être concentrée sur l'enfilage de l'aiguille.

À force de côtoyer en silence les mêmes personnes, on peut reconnaître leur humeur à leur respiration. Même lorsque nous étions distraites ou perdues dans nos pensées, nous restions attentives aux mouvements des autres, comme si nous ne formions qu'un seul corps.

Eugênia le savait, au sein d'un groupe de dentellières, le

moindre soupir inhabituel est immédiatement remarqué par ses camarades, alors, pour les distraire, elle évoqua un sujet qui allait détourner leur attention de mon évidente nervosité. Les travaux du Cine Teatro Guarany en construction à Triunfo, la ville voisine, sur le modèle des salles de cinéma des grandes capitales du monde.

– On y jouera des films, des spectacles, des opéras et même des ballets parmi les plus sophistiqués, énuméra Vitorina. Le progrès est en marche.

– Eh bien, je crois que c'est de l'argent perdu. Pour quoi ce cinéma, mon Dieu ? dit ma tante. Pour faire croire aux gens qu'une fin heureuse les attend ?

Le débat qui s'ensuivit me laissa le temps de décoder tout ce que disait le col d'Eugênia.

Mon cœur battait la chamade. J'essayais de sourire, mais je n'y parvenais pas.

– Inês ? Vitorina remarqua mon visage pâle et ma tante vint contrôler ma dentelle.

– Tu as à peine commencé, Inês. Toi qui as toujours de l'avance…

Et tandis qu'elle se penchait pour me regarder de plus près, elle s'inquiéta.

– Qu'est-ce que c'est que cette tête ? Tu es blanche comme un linge. C'est ta semaine, c'est ça ? Vous savez bien que vous ne devez pas travailler pendant vos règles, la main devient paresseuse. Combien de fois dois-je vous le répéter ?

Me voyant si pâle, ma mère posa son ouvrage et se leva pour me préparer un bouillon de viande à l'os, qui me remettrait rapidement d'aplomb.

– Pourquoi ne m'as-tu pas dit que tu te sentais mal, ma fille ? demanda-t-elle affectueusement en me conduisant vers le canapé, tandis que tante Firmina écartait mon ouvrage en se plaignant de la fragilité des jeunes femmes, qui n'avaient pas la robustesse des femmes d'autrefois.

– Vous vous effondrez pour un rien, des petites natures. Apporte du bouillon pour tout le monde, Carmelita. Ou nous devrons finir ce couvre-lit nous-mêmes. Et bien sûr les gains ne seront partagés qu'entre celles qui auront travaillé. Il n'est pas question de rétribuer la mollesse.

J'acceptai le soin avec lequel elles m'entourèrent, tout en me répétant à moi-même les mots qui m'avaient tant surpris sur le col d'Eugênia.

Mon mariage me dégoûte,
le refuser m'est interdit.
J'ai l'air de me taire,
mais à l'intérieur je crie.
Voile, bague et collier,
esclave pour la vie.

Tandis que je buvais le bouillon par petites gorgées qui me brûlaient la langue, je regardais le cou d'Eugênia. Devant mes yeux, ce n'était plus une parure de dentelle, mais le cri désespéré d'une condamnée.

4

Bom Retiro, 1918

Eugênia disparut de nos vies peu de temps après ce jour où j'avais déchiffré le message sur son col. Avec le mariage qui approchait, elle ne se présenta pas une première fois, puis de nouveau le lendemain, si bien que notre production commença à s'en ressentir, et qu'il fallut à tante Firmina annoncer à l'homme au costume sombre un retard pour la livraison de certaines commandes.

Au bout d'un mois, alors que nous ne l'attendions plus et que nous nous étions faites à l'absence de son souffle au sein de notre cercle, sa mère apparut à notre porte.

Elle était venue nous dire qu'Eugênia ne se joindrait plus à nos après-midi de dentelle. Trop occupée par les préparatifs du mariage, elle n'aurait plus le loisir de s'y consacrer.

Elle-même s'était démenée pour nous prévenir en personne, au milieu de toute cette agitation et des rendez-vous nécessaires à ce que la cérémonie se déroule parfaitement. Et puis Eugênia occupait désormais une autre position sociale, bien différente de la nôtre. Le marié était un homme très riche, comme nous le savions toutes, et la femme d'un colonel ne pouvait pas broder des serviettes et les vendre au marché pour quelques sous, n'est-ce pas ? Ce n'aurait pas été correct.

Nous préférâmes ne pas répondre, jusqu'à ce que ma tante rompe le silence qui s'était emparé de la pièce, quelque peu offensée par les propos qu'elle venait d'entendre, pour citer un passage sacré.

– « Celui qui cultive sa terre sera rassasié de pain. » Ce n'est pas de moi. C'est dans la Bible, le livre des Proverbes. Il n'y a jamais rien eu de honteux à travailler, conclut tante Firmina, sans cacher son dédain pour Eugênia et sa famille, appâtées par la vie tranquille que leur faisait miroiter la fortune du colonel Aristeu.

Dans son panthéon des vertus, ma tante plaçait le travail acharné juste après la foi. Eugênia, qui n'avait jamais beaucoup aimé ni l'un ni l'autre, était désormais perdue à jamais.

– Elle nous manquera beaucoup, se lamenta ma mère. Qu'elle nous rende visite après le mariage.

Mais la mère d'Eugênia écarta vite cette idée.

– Je lui passerai le message, Carmelita, mais je ne peux rien te garantir. Une fois mariée, elle devra se consacrer entièrement à son mari et à ses enfants, de pauvres orphelins. Et la Fazenda Caviúna est trop loin de la ville pour venir aussi souvent à Bom Retiro. Nous-mêmes, mon époux et moi, devrons nous déplacer pour la voir, mais j'ai l'intention d'y passer de longs séjours. Surtout quand mes petits-enfants arriveront.

– Ce ne sera certainement pas un sacrifice pour vous, lui lança tante Firmina, mais la femme du commissaire ne sembla pas offensée.

– Bien sûr, ma maison me manquera, mais Eugênia aura besoin de moi pour la guider dans la tenue du foyer et la maternité. Elle est si inexpérimentée, ma petite fille. Mais je suis sûre qu'elle vous regrettera toutes, assura-t-elle en mettant fin à la conversation. Eugênia a toujours eu beaucoup d'affection pour vous. D'ailleurs elle m'a demandé de vous offrir ces sachets parfumés en guise d'au revoir. Elle les a elle-même brodés, regardez.

Sur la table, la mère d'Eugênia déposa six sachets en forme de cœur, qui portaient chacun l'une de nos initiales et exhalaient un arôme d'agrumes et de citronnelle. Nous fûmes toutes émues par la délicatesse du geste d'Eugênia et son travail impeccable. Il y avait même un sachet pour Cândida qui, tâtant les broderies avec ses petits doigts expérimentés, identifia deux C différents. Celui avec la texture la plus en relief était certainement pour elle, l'autre pour sa mère. Ce fut elle également qui remarqua que le sachet portant la lettre I, pour Inês, était plus simple que les autres.

– Le tien n'est pas décoré, Inês, me prévint Cândida.

Je dérobai rapidement le petit sachet à leur vue, pour clore le sujet. Je savais très bien pourquoi le mien était différent et je ne voulais surtout pas attirer l'attention dessus.

Une fois les cadeaux distribués, considérant sa tâche accomplie, la mère d'Eugênia annonça qu'il lui fallait partir, la dégustation des desserts avait lieu l'après-midi même.

– Il y a tellement de détails à régler. Vous n'imaginez pas à quel point je suis épuisée. Je n'aurais jamais pensé que marier ma fille représenterait autant de travail. Tu verras, Carmelita. Bien que…

Elle s'interrompit, avant de dire tout haut ce qu'elle pensait, qui devait ressembler à quelque chose comme : « il vaudrait mieux que les filles Flores ne se marient pas ».

– « Bien que » quoi ? répéta ma tante d'un ton inquisiteur, tout à fait consciente de la mauvaise intention du commentaire qu'elle avait tu.

– Bien que, plus les filles resteront célibataires, plus tu profiteras de leur compagnie, Carmelita, répliqua la mère d'Eugênia, dissimulant sa première intention. Le croirez-vous, je pleure chaque soir son absence, alors qu'elle n'est pas encore partie, inventa-t-elle pour maquiller la maladresse qu'elle avait failli commettre.

Ma mère lui sourit poliment et, la raccompagnant jusqu'à la porte, lui proposa notre aide pour les préparatifs du mariage.

– Vous pouvez compter sur nous. En fait, nous serions très heureuses de nous charger du voile de la mariée. Si vous ne l'avez pas déjà commandé, bien sûr.

– Commandé où, Carmelita ? demanda tante Firmina, presque offensée. Même les mariées de Recife nous courent après ! Il y a tellement de voiles que nous ne pouvons pas répondre à toutes les demandes. Et dire que nous avons perdu une de nos dentellières. Heureusement, Eugênia n'était pas la plus appliquée, on se passera aisément d'elle. S'il s'était agi d'Inês, là oui, nous aurions été bien embêtées.

– Le voile pourrait être notre cadeau de mariage, ajouta Vitorina, déjà enchantée par l'idée.

Mais la mère d'Eugênia refusa l'offre.

– Merci de votre gentillesse. Mais Eugênia tient à tout prix à le faire elle-même. Vous savez à quel point elle est têtue. Elle veut porter une dentelle faite de ses propres mains. C'est une surprise pour le marié. Et Dieu sait qu'elle s'applique ! Elle passe ses journées enfermée dans sa chambre. J'ai beau lui dire qu'elle aura le teint pâle le jour de son mariage, elle n'en fait qu'à sa tête.

Tante Firmina reconnut qu'Eugênia avait un tempérament

difficile, mais elle salua son changement d'attitude vis-à-vis du mariage.

– Je suis contente de la savoir moins rebelle. Il était temps qu'elle se ressaisisse et arrête de se plaindre. Aucun mari ne peut supporter une femme qui pleurniche. Pardonnez ma franchise, mais votre fille nous a cassé les oreilles à force de lamentations qui n'étaient que des caprices.

La mère d'Eugênia sourit, un peu honteuse de l'attitude de sa fille, qu'elle reconnaissait bien. Puis, l'air de se souvenir de quelque chose de très urgent, elle se leva :

– Oh, il est déjà trois heures ! Je dois y aller.

Elle nous souhaita bonne chance à toutes, souligna qu'elle comptait sur notre présence à la cérémonie et s'en retourna, certaine qu'elle n'aurait plus à remettre les pieds chez les Flores.

À l'instant où elle quitta la maison aux volets bleus, tante Firmina et Vitorina se dirigèrent vers un coin de la pièce pour parler de l'impolitesse de cette femme qui avait à peine touché au gâteau qu'on lui avait servi. Je profitai qu'elles soient toutes les deux prises par leur conversation et que ma mère soit allée rapporter le plateau intact à la cuisine pour mieux examiner mon sachet.

Le code était caché dans ma chambre, entre les pages d'un livre, mais je me souvenais de certaines correspondances et pus ainsi déchiffrer immédiatement l'inscription.

C'était une courte phrase. Un message.

Si je peux compter sur toi,
porte du jaune au mariage.

– Qu'as-tu avec ce sachet, ma fille ? voulut savoir ma mère, déjà de retour dans la pièce.

Mon air songeur avait attisé sa curiosité.

– J’analyse seulement les points, maman, répondis-je dans un demi-mensonge.

Elle s’approcha de moi pour les observer à son tour.

– Ils ne sont pas aussi jolis que les tiens. Qui surpassent tous les nôtres. Heureusement que ta tante ne nous entend pas ! plaisanta-t-elle.

Et nous rîmes, complices.

Le statut non revendiqué de meilleure dentellière du groupe était pour moi un chapeau difficile à porter, de ceux qui nous vont bien, mais que nous n’avons pas choisis. La plupart du temps, j’essayais de minimiser les compliments que je recevais, même si ma dentelle était toujours la première à se vendre.

– Il nous faut écouler le stock d’Inês avant de commencer à vendre le nôtre, plaisantait Vitorina après un marché ou la visite d’un acheteur. Il suffit d’une de ses petites serviettes de table et ma dentelle reste en plan, oubliée au fond de la malle.

– Ne dis pas de bêtises, Vitorina, répondis-je. C’est toi qui nous as tout appris, ne l’oublie jamais.

Elle haussait les épaules, cela ne l’intéressait pas d’être la meilleure.

Mon tempérament calme et ma capacité à rester concentrée étaient des atouts. Contrairement aux autres, je pouvais passer des heures silencieuse, mon attention uniquement portée sur le dessin de la dentelle, dans un éternel va-et-vient de l’aiguille, enfilant un point après l’autre selon la même cadence, comme une expiration succède à une inspiration, par cycles qui se répétaient indéfiniment.

À la fin de la journée, une fois le travail accompli, j’avais l’impression de sortir d’un rêve. De ceux qui, au matin, nous échappent comme l’eau entre nos doigts. J’étais souvent incapable de me souvenir du motif que je venais d’exécuter, tant je me laissais porter par le mouvement continu qui me conduisait à cette transe.

C'était peut-être pour cela que je ne m'attachais pas aux pièces qui quittaient mon coussin. Robe de baptême ou nappe, j'oubliais toujours ce que j'avais confectionné la veille.

– Tu ne te souviens pas de cette chemise de nuit, Inês ? Tu as passé des journées entières penchée dessus, s'étonnait Eugênia.

Mais j'oubliais vraiment. Le résultat final m'importait peu, alors qu'Eugênia était toujours excitée à l'idée d'essayer de nouveaux motifs.

– J'ai pensé à une nuée de papillons pour cette robe, dona Carmelita. Nous n'avons jamais fait de papillons. Qu'en pensez-vous ?

Mon amie se laissait difficilement convaincre de refaire un point.

– Je peux le laisser tel quel, dona Firmina ? On voit à peine le défaut, il me faudra des heures pour refaire cette ligne, gémissait-elle, refusant de perdre du temps à tout défaire.

Alors que moi, recommencer ne m'ennuyait pas, puisque c'était justement la répétition qui me motivait. Bien que guidé par ma main, l'immuable mouvement du fil semblait suivre sa propre volonté et me conduire en des lieux inconnus, qui peut-être n'existaient même pas. Cette torpeur presque mystique, à laquelle je m'adonnais chaque jour, avait pour moi plus de valeur que la pièce elle-même, inconsistante. C'est ainsi que, l'ouvrage à peine terminé, j'en recommençais déjà un autre, comme un vice, une fuite.

Vitorina était encore moins faite pour la dentelle qu'Eugênia. Elle avait trop d'énergie à canaliser pour se tenir longtemps immobile. Nous commencions habituellement le travail à neuf heures du matin. Il n'était pas onze heures qu'elle se mettait déjà à gigoter dans tous les sens, se proposait d'aller à la cuisine chercher du jus de corossol, d'ouvrir ou fermer les fenêtres, « c'est qu'il fait très chaud aujourd'hui, mes amies » ou « il va pleuvoir, c'est sûr, vous ne croyez pas ? ».

– Fais comme tu veux, mais fais-le vite. J'ai le tournis à force de voir cette enfant se tortiller ainsi sur sa chaise, se plaignait ma tante.

Et Vitorina en profitait pour aller encore aux toilettes, ou prendre l'air sur la véranda et observer le mouvement de la rue.

– Vous ne me croirez peut-être pas, dona Firmina, expliquait-elle d'un air entendu, mais si je ne m'étire pas un peu les bras, ils vont se raidir, et demain je ne pourrai plus travailler à cause des douleurs dans mes articulations. Et si, par ma faute, les commandes étaient retardées ? Ce n'est pas souhaitable.

Elle s'inventait des excuses.

Ma mère me ressemblait davantage. Les pièces que façonnaient ses mains étaient presque aussi réputées que les miennes. Celles de tante Firmina étaient également impeccables, une perfection obtenue à force d'acharnement. Sa détermination à réaliser une pièce qui suscite l'exaltation était telle qu'elle parvenait à créer des œuvres d'art.

Même Cândida se risquait à esquisser quelques points. Du bout de ses petits doigts, elle palpait le tissu jusqu'à identifier l'endroit précis où l'aiguille devait entrer. Puis, de l'autre main, elle s'assurait de l'emplacement exact où elle devait sortir, et créait ainsi sa propre dentelle. Avec des dessins très simples, le fil lui permettait de retranscrire des images qu'elle ne voyait que dans son esprit.

– Même une aveugle va plus vite que moi, riait Vitorina en voyant le travail de ma sœur. Je vais abandonner cette vie de dentellière et retourner aider mon père au magasin.

– Ne fais pas ça, Vitorina, lui conseilla ma mère. Là-bas, l'argent lui appartient. Ici, il est à toi.

– C'est d'ailleurs à ta curiosité que nous devons notre savoir, ajouta Eugênia, et Vitorina frissonna en se tortillant sur sa chaise.

– Ne m'en parle pas. À cause de cet épisode, ma cousine veut me voir brûler en enfer. Elle m'a juré que Dieu entendrait les prières des sœurs et me punirait de ma mauvaise action.

– Eh bien, quelle bêtise ! s'offensa tante Firmina. C'est elle qui a péché, cette idiote n'a pas été assez discrète. Ce n'est pas ta faute si ta cousine a brisé le vœu qu'elle avait prononcé. Dieu a permis que le secret de la dentelle nous parvienne, Jésus-Christ Notre Seigneur devait avoir ses raisons. Nous ne faisons qu'accomplir Sa volonté, Vitorina, nous sommes toutes pardonnées.

La fermeté de ces paroles nous réconforta. En dehors du curé de la paroisse, personne ne comprenait mieux les voies de Dieu que ma tante. Fervente croyante, elle était fière de rappeler que c'étaient ses cheveux de jeunesse qui tombaient sur les épaules de santa Águeda sur l'autel de l'église.

– Ils sont mieux là où ils sont. On devine encore la couleur miel de mes quinze ans. Alors que sur moi, ils seraient déjà devenus blancs.

Parce qu'elle était si impliquée dans les affaires paroissiales, elle fut secrètement offensée de ne pas avoir été consultée par la famille d'Eugênia au sujet de la cérémonie religieuse à venir. Pas même sur le choix des cantiques et des lectures.

– Si Eugênia n'était pas si têtue et nous laissait nous charger de son voile… Il serait d'un tel enchantement, personne ne la quitterait des yeux lors de son entrée dans l'église. Nous le fabriquerions à huit mains pour le terminer à temps. Au centre, nous placerions des cœurs et des couples de colombes, qui représenteraient l'amour des mariés. Plus haut, deux alliances entrelacées, symbole du sacrement indissoluble du mariage. Sur le pourtour, un cadre de fleurs d'oranger, connues pour porter chance. Mais cette ingrate ne mérite pas un voile de cet acabit. Si elle n'en veut pas, ce n'est pas moi qui insisterai. Qu'il en soit ainsi. Qui sait, nous aurons peut-être bientôt une autre fiancée pour qui confectionner un tel voile ?

Vitorina n'eut pas une seconde d'hésitation :

– Ça ne peut être que moi, dona Firmina. Aucun jeune homme au monde ne prendra le risque d'être poursuivi par la malédiction des Flores, plaisanta-t-elle malicieusement.

Elle parlait sans réfléchir, sans intention de m'offenser ou d'offenser Cândida.

– Arrête ces bêtises, dit tante Firmina en se raidissant. Il n'y a pas de malédiction.

– Ce n'est pas ce qu'on dit, répliqua Vitorina.

– Ces gens n'ont rien de mieux à faire.

Mais Vitorina insista :

– Si ce n'est pas vrai, comment expliquez-vous qu'aucun des hommes passés par cette maison n'ait connu ses petits-enfants ?

– Depuis quand devrais-je te donner des explications, ma fille ? C'est à Dieu qu'il revient de décider de notre heure.

– C'est la vie qui nous a pris nos hommes, Vitorina, intervint ma mère après un court silence. Ainsi vont les choses.

– Tout de même, persista Vitorina, il faudrait du courage pour se fiancer avec Inês ou Cândida.

– Quant à moi, peu importe cette malédiction, avoua Cândida tandis qu'elle nourrissait un cardinal qui avait construit son nid sur une des colonnes de la pièce. Je n'ai nullement l'intention de quitter cette maison. Qui s'occupera de mes oiseaux si je m'en vais ?

– Entendez-vous ce que dit cette petite ? dit tante Firmina, encore plus bouleversée, laissant maintenant son ouvrage de côté. Vois-tu ce que tu as fait, Vitorina ? Es-tu satisfaite ? Tu lui as fait peur.

– Je n'ai pas peur, ma tante, lui assura Cândida. J'ai entendu cette histoire de nombreuses fois. C'est une gitane qui a maudit notre arrière-grand-mère, n'est-ce pas ?

– Incroyable !

Tante Firmina se leva, au comble de l'indignation, elle avait fini de travailler pour aujourd'hui. Elle n'aimait pas voir notre nom mêlée à des superstitions.

– Je ne resterai pas ici à écouter ces idioties. Je vous prie de m'excuser.

Ce soir-là, tante Firmina ne se présenta pas au dîner. Elle envoya un message par l'intermédiaire de Cândida, elle avait été prise de brûlures d'estomac après la conversation de l'après-midi. Elle passa les jours suivants à reprocher à Vitorina d'être à l'origine de l'acidité dont elle souffrait.

Mais dans son cœur, ma tante était tourmentée par le secret que sa grand-mère lui avait raconté et qu'elle n'avait jamais eu le courage de partager avec sa sœur cadette. Cândida et moi étions la quatrième génération vouée à un destin auquel elle croyait et qui était loin d'être derrière nous. Les Flores vivraient encore de nombreuses années sous la menace de cette épée invisible et tranchante. C'est pourquoi Firmina récitait quotidiennement un *Je vous salue Marie* à l'intention de ses futures parentes qui, avant même leur naissance, étaient condamnées, comme nous toutes, à un amour malheureux.

5

Rio de Janeiro, de nos jours

Alice est revenue de la marche les yeux brûlants à cause des bombes lacrymo. « Ces fils de chienne », a-t-elle pensé avant de s'en repentir aussitôt. Elle ne voulait pas offenser les mères de ces types, mais bien eux, les policiers, qui s'en étaient pris aux manifestants alors qu'ils protestaient pacifiquement dans le centre de la ville.

« Des chiens », a-t-elle corrigé pour elle-même. « Tous des chiens. »

Sous son T-shirt, on pouvait encore lire une partie de la devise « Pas une de plus » qu'elle avait écrite quelques heures auparavant sur sa peau. Les lettres peintes à la gouache sur sa poitrine nue, déformées par la courbe de ses seins, étaient un avertissement au monde. Il suffirait qu'une femme soit victime de violence pour que toutes les autres s'unissent et réclament justice.

Le tissu blanc recouvrait désormais presque entièrement les mots fièrement affichés cet après-midi-là, lors de la manifestation organisée pour dénoncer l'agression commise quelques jours plus tôt sur Kaylane, 24 ans, pharmacienne.

L'agresseur, son ex-petit ami qui ne digérait pas leur séparation, l'avait attendue à la sortie du travail un bidon d'essence à la main. Ils n'avaient pas échangé un mot. Il était arrivé par-derrière, Kaylane n'avait pas pu le voir. Elle avait senti le liquide recouvrir d'un seul coup son corps, puis la chaleur qui la consumait tout entière. Cleyton, 25 ans, assistant administratif, avait vidé un bidon en polyéthylène rempli de combustible sur la personne à qui il jurait la veille encore un amour éternel et, sans hésitation, il avait gratté l'allumette.

Selon un riverain, Cleyton aurait même interpellé la jeune femme avant de mettre le feu : « Plus personne ne voudra de toi maintenant, salope ! »

Se retrouver entre la vie et la mort sur un lit d'hôpital, avec quatre-vingts pour cent de son corps brûlé, telle était la punition de Kaylane, 24 ans, pour avoir décidé de ne pas appartenir à Cleyton, 25 ans, inconnu des services de police, que tous considéraient comme un garçon calme et travailleur.

Si Kaylane n'était pas à lui, elle n'appartiendrait à aucun autre et, pour s'en assurer, il avait jugé nécessaire de déformer par les flammes ce corps dont il connaissait les moindres courbes et les moindres odeurs. C'était la garantie qu'il ne serait pas remplacé.

Que son ex-petite amie périsse dans l'incendie, cela n'avait pas d'importance. L'effet serait le même. Cleyton, 25 ans, avait déjà perdu Kaylane, 24 ans, et c'était elle qui en avait décidé ainsi.

Après avoir été arrêté en flagrant délit sur les lieux, Cleyton était apparu en pleurs à la télévision, il affirmait n'avoir commis cet acte que parce qu'il ne pouvait supporter l'idée de vivre sans Kaylane.

« Fils de pute », a encore pensé Alice en se remémorant l'affaire, avant de se réprimer une fois de plus. Cleyton n'était pas le fils d'une prostituée, c'était un assassin. Il était important d'employer les termes exacts. « Assassin », se répétait-elle.

Sur son téléphone portable, ses amies lui proposaient de sortir, mais elle n'était pas d'humeur à parler régimes et compagnie. Elle a retiré son T-shirt, observé dans le miroir le reflet des lettres qui palpitaient sur son corps, désormais inversées. Puis elle s'est allongée, épuisée. Au moment de poser sa tête sur l'oreiller, elle est tombée sur le paquet enveloppé dans du papier de soie reçu quelques jours plus tôt.

Lorsqu'elle s'est souvenue de ce dont il s'agissait, Alice a fait une moue de dégoût. Un voile de messe réunit à lui seul deux outils majeurs de castration féminine : le mariage et l'Église. Cela l'a mise dans une telle colère qu'elle a jeté le paquet au sol pour s'en débarrasser. Dans sa chute, le papier de soie s'est défait, découvrant une partie de la dentelle.

À la grande surprise d'Alice, ce n'était pas une odeur de moisissure ou de naphtaline que le voile diffusait dans la pièce, mais bien de fleurs. Poussée par le parfum frais qui éveillait sa curiosité autant que ses sens, elle a tiré la dentelle dans sa direction, puis l'a étalée devant elle.

La lumière de la table de chevet traversait les points et projetait leur ombre sur la peau d'Alice. Sous sa poitrine, qui portait encore les traces des mots de la lutte « Pas une de plus », on pouvait désormais voir apparaître le dessin de cette dentelle confectionnée cent ans auparavant. Cédant un instant à la tentation, elle a laissé le voile retomber sur son visage pour s'imprégner de son parfum. Elle a pris une profonde inspiration, mais l'air lui a vite manqué.

Malgré son aspect délicat, la dentelle était aussi une prison.

Son réseau était comme une grille forgée pour restreindre

les pensées. Il n'y avait pas de liberté sous un voile de messe. L'espace d'un instant, Alice a eu de la peine pour l'ancienne propriétaire de la pièce, une ancêtre dont elle ne connaissait pas le nom – assujettie par tout ce que représentait ce voile, la pauvre femme n'avait même pas laissé cette marque sur le monde.

Alice en a conclu qu'elles étaient toutes otages : l'ancêtre à qui appartenait le voile, Kaylane, 24 ans, la pharmacienne hospitalisée entre la vie et la mort, sa mère, au visage figé par le botox, toujours à se vanter pour se donner de l'importance, et même elle, qui, malgré ses cheveux bleus et la devise inscrite sur sa poitrine, traitait encore un « assassin » de « fils de pute ».

En 2010, le monde avait peut-être changé, mais il n'avait pas vraiment évolué. Alice a de nouveau repoussé la dentelle loin d'elle dans l'espoir de se libérer du sentiment d'impuissance qui la bouleversait. À cet instant, un petit morceau de papier s'est envolé à travers les plis du voile, comme un papillon de nuit s'échappant du filet qui le tenait captif. Après avoir plané quelques secondes dans les airs, il a atterri sur le tapis au pied du lit.

Alice l'a d'abord ignoré, mesurant tous les efforts qu'il lui faudrait déployer pour finalement constater qu'il ne s'agissait que d'un petit mot égaré, une liste de courses, une facture de pressing oubliée ou arrivée là par accident. Mais sa curiosité irait grandissant tant qu'elle n'obtiendrait pas de réponses satisfaisantes, et Alice, qui était de nature impatiente, du genre à lire les réponses des mots croisés avant de les commencer, savait d'avance qu'elle ne pourrait pas résister longtemps.

Après quelques instants, torturée par une infinité de scénarios que son esprit élaborait au sujet de ce petit intrus sur le tapis de la chambre, Alice a déclaré forfait. Elle s'est étirée autant possible sans sortir du lit pour atteindre, non sans quelques acrobaties, le papier qui gisait par terre.

Contrairement au voile conservé avec soin durant tant d'années, qui était resté d'un blanc immaculé, le billet, qui datait sans doute de la même époque, était jauni par le temps.

Elle n'a d'abord pas compris de quoi il s'agissait. Ce n'était pas un petit mot, ni une liste de courses, ni une facture de pressing. Aucune des possibilités qu'elle avait imaginées ne correspondait. D'une écriture soignée, une colonne de lettres avait été dessinée au crayon à côté de motifs géométriques qui rappelaient l'exotisme de certains hiéroglyphes.

Alice en a conclu qu'il s'agissait d'une sorte d'exercice pour apprendre aux enfants à écrire, réponse qui a semblé soulager sa curiosité. Elle allait le froisser et le jeter à la poubelle, mais s'est ravisée, estimant qu'elle n'avait pas le droit de jeter un morceau de papier qui avait on ne sait combien de fois son âge.

Quand le vent de juin est entré par la fenêtre, Alice a senti un frisson parcourir sa poitrine révoltée, toujours nue, qui portait encore des restes de peinture. C'était à cause du froid, mais aussi de l'abattement que lui avaient causé les événements de la journée.

Elle s'était réveillée avec l'espoir de pouvoir changer les choses, elle avait éprouvé l'euphorie des slogans martelés, certaine que le monde évoluerait si elles criaient toutes assez fort pour être entendues. Mais s'en était suivi la cohue, la répression policière, le gaz lacrymo qui l'étouffait, les toilettes du restaurant où elle avait couru se réfugier jusqu'à ce que la confusion passe. Puis le trajet solitaire dans le métro, où la majorité des passagers, les yeux rivés sur leur téléphone portable, semblaient apathiques, confortablement installés dans leur routine, sans devise écrite sur leur poitrine, ignorant l'histoire de Kaylane, 24 ans, loin d'imaginer qu'une ancêtre d'Alice avait autrefois possédé le voile de messe qu'elle tenait désormais entre ses mains.

Alice a tiré la dentelle sur elle pour se protéger de la solitude qui l'envahissait à cet instant, regrettant aussitôt son geste : la peinture risquait de tacher le tissu. « Oh, mais je m'en fous de cette dentelle merdique », a-t-elle pensé ensuite, en poursuivant son mouvement.

Les murs de prison sont destinés à être recouverts de graffitis. Si sa tante avait voulu que le voile reste intact, elle l'aurait gardé dans un tiroir à sept cents kilomètres de là. Et si l'objet était passé de main en main pendant tant d'années, pour une raison qu'Alice ne comprenait toujours pas, il fallait bien qu'il serve à quelque chose.

Puisqu'il était désormais sous sa responsabilité, elle se sentait libre d'en disposer à sa guise. Et même d'en dénouer les fils pour le défaire complètement. Telle une Pénélope qui en aurait eu ras le bol d'attendre l'homme, cette espèce de macho hétéro parti faire un tour depuis trente-cinq ans. Ce chien.

Un voile est avant tout un fil tressé selon un modèle, mais Alice ne suivait aucun modèle. Cette dentelle qui servait autrefois à vénérer les saints réchauffait désormais ses seins contestataires. Ce qui était autrefois une prison lui servait désormais d'abri. C'était la preuve que les choses pouvaient changer. Même si elle sentait le sommeil venir dans l'étreinte réconfortante du voile, Alice ne pouvait pas fermer les yeux. Kaylane, 24 ans, le corps brûlé à quatre-vingts pour cent, était sur un lit d'hôpital.

6

Bom Retiro, 1918

C'était l'époque où les tibouchinas étaient encore verts. Contrairement à ce que l'on imagine, ce sont les feuilles et les tiges de ces arbustes – et non les fleurs – qui, bouillies dans une marmite large et peu profonde, les branches placées au fond, là où la chaleur est plus forte, libèrent un pigment jaune que les anciens avaient l'habitude d'utiliser pour teindre les fils et les tissus.

Le secret résidait dans la quantité d'eau, qui devait être précisément mesurée si on ne voulait pas obtenir un jaune pâle, presque beige.

Cela faisait plus d'une heure que je m'attelais à la tâche et veillais à maintenir le feu en attisant les braises avec une feuille de palmier juçara. À côté de moi, ma mère poussa un soupir volontaire pour me signifier son mécontentement à l'égard de mon projet. Elle n'acceptait pas mon envie soudaine de changer la couleur de la robe :

– Elle est comme neuve, Inês. C'est dommage de la teindre. Elle n'est même pas tachée.

– J'ai porté cette robe à la fête du cinquantième anniversaire de la paroisse, maman. Je ne veux pas qu'on pense que je n'en ai qu'une, expliquai-je sans grande conviction, car il m'était très difficile de mentir. Surtout à elle.

Elle comprenait, mais elle n'était pas d'accord. Je n'étais pas du genre à m'embarrasser de ce type de frivolités. Cependant, comme elle n'avait pas non plus l'habitude d'imposer sa volonté aux autres, elle se tut.

Cândida ne savait plus :

– De quelle couleur est le jaune, Inês ?

– De la couleur du canari.

La petite fille venait de déposer un morceau de jiló pour ses oiseaux qui, à cette heure, commençaient à tournoyer en tous sens à la recherche de la nourriture que ma sœur leur laissait partout.

Dans la maison des Flores, ils vivaient librement, faisaient leurs nids sur les étagères, volaient d'une pièce à l'autre et se perchaient sur les lustres. Ils étaient à la fois une responsabilité et une distraction pour Cândida, qui les traitait comme ses enfants.

Leur chant et le bruissement de leurs ailes remplissaient d'une infinité de sons les ténèbres qu'elle habitait.

– Si le jaune est aussi beau que le chant d'un canari, tu attireras tous les regards à la fête, Inês, dit-elle avant d'ajouter : Si je devais changer la couleur de ma robe, je la teindrais en rouge, comme le plumage du paroare dominicain.

Ma mère rit en imaginant une fillette de huit ans vêtue de rouge à un mariage.

– Ta robe sera blanche comme la colombe du Saint-Esprit. C'est plus approprié pour ton âge, expliqua-t-elle à sa benjamine, qui se contenta de grimacer.

Le roucoulement maladroit des colombes lui cassait les

oreilles, mais cette colombe à laquelle notre mère faisait référence et qui représentait le troisième élément de la Sainte Trinité était certainement différente. Son chant ressemblait sans doute à un chœur céleste.

Malgré l'entière confiance que j'avais en elles deux, je ne pus leur révéler que la teinture de la robe était une réponse au message d'Eugênia. Mon amie voulait savoir si elle pouvait compter sur moi et, même si je n'avais pas encore conscience de l'ampleur de cet engagement, je considérais qu'il était de mon devoir de la rassurer.

La détresse d'Eugênia était compréhensible. Non seulement elle s'était crue vouée à un tout autre destin, mais une union sans amour avec un homme plus âgé et inconnu aurait fait naître la crainte chez n'importe laquelle d'entre nous.

Cependant, il n'était pas dit qu'Eugênia ne finirait pas par aimer son futur mari. N'était-ce pas le cas dans la plupart des mariages ? L'inquiétude suscitée par l'engagement arrangé n'était peut-être qu'une partie d'une histoire d'amour dont Eugênia se souviendrait des années plus tard, amusée de son immaturité de jeune mariée.

Peu à peu, elle pourrait entrevoir les qualités du colonel et se prendre d'affection pour lui. Et puis les orphelins seraient toujours là pour lui tenir compagnie.

Même si je ne considérais pas le mariage comme une punition pour les femmes, une partie de moi se sentait soulagée de savoir qu'en tant que Flores ma famille ne me forcerait jamais à épouser qui que ce soit. Dans la maison aux volets bleus, on ne parlait pas de mariage. Orpheline de père depuis son plus jeune âge, veuve au lendemain de son troisième accouchement, à vingt-cinq ans à peine, ma mère avait très tôt appris qu'il était possible de vivre sans présence masculine.

Le salaire qu'elle gagnait comme employée du dispensaire

nous avait toujours suffi, et depuis que nous nous étions lancées dans la dentelle, nous avions même accès à certains articles de luxe : de l'eau de Cologne venue de la capitale et des chocolats emballés dans du papier doré que l'homme au costume sombre nous apportait.

Ma tante Firmina semblait elle aussi se satisfaire de la seule compagnie des femmes. Jeune fille déjà, elle se disait mariée à Jésus-Christ Notre Seigneur et entretenait de forts liens d'amitié avec les saints qu'elle vénérait. Elle ne se sentait donc jamais seule et cette affection la comblait.

– Aucun amour ne surpasse celui de Dieu. Aucune protection n'est plus efficace que celle des anges. Nous n'avons pas besoin d'hommes pour nous défendre, nous avait-elle enseigné, à Cândida et moi, encore enfants.

Et depuis lors, nous étions convaincues qu'il n'y avait pas de plus grande vérité.

– Mais les anges sont des hommes, avait quand même soulevé Cândida.

– Tu te trompes. Le corps n'est qu'une enveloppe terrestre. Les créatures divines comme les anges ne sont ni homme ni femme. Ils ne sont pas constitués de chair, comme les êtres humains. Ils sont faits de lumière.

Même si je ne connaissais pas à l'époque le sens du mot « terrestre » et avais une conception différente de la « lumière », je me souviens d'avoir perçu l'enchantement qui avait saisi le visage de Cândida en imaginant ce panthéon divin de créatures ailées que ma tante décrivait avec des détails foisonnants.

Ce n'était pas l'intention de cette dernière, mais depuis cette conversation, nous nous représentions les anges sous forme de femme. S'ils n'avaient pas de sexe défini, les personnes qui vivaient sous leur protection étaient en droit de choisir à quoi ils ressemblaient. La nôtre avait donc pris la forme d'une superbe et affectueuse gardienne des sentiers.

*

Étrangement, lorsque je quittai l'enfance et commençai à ressembler à une jeune fille, je ne fus pas en proie, contrairement à Eugênia, aux fantasmes romantiques ou désirs amoureux, réels ou imaginaires.

Je me souviens d'un jour de la Santo-Antônio où elle apparut avec une pomme dans les mains. Elle avait entendu les femmes qui travaillaient chez elle parler d'un rituel secret qu'elle tenait absolument à m'apprendre.

Elle avait hâte de mettre en pratique cette méthode qui amènerait le saint patron des mariages à révéler un indice sur son futur amour.

– Écoute-moi bien, Inês. Il faut éplucher la pomme d'une traite en retirant la peau comme un ruban, puis la jeter tout entière dans une bassine d'eau. Mais attention : la bassine doit être vierge. Comme nous. Si nous faisons cela le cœur confiant, la pelure prendra la forme de l'initiale de notre futur mari, compris ?

En entendant son explication, je souris d'incrédulité. Un tel artifice ne nous mènerait jamais à un résultat fiable. J'eus beau lui répondre que certaines lettres ne pourraient jamais se former à partir d'une pelure de pomme, même entière – comme X ou T, par exemple – et que les lettres courbes – comme C ou U –, avantagées par rapport aux autres, auraient plus de chance d'apparaître flottant dans la bassine, Eugênia ne voulut rien savoir.

Au lieu de me donner raison, elle soupira de colère en me reprochant de douter de la force du saint.

– C'est cette absence de foi qui cause la solitude des Flores depuis des générations. Si tu y croyais, peut-être que le saint pourrait te libérer de la malédiction. Santo Antônio possède de grands pouvoirs, il est capable de donner à une pelure de pomme les formes les plus diverses. Et puis, qui voudrait d'un mari dont le nom commence par un X ? Je ne suis même pas capable de citer un prénom commençant par un X.

– Xerxes, Xisto, répondis-je, même si cela ne changerait rien.

– Dieu m'en préserve, Inês. Je n'épouserai jamais un Xerxes. Allez, j'ai apporté une bassine. Tu veux le faire aussi ? Voilà deux pommes. Une pour moi, une pour toi.

– Je n'y tiens pas.

Eugênia n'insista pas quand je refusai l'offre. En tant que Flores, je ne désirais sans doute pas me marier et porter la responsabilité de la mort d'un innocent.

– Alors passe-moi le couteau et tais-toi. J'ai besoin de me concentrer.

Les yeux fermés, mon amie initia le rituel : elle fit sa demande au saint « le cœur confiant », comme elle me l'avait expliqué pour que l'incantation fonctionne, et elle jeta la pelure dans l'eau. La lettre qui se forma, aux contours courbes comme je l'avais prédit, était un S.

– Tu vois que ça marche, petite sotte ?

Eugênia frappa dans ses mains, victorieuse, et passa les mois suivants à s'imaginer une intrigue à l'eau de rose : un beau jeune homme, un étudiant, peut-être un médecin, peut-être de noble lignée, venant de Recife ou même de Rio de Janeiro, prénommé Sílvio ou Solano, frappait à sa porte un soir, peut-être pour demander un renseignement, peut-être parce qu'il était blessé et avait besoin de soins, et tombait amoureux d'elle au premier regard.

– Solano, ça sonne bien. À moins d'un Santiago ou d'un Sebastião ?

– Ça pourrait aussi être un Sérgio, proposai-je, sans croire à son fantasme, seulement pour participer à la mascarade.

– Oui, Sérgio c'est bien. Attendons-le alors. Il devrait arriver avant la prochaine Santo-Antônio, comme le veut le rituel.

Or Eugênia se fiança moins d'un an plus tard. Par solidarité et compassion, je ne rappelai jamais cet épisode à mon amie, mais le S flottant dans la bassine vierge m'est bien sûr revenu à l'esprit lorsque nous avons appris le mariage arrangé avec le colonel.

Je l'avais prévenue cet après-midi-là : on ne pouvait pas former toutes les lettres à partir d'une pelure. C'était le cas du A d'Aristeu.

En plus de teindre ma robe en jaune, je décidai d'ajouter un détail qui affirmerait ma solidarité avec la mariée. Un col, sur le modèle de celui qu'Eugênia avait confectionné des mois auparavant pour m'initier au code, qui porterait lui aussi un message.

La veille du mariage, je m'y attelais dans ma chambre pendant que Cândida dormait. Je le fixai sur la robe quelques minutes avant notre départ, pour ne pas attirer l'attention de tante Firmina ou de ma mère.

C'était une phrase courte, je pus donc former de grands points qu'Eugênia verrait même de loin.

« Aie confiance », disait le message. Pas exactement en Dieu, aurais-je pu ajouter, mais en un futur meilleur.

Je croyais sincèrement que la souffrance pouvait se transformer en une sensation plus légère. Comme à la mort de mon père. Quand il était parti après deux nuits de fièvre, son absence avait ouvert un si grand vide dans nos vies que j'étais sûre de ne plus jamais pouvoir sourire. Et pourtant, au fil du temps, le poids de ces terribles souvenirs s'était estompé jusqu'à être remplacé par celui, plus doux, des bons moments passés ensemble. Ce qui était autrefois une douleur atroce était devenue une sereine nostalgie.

Tel était l'enseignement que je voulais transmettre à Eugênia. Le tourment, le bonheur, la souffrance et la paix se succèdent comme les saisons. Ils vont et viennent, hors de notre contrôle. Ils changent le monde qui nous entoure puis laissent place à un nouveau cycle. Tout comme nos hommes.

Lorsque ma mère me vit prête pour la cérémonie, elle sourit en signe d'approbation.

– Tu avais raison, Inês. On dirait une tout autre robe. Surtout avec ce nouveau col.

Sa robe à elle était ancienne mais en bon état, vert-de-gris, couleur du saltator olive.

Cândida passa sa main sur la dentelle de mon col.

– Il n'y a pas de motifs ?

Elle fut surprise de ne reconnaître aucune forme.

Tante Firmina, qui arrivait précipitamment vêtue d'une robe en tissu épais et noir, tel un ani à bec lisse, intervint ironiquement :

– C'est la mode maintenant. Ces jeunes gens ne suivent aucune règle. J'attends de voir à quoi ressemble le voile qu'Eugênia tenait tant à fabriquer elle-même.

– Je suis sûre qu'il est superbe, Firmina, dit ma mère. Eugênia est talentueuse et déterminée.

– Trop déterminée, oui. Le colonel va y laisser des plumes, le pauvre. Comme si les souffrances du veuvage ne lui suffisaient pas, commenta-t-elle en attrapant le chapelet de nacre et se plaignant de notre indolence. Allons-y ! Je ne veux pas perdre ma place au premier rang. Une place que j'ai conquise tout au long de ma vie et que je n'abandonnerai pas. Je me fiche de l'importance du marié et de ses invités. Il règne peut-être sur son bétail, mais pas sur les terres de santa Águeda.

7

Bom Retiro, 1918

On aurait dit des larmes d'émotion, celles qui coulaient sur le visage de la mariée lorsqu'elle entra par la porte principale de l'église dans sa robe blanche, arborant un voile magnifique.

Contrairement à ce que tante Firmina avait prédit et à ce que j'avais moi-même craint, les motifs floraux les plus variés ornaient la dentelle sophistiquée d'Eugênia – un travail réalisé à la perfection, à la hauteur de notre réputation de meilleures dentellières de la région.

Un détail cependant ne m'échappa pas, qui était à peine visible pour les autres. Dans la partie centrale du voile, formant un carré de trente centimètres tout au plus, à hauteur des côtes d'Eugênia, se trouvait un ensemble de points alignés comme les cases d'un échiquier.

Tenant le bras du commissaire, Eugênia avançait élégamment sur le tapis rouge en direction de l'autel. Je remarquai qu'elle me cherchait des yeux, et lorsqu'elle m'aperçut enfin, dans ma robe jaune canari, teinte aux feuilles de tibouchina, elle sourit discrètement en signe de gratitude.

Je ne parvins à analyser le voile de plus près que lorsqu'ils passèrent devant notre rangée, et il me fallut toute l'homélie pour déchiffrer les paroles qu'Eugênia se sentait incapable de prononcer à voix haute, mais qu'elle avait décidé de matérialiser sur la dentelle.

Au lieu de félicitations,
Adressez-moi vos condoléances.
Ne souriez pas, pleurez pour moi.
J'assiste vivante à mes funérailles,
Qui m'arrachent à la vie,
Morte je suis.

Le souffle coupé à la lecture de ces mots, je serrai la main de Cândida qui serra la mienne en retour, sans comprendre la raison de mon agitation.

– Qu'y a-t-il, Inês ? murmura-t-elle, inquiète.

– C'est l'émotion de revoir Eugênia, ma chérie. Ne t'inquiète pas pour moi.

Rien dans le comportement de la mariée ne trahissait le désespoir qui s'affichait sur la dentelle de son voile. Lorsque les époux vinrent finalement nous saluer, Eugênia semblait sereine. Aux côtés de celui qui était désormais son mari, elle nous remercia de notre présence. Le colonel Aristeu Medeiros Galvão, lui, nous accorda à peine un regard.

– Quelle belle nuance de jaune, me complimenta Eugênia. Le col aussi te va bien. Mais en y regardant de plus près, je ne pense pas que ce soit mon style.

Le commentaire pouvait sembler indélicat, passer pour une critique, mais nous connaissions toutes les deux le sens de ces paroles, un sens caché, à l'image des mots tissés dans la dentelle. Comme en temps de guerre, nous nous protégions au moyen de codes à l'intérieur de codes. La mariée faisait référence au message contenu dans les fils « Aie confiance » : à l'insu de tous, elle refusait mon conseil. Déconcertée par l'opposition d'Eugênia qui semblait certaine que les choses ne pouvaient s'arranger, j'allais l'inviter à « essayer au moins, peut-être que le col lui serait utile, qui sait ? », mais je n'en eus pas le temps. Ma mère interrompit notre conversation, loin d'imaginer que nous parlions d'autre chose :

– Bien sûr que ce col t'irait bien, Eugênia ! Tu as un cou si délicat. Ce serait même très élégant.

– Tu vois, tu devrais peut-être faire un petit effort ? suggérai-je encore de façon ambivalente.

Mais avant qu'elle ne réponde « jamais », le colonel, toujours à ses côtés, s'éclaircit la gorge avec impatience.

Le couple devait encore saluer tant d'invités illustres venus de loin, et nous étions là à parler chiffons.

– Allons-y, ordonna-t-il à Eugênia en lui prenant le coude.

Je vis le corps de mon amie se raidir au contact, même bref, de son mari. Elle me regarda avec détermination, comme sur le point de crier et de révéler à tous ce qu'elle ressentait vraiment, mais elle parut aussitôt renoncer à son impulsion, pour se laisser emmener, docile, souriant déjà au groupe suivant. Elle salua tous les invités avec la même intonation étudiée.

*

Un peu plus tard, j'aperçus Vitorina dans une robe dont la couleur rappelait celle des plumes d'un évêque bleu. Elle était accompagnée de ses frères, qui étaient si nombreux que je les confondais souvent. Ils étaient tous très proches en âge et s'occupaient à tour de rôle des mêmes corvées. Le père de Vitorina possédait la seule épicerie de Bom Retiro, et la famille aurait pu être riche si elle n'avait pas été aussi nombreuse. Les garçons travaillaient dans l'entreprise familiale, ils servaient les clients, sillonnaient le pays à la recherche de marchandises et participaient des jours durant aux foires locales à bord d'une fourgonnette remplie de légumes, viande séchée, charcuterie et tabac, qui revenait systématiquement vide.

En tant que benjamine, Vitorina jouissait d'une certaine liberté par rapport aux autres filles de la ville. Sa mère avait déjà un certain âge lorsqu'elle était née et, fatiguée de toujours courir après ses quatre fils aînés qui passaient leur temps à mettre le feu aux tapis ou à casser la porcelaine, dona Hildinha avait opté pour une éducation plus libérale pour sa fille.

Après avoir passé la journée à réprimander les plus grands, elle n'avait plus l'énergie de corriger la posture de la petite à table, de lui enseigner les bonnes manières ou le piano.

Les moments passés avec Vitorina, dona Hildinha les consacrait à se reposer de son rôle de mère. Elle se laissait même aller à la sieste l'après-midi devant les saynètes de l'enfant, qui aimait s'envelopper dans des draps pour faire semblant de vivre à d'autres époques et en d'autres lieux.

Vitorina était une joie dont dona Hildinha ne pouvait se priver et, pour cette raison, elle traitait sa fille comme une grand-mère sa petite-fille.

Avant sa naissance, alors qu'elle n'avait que son mari et ses fils pour toute compagnie, elle s'était mise à ressentir une grande lassitude, sans s'en expliquer la cause. Tout l'agaçait, le vacarme de la maison, le goût de la nourriture, les clients mal élevés, le temps chaud, le temps froid, jusqu'à ce que Vitorina arrive et que les choses prennent une autre saveur.

Dona Hildinha put enfin utiliser les rubans et les volants

commandés lors de ses précédentes grossesses et accumulés dans des cartons jamais ouverts. La petite bouche rouge et les longs cils de l'enfant – arrivée par surprise alors que dona Hildinha avait presque cinquante ans et croyait son corps acquitté de la mission que la nature lui avait assignée – colorèrent sa vie d'une nouvelle teinte étonnante, comme jamais auparavant, même dans sa jeunesse.

C'est pourquoi, lorsque la petite fille commença à prendre les traits d'une jeune femme, dona Hildinha préféra éviter de songer à la possibilité d'un mariage. En son for intérieur, elle refusait d'accepter que Vitorina puisse aspirer à la quitter.

Secrètement, elle rêvait de la garder toujours auprès d'elle, que Vitorina lui tiendrait compagnie dans ses vieux jours. Sans l'exprimer à voix haute ni même vraiment s'en rendre compte, ce souhait se traduisait par des petits gestes et des contrariétés.

Il lui arrivait de plus en plus souvent de devoir reprendre les robes de sa fille parce que les seins de la jeune femme n'y tenaient plus. Malgré cela, elle continuait de lui acheter des gâteaux et des friandises comme si Vitorina avait dix ans, et se fâchait contre tous les garçons qui s'approchaient de son trésor.

Son fils aîné était déjà marié et père de deux enfants. Le deuxième était fiancé. Elle ne manquerait donc pas de petits-enfants. Son époux était si taiseux qu'Hildinha ne supporterait pas de vivre seule avec lui. Pas après Vitorina, dont la voix chantante résonnait en mille échos entre les murs et donnait l'impression qu'un ballet se jouait dans la pièce d'à-côté.

Son mari, bien qu'occupé par ses affaires, se rendit vite compte que la compagnie de sa fille préservait sa femme de la mauvaise humeur et des rhumatismes et, selon un accord tacite qu'ils n'eurent pas besoin de formaliser, Hildinha put cultiver l'illusion que Vitorina ne grandirait jamais.

À seize ans, elle marchait pieds nus et les règles qui régissaient son comportement n'étaient guère plus sévères que dans son enfance. Deux jeunes gens de la ville avaient bien approché la famille pour évoquer des fiançailles, mais dona Hildinha les avait chassés pour leur audace, les accusant de tous les maux au point que les pauvres garçons n'osèrent plus jamais franchir la porte du magasin, et furent obligés de demander à leurs proches ou à leurs voisins de leur procurer les denrées dont ils avaient besoin.

Sachant sa mère si inquiète à l'idée qu'elle puisse un jour se fiancer, Vitorina avait gardé pour elle l'affection grandissante qu'elle éprouvait pour le nouveau professeur de l'école primaire, un jeune homme timide à l'air sérieux.

Elle l'avait rencontré au magasin un jour où elle aidait ses frères, ce qui n'arrivait que très rarement depuis qu'elle se consacrait à la dentelle. Dès lors, chaque fois que Vitorina voyait le jeune homme entrer dans la boutique, elle se précipitait pour l'accueillir, même quand elle ne travaillait pas.

Le professeur achetait généralement un morceau de viande séchée et deux pommes de terre, car il vivait seul et n'avait pas besoin de plus. « Prudent et responsable », s'émerveillait Vitorina, qui commençait à tomber amoureuse.

– Je m'occupe de vous préparer la viande. Et d'ailleurs j'aimerais vous en donner un peu plus, pour vous remercier d'être si bon client, proposait-elle gentiment, avec une déférence que le professeur refusait, gêné, insistant pour payer le juste prix.

– Je ne voudrais pas vous causer du tort, ni à vous ni à votre père.

« Juste et honnête », s'émerveillait encore Vitorina, qui ne renonçait pas tant qu'elle ne lui avait pas offert un petit quelque chose : un caramel ou une boîte de berlingots.

– Vous accepterez bien une friandise, Professeur ? C'est la maison qui offre.

Timide, il finissait par accepter la douceur.

Ainsi, d'un achat à l'autre, une sympathie réciproque naquit entre eux, qui prit bientôt plus d'ampleur. Vitorina ressentait désormais d'étranges palpitations chaque fois qu'ils se rencontraient. Que ce soit au magasin, à la messe ou dans la rue, elle était en proie à une confusion de mots et d'idées qui ne lui était pas habituelle.

Un paquet qui lui tombait des mains, une facture erronée – il s'agissait tout de même d'un professeur et face à lui elle se sentait comme examinée, prise d'une nervosité déraisonnable lorsqu'elle faisait des calculs pourtant simples : « Un litre de lait, cent grammes de haricots » ; elle se concentrait tellement pour ne pas se tromper qu'elle finissait par obtenir un résultat faux.

Un jour, le professeur lui proposa gentiment de l'aider à poser une addition et Vitorina sentit ses joues brûler d'embarras. « Il doit penser que je suis idiote pour m'être trompée sur une somme aussi bête, se lamenta-t-elle aussitôt qu'il fut parti. Dépitée, elle bouda le reste de l'après-midi, ne reprenant confiance qu'en fin de soirée, lorsqu'elle récita la table de huit sans consulter la carte imprimée qu'elle gardait depuis l'école.

Au début, perdre ainsi ses moyens l'effraya. Ayant grandi parmi ses nombreux frères, qui n'avaient pas l'habitude de la juger, Vitorina n'était pas de celles que les garçons intimidaient. S'agissant d'un sentiment nouveau et inattendu, elle en conclut qu'elle était amoureuse et qu'il ne lui restait plus qu'à conquérir le cœur du professeur. Accoutumée depuis l'enfance à obtenir ce qu'elle voulait, elle n'entendait pas faire exception cette fois-ci.

Comme il occupait une position respectée dans la ville, le

jeune homme fut invité au mariage du colonel Aristeu avec Eugênia. Mais n'étant pas du pays, il se retrouva seul la plupart du temps et quelque peu perdu. Ils étaient nombreux à le saluer poliment, mais personne ne restait longtemps auprès de lui.

« Comment allez-vous, Professeur ? J'espère que mes enfants ne vous causent pas trop de souci. Dis bonjour au maître, mon garçon. Allez, viens, le professeur ne va pas en plus vous supporter les jours de fête. Bonne journée. »

Lors de ces rencontres, sous l'œil éloigné mais attentif de Vitorina, le professeur souriait et les laissait partir, toujours poli et mesuré dans ses gestes et ses paroles.

Même si j'avais le cœur serré pour Eugênia, que j'observais moi aussi de loin tandis qu'elle déambulait dans son élégante robe blanche, désormais dépourvue de voile, je ne tardai pas à comprendre, à la façon dont Vitorina tambourinait des doigts sur son verre de punch, que mon amie était sur le point de passer à l'acte. Une fois de plus, nous ne pouvions rien nous cacher.

Vitorina avait toujours fait ce qui lui passait par la tête, sans crainte des conséquences. C'est ainsi qu'elle avait découvert les points de dentelle, perchée en haut d'une échelle. Elle avait été suffisamment gâtée par dona Hildinha pour croire que le monde lui appartenait, et c'était bien la seule vérité qui lui importait sur Terre.

– Je vais parler au professeur, mais il ne faut pas que maman s'en aperçoive, me prévint-elle juste après que les mariés eurent quitté la fête. Si elle découvre que je me suis entichée de lui, elle risque de mettre des vers dans la farine du pauvre homme. Si elle n'empoisonne pas son huile ou ne mélange pas du verre pilé à son sucre. Tu dois m'aider, Inês.

Je fus surprise par cette demande. À ce moment-là, Odoniel, le plus jeune frère de Vitorina, s'approcha de nous. Connaissant le tempérament de sa sœur, il avait lui aussi compris que quelque chose se tramait.

– Ne commence pas avec tes bêtises, lui dit-il. Maman a une santé fragile.

– Mêle-toi de ce qui te regarde.

Elle lui coupa la parole sèchement, avec cette absence de tact propre aux frères et sœurs.

Il se vexa un peu d'être ainsi éconduit en ma présence, mais je ne m'étonnai guère. Je savais que Vitorina tenait les ficelles dans cette famille.

Odoniel était le quatrième frère de mon amie et souvent, tandis que nous nous prélassions sur la véranda, il passait devant la maison aux volets bleus au volant de sa fourgonnette pleine de marchandises et donnait trois coups de klaxon pour nous saluer. « Tiens, le voilà lui, en retard comme d'habitude », grommelait Vitorina en saluant affectueusement son frère.

– Odoniel, je veux seulement danser, insista-t-elle, nerveuse, lorsque les musiciens qui animaient la fête devant l'église se mirent à jouer un *forró*. Qu'y a-t-il de mal à cela ?

– Je suis ton cavalier, proposa Odoniel afin de ménager les nerfs de sa mère et calmer l'ardeur de sa sœur.

J'admirai les efforts du garçon pour assurer la tranquillité de dona Hildinha.

– Dieu me garde de danser avec toi et tes deux pieds gauches. Je risquerais d'y perdre une jambe. Le professeur, lui, doit être léger comme une plume. Mais je ne peux pas être la première à entrer dans la danse sinon maman va se fâcher. Faisons ainsi : invite Inês. Les autres suivront et nous passerons alors inaperçus, le professeur et moi. Allez, prends sa main et dansez.

Odoniel parut au moins aussi déconcerté que moi.

– Tu viens de m'accuser d'avoir deux pieds gauches et

maintenant tu veux que je danse avec Inês ? Ça, pour une bonne amie.

– Il se trouve qu'elle est plus grande que moi, se justifia Vitorina, qui nous suppliait maintenant. Dansez, je vous en prie. Maman vous regardera et cela la distraira.

Devant notre hésitation, elle essaya cette fois de faire appel à la compassion :

– Vous le savez très bien, si je m'en remets à elle, je mourrai célibataire. Je veux des enfants. Des enfants intelligents, qui connaissent les mathématiques. Le professeur est l'homme qu'il me faut.

Odoniel me regarda l'air embarrassé tandis qu'il considérait la proposition de sa sœur sans oser faire le premier pas.

– Cela ne me dérange pas, dis-je, ce qui le soulagea visiblement.

Vitorina sourit et me prit dans ses bras.

– Tu es un ange, Inês.

Puis, se tournant vers son frère, elle l'implora encore :

– Quant à toi, si tu tiens au bonheur de ta sœur, place-toi bien en face de maman pour qu'elle ne me voie pas.

À ces mots, elle déposa la main d'Odoniel sur la mienne pour ne pas perdre plus de temps.

C'était la première fois que je touchais un jeune homme, mais je ne m'en rendrais compte que des années plus tard. Ce jour-là, je me préoccupais seulement de mes deux amies : Eugênia, sur le point de commencer sa vie de femme mariée, et Vitorina, qui allait bientôt décevoir dona Hildinha.

Conduite par Odoniel, je tentais de suivre le rythme de la musique. Une fois nos pas ajustés, je croisai le regard de ma mère qui, dans un mélange de surprise et d'enchantement, porta la main à sa poitrine. Elle ne dissimula pas le discret sourire qui se dessinait sur ses lèvres.

De la même façon, presque toute l'assemblée se retourna pour regarder le couple que nous formions, déplorant peut-être le triste sort d'Odoniel qui, en s'approchant d'une Flores, risquait une mort prématurée.

– Tu sais pourquoi tout le monde nous regarde, n'est-ce pas ? demandai-je à Odoniel, qui acquiesça.

– Ils sont déjà en train de commander mon cercueil, plaisanta-t-il, amusé, avant de me rassurer : Ne t'inquiète pas, je ne crois pas à ces choses-là.

– Je crains qu'une danse ne suffise pas à te mettre en danger, plaisantai-je également, avec une pointe d'audace qui fit manquer un pas à Odoniel.

– Merci de m'avoir prévenu, dit-il enfin, et je lui souris.

Encouragés par notre exemple, d'autres invités se levèrent pour danser et la fête battit rapidement son plein. De loin, Odoniel et moi observions les mouvements de Vitorina. Nous la vîmes s'approcher du professeur sous prétexte d'aller se servir du punch et engager la conversation.

Vitorina gesticulait avec grâce, se penchant vers lui d'une façon explicite mais suffisamment discrète. Le jeune homme se montrait réticent et fit même un pas en arrière, peut-être pour s'assurer qu'il maintenait une distance appropriée entre lui et la jeune femme.

– Malheureusement, je ne suis pas doué pour la danse. Je ne me pardonnerais pas de vous infliger cette souffrance, dit-il pour justifier son refus.

– Ne soyez pas modeste, Professeur. J'ai bien vu que vous vous ennuyiez et je suis venue à votre secours. J'ai pour mission de vous remonter le moral. Allons-y.

Il se déroba encore :

– J'apprécie votre attention, senhorita Vitorina. Mais je ne mérite pas un tel sacrifice. Je vous remercie quand même. Je vous prie de m'excuser, dit-il en lui tournant le dos, laissant la jeune femme fâchée de voir son souhait contrarié.

Quand je vis qu'elle s'éloignait, je me figeai immédiatement.

– Il me semble que nous avons accompli notre devoir.

Odoniel se montra surpris de mon geste.

– Tu ne préfères pas attendre la fin du morceau ? suggéra-t-il gentiment avant de s'expliquer aussitôt : Afin bien sûr de ne pas éveiller les soupçons quant à notre mission.

Je lui souris, flattée, et confirmai qu'il ne coûtait rien de continuer encore un peu. Ces quelques pas de danse avec Odoniel me firent oublier un instant le drame d'Eugênia, qui devait à cet instant arriver sur les terres du colonel pour devenir la nouvelle senhora de Caviúna.

8

Fazenda Caviúna, 1918

Le colonel était connu pour être un homme taciturne ; peu de gens à Bom Retiro pouvaient se targuer d'avoir déjà entendu le son de sa voix. Lorsqu'on lui parlait, toujours dans le creux de l'oreille, il hochait la tête d'une manière qui n'exprimait ni l'accord ni la désapprobation, mais seulement que le message avait été entendu.

Son visage constamment renfrogné semblait indiquer qu'il avait sans cesse l'esprit préoccupé par des sujets très importants que les gens de la terre ne pouvaient pas comprendre : le prix du bétail, son prochain voyage à la capitale, la situation politique dans l'État de Pernambouc, la bande de *cangaceiros* que menait Simão Pereira, ces Robin des bois locaux qui menaçaient l'ordre établi. Toutes sortes de problématiques qu'il était, selon lui, vain de partager avec son entourage.

Le colonel et sa fiancée n'avaient eu que deux entrevues en tête à tête avant le mariage. À ces deux occasions, Aristeu était resté silencieux, sans doute justement préoccupé par ces questions de premier ordre. Les rencontres avaient eu lieu dans le salon du père de la jeune femme, où Eugênia, indignée d'être forcée d'épouser un inconnu, avait également décidé de rester muette, ce qui n'avait pas du tout semblé affecter l'humeur de son fiancé.

Contrairement à elle qui, régulièrement, soupirait bruyamment pour souligner son ennui et tapait des pieds en rythme pour essayer de faire passer le temps plus vite, Aristeu gardait cet air distant, tout à ses affaires très importantes qui ne regardaient en rien la jeune femme en face de lui.

La mère d'Eugênia, qui depuis le couloir essayait d'entendre la moindre bribe de conversation, fut surprise par le silence qui régnait et par le fait que son gendre n'avait touché à rien de ce qu'on lui avait servi. Pas même la liqueur de mûre commandée spécialement pour lui.

– Ton fiancé n'a pas apprécié la collation ? Tu as insisté pour qu'il prenne un peu de liqueur ? Oh, Eugênia ! Tu aurais dû lui dire que tu tenais à ce qu'il goûte les biscuits, il fallait lui dire que tu les avais préparés toi-même. Pauvre homme, il doit avoir l'estomac vide et s'est certainement senti offensé par tes mauvaises manières.

– Il n'est pas pauvre du tout, maman. Et le colonel ne mourra pas de faim non plus. Il y a beaucoup de vaches dans sa *fazenda*.

– Eugênia !

– Cela m'a déjà énormément coûté de rester tout ce temps en sa compagnie.

– Si ton père entend ça…, l'avertit sa mère en secouant la tête, mécontente de sa fille rebelle et des mets restés intacts sur la table. Ton entêtement ne te mènera nulle part. Bientôt, il sera de ton devoir de t'occuper de ton époux. Si tu étais moins têtue, tu commencerais d'ores et déjà à t'entraîner, et tu profiterais de la présence de ta mère à tes côtés pour prendre conseil auprès d'elle.

– C'est si gentil à toi de t'inquiéter ainsi de mon bonheur, maman, j'en suis tout émue, répondit-elle ironiquement, avant de croquer dans l'un de ces biscuits à la crème qu'elle n'avait pas préparés elle-même.

Lors de la seconde rencontre, Eugênia était encore plus contrariée. Non seulement le mariage approchait, mais son père lui avait interdit de revenir travailler avec nous. Bien décidée à tester les limites du colonel, elle partit chercher le plateau à la cuisine en tapant des pieds. Elle toussotait pour rompre le silence et, après un certain temps, retira ses chaussures de satin flambant neuves qui lui blessaient le petit orteil. Mais Aristeu ne réagit à aucune de ces menues provocations. Il restait immobile, fixant un point sur le mur en face de lui, songeant certainement à la politique ou au bétail.

Après plus d'une heure écoulée dans cette torpeur, Eugênia se risqua à soupirer bruyamment, pour bien signifier son ennui. Mais cela ne suffit pas à faire réagir son fiancé.

Lorsque d'autres personnes les entouraient, le silence n'était pas si oppressant. Même s'ils restaient tous les deux muets, il y avait toujours quelqu'un pour présenter ses hommages ou flatter le colonel : « Quelle belle nuit, vous ne trouvez pas, colonel ? », « J'ai entendu dire que la saison sèche devrait commencer plus tôt cette année, c'est vrai, colonel ? » Ces phrases lâchées çà et là, qui n'appelaient même pas de réponse, remplissaient la pièce et atténuaient un peu le malaise d'Eugênia.

Et même après le mariage, c'est dans ce même silence, devenu leur façon d'être ensemble, que les jeunes mariés se rendirent pour la première fois à la Fazenda Caviúna. Eugênia franchit le seuil imposant de la *casa-grande* en pensant à la souffrance que lui réservait sa nouvelle condition. Elle se sentait comme une intruse dans ce salon, qui avait été personnellement décoré par la défunte mère d'Aristeu, la première senhora de ces terres.

Elle fut prise d'une envie de pleurer et de s'apitoyer sur son sort, mais bientôt les enfants s'approchèrent, les serviteurs se présentèrent un à un et l'atmosphère se réchauffa. Lorsqu'elle regarda autour d'elle, Aristeu n'était plus là. Elle réalisa avec soulagement qu'elle ne reverrait pas son époux avant plusieurs heures, au dîner.

Par chance, elle apprit ensuite par Dorina, la cuisinière qui régnait sur les lieux depuis que le colonel était enfant, qu'elle aurait sa propre chambre. Le senhor avait ses habitudes, et nullement l'intention de partager son espace de repos avec qui que ce soit.

Eugênia avait gardé à dessein ses vêtements de voyage qu'elle portait depuis qu'elle avait quitté Bom Retiro et le soir venu, une fois retirée dans ses quartiers, elle ne s'était toujours pas changée. Le fait de rester habillée de la sorte lui donnait l'illusion que sa présence dans cette maison n'était pas définitive. La robe vert foncé, offerte par une tante, appartenait au même monde qu'elle. L'idée de se dévêtir pour enfiler sa chemise de nuit nuptiale était comme se trahir elle-même. Comme si elle baissait les armes devant la vie qu'on lui imposait.

Mais ce sentiment de sécurité était bien fragile. Elle avait tout de suite remarqué l'absence de clé dans la serrure, et elle savait que son mari ouvrirait bientôt la porte de la chambre avec l'intention de consommer l'union. Pour apprivoiser l'angoisse qui l'envahissait durant cette attente insupportable, Eugênia élabora quelques points du code qu'elle avait inventé.

Elle dessina d'abord le mot « peur », puis « haine ». Des paroles qui résumaient ce qui traversait son âme à cet instant. Seule dans la chambre qui avait été celle de sa belle-mère, Eugênia ressentait de la peur pour l'avenir et de la haine envers tout et tout le monde. Son mari, qui l'avait choisie comme une pièce de rechange, son père, qui l'avait livrée comme une pièce à vendre, sa mère, qui admirait tant ce mécanisme que constituait le mariage, les invités de la cérémonie, si satisfaits et confiants de voir tous ces rouages autour d'eux fonctionner à ravir. La seule chose qu'elle ne détestait pas, c'était nous, les dentellières, qui ne voulions ni ne pouvions entrer dans aucun moule.

Lorsque, des heures plus tard, elle entendit la poignée de la porte tourner, Eugênia stoppa net le mouvement de l'aiguille. Elle n'eut pas besoin de lever les yeux pour sentir la présence de son mari comme une lampe allumée qui consumait l'air de la chambre. Le bruit de ses bottes marchant vers elle était assourdissant. Ses pas, le craquement du bois, sa respiration lourde et les premiers mots qu'il lui adressa depuis leurs fiançailles :

– Déshabille-toi.

La crudité de cet ordre glaça le sang de la jeune femme qui repassa le fil sur le E de « haine » comme si elle ne l'avait pas entendu. Dans son esprit, elle se répétait qu'un tel ordre était un affront, une humiliation. Elle était une jeune femme de bonne famille, elle n'avait pas choisi d'être là, elle n'avait jamais voulu être l'épouse de cet homme, elle ne lui devait rien et ne remplirait donc pas ses obligations maritales.

Voyant qu'elle ne lui obéissait pas, Aristeu s'approcha et lui saisit les poignets avec une brutalité qu'Eugênia n'aurait pas imaginée possible de sa part, tant il s'était montré respectueux dans le salon de ses parents.

– Déshabille-toi, répéta-t-il en tirant fermement sur son bras.

– Qu'est-ce que vous vous imaginez ? riposta Eugênia, mais il lui couvrit la bouche d'une main, tandis que l'autre fouillait sa chair.

– Ta mère ne t'a pas expliqué ce qui se passe entre un mari et une femme ?

Non, sa mère ne lui avait rien expliqué, mais Eugênia savait ces choses, elle aimait tendre l'oreille du côté des sujets interdits. Elle avait entendu des dizaines de conversations chuchotées dans la cuisine sur les frasques de ces filles de la ville qu'on disait « perdues ».

Elle avait également eu l'occasion, en visitant une ferme, d'observer des animaux en train de copuler, une scène qui l'avait mise très mal à l'aise. Mais elle pensait que c'était différent pour les êtres humains, créés à l'image et à la ressemblance de Dieu.

Elle se souvenait aussi d'une fois, alors qu'elle était encore enfant, où on avait jeté deux seaux d'eau pour séparer un couple de chiens errants unis par leurs parties intimes, l'un derrière l'autre, devant le magasin. Elle se souvenait encore de la réaction du père de Vitorina, qui maudissait les chiens et les accusait de faire fuir les clients en se déchaînant de la sorte sur le trottoir.

À l'idée qu'une telle chose puisse se produire dans ce lit, Eugênia commença à se débattre.

– Partez ! cria-t-elle une fois parvenue à s'échapper pour se réfugier dans un coin de la pièce. Partez ou je ne répondrai pas de moi !

Contre toute attente, Aristeu sembla plus surpris que furieux. Il ne s'était pas préparé à devoir se battre pour obtenir ce qui, selon lui, lui revenait de droit.

Voyant son mari hésiter, Eugênia le supplia :

– Ne faites pas ça, je vous en prie.

Mais il lui fallait accomplir son devoir :

– Les domestiques doivent changer le drap taché de sang demain.

Et d'un geste vif, il plaqua le visage d'Eugênia contre le mur et lui souleva ses jupons.

Elle tenta à nouveau de se libérer, de crier à l'aide, mais son mari lui couvrit à nouveau la bouche. Les lèvres collées à son oreille, il lui dit : « Si tu cries comme un veau, tu n'obtiendras jamais le respect des domestiques. »

Prise de désespoir, Eugênia planta sans réfléchir ses dents dans la main de l'homme, qui la relâcha un instant. Juste le temps pour elle de tendre le bras et d'attraper une paire de ciseaux de couture qui se trouvait sur son ouvrage de dentelle.

Stupéfait, Aristeu suivit le mouvement d'Eugênia, réalisant peut-être enfin que sa nouvelle épouse n'était pas une pièce de rechange venue rétablir les rouages de sa vie. Aussi sauvage que le jaguar qu'il avait un jour abattu au terme d'une longue traque sur les hauts plateaux, Eugênia était une femme déterminée.

– Si c'est le sang sur le drap qui vous importe, le voici. À ces mots, Eugênia s'enfonça la pointe des ciseaux dans la paume et laissa le sang couler.

Devant le lit teinté de rouge, le colonel resta un instant interdit. Ses cheveux étaient tout ébouriffés et son front dégoulinait de sueur. Eugênia vit la contrariété tordre le visage de son mari, mais au lieu de l'attaquer comme elle s'y attendait, Aristeu remonta son pantalon et se dirigea vers la porte. « Tiens-toi prête demain », lui ordonna-t-il, et elle ne reprit son souffle que lorsque le bruit des bottes sur le sol ne se fit plus entendre.

Allongée sur le drap souillé, elle laissa un sourire inattendu se dessiner sur ses lèvres. Elle avait réussi. Elle s'était débarrassée de son époux, au moins pour une nuit.

La douleur de la coupure qu'elle venait de s'infliger n'était rien à côté du sentiment de victoire qui l'envahit à cet instant. Sur le sol, la dentelle qui dessinait les mots du désespoir, « peur » et « haine », était tachée, mais son honneur, lui, était indemne.

Bien qu'épuisée, Eugênia ne parvint pas à dormir le reste de ce qui était – ou aurait dû être, puisque ça ne l'était déjà plus – sa nuit de noces. Elle était agitée, l'esprit tout à sa mission : perfectionner son plan et continuer ainsi à éviter Aristeu, nuit après nuit, comme elle venait de le faire. Il lui fallait trouver une issue de toute urgence. Et pour échapper à ce cauchemar, nous étions les seules personnes en qui elle pouvait avoir confiance, nous, les dentellières, les Flores.

9

Bom Retiro, 1918

Des semaines après le mariage, un messager de la Fazenda Caviúna frappa à notre porte pour nous remettre un colis de la part de senhora Eugênia Medeiros Galvão. Il s'agissait d'un ensemble contenant un centre de table et six serviettes très délicates qui, selon les dires du messager, n'était pas à vendre, « C'est un cadeau pour senhorita Inês. » La précision fit grimacer ma tante, qui trouva aussitôt à redire :

– Ça ne se vendrait pas de toute façon. Il y a une tache ici. La dentelle a été lavée, mais ça se voit tout de suite. Sans parler de la poussière accumulée sur la route. Elle a pris une tout autre couleur.

– Laquelle, tante Firmina ? voulut savoir Cândida.

Mais ma tante avait mieux à faire que de trouver des ressemblances entre la couleur de cette dentelle sale et les plumes d'un quelconque oiseau.

– Couleur terre battue, petite, répondit-elle avec impatience.

Et pour qu'elle ne reste pas sans l'information qui lui tenait tant à cœur, je murmurai à l'oreille de ma sœur :

– Elles sont un peu orangées, comme la poitrine de l'oriole des campos.

À l'instant où je posai les yeux sur l'ensemble, je compris qu'un message y était entrelacé et proposai de nettoyer les pièces.

– Bonne idée, Inês, fais-les tremper dans le vinaigre, me conseilla ma mère.

Je m'y attellerais le lendemain, mais je portai aussitôt l'ensemble dans ma chambre pour le déchiffrer plus tard. Une fois Cândida endormie, je déballai le linge et passai la nuit à l'examiner.

Sur le centre de table et les six serviettes, Eugênia racontait ses dernières épreuves et expliquait que depuis son arrivée à la Fazenda Caviúna, quelques mois plus tôt, on l'empêchait de sortir. Elle vivait enfermée, comme une prisonnière, et la dentelle était la seule activité que son mari lui permettait.

« Ainsi, je me tiens tranquille et la tête baissée, comme il le souhaite », lus-je dans les points.

Dès les premiers jours, elle s'était consacrée à son ouvrage comme jamais auparavant. La dentelle lui avait permis de garder l'esprit alerte, et tandis que ses doigts faisaient aller et venir l'aiguille à travers la trame du lacet, elle élaborait son plan.

Sur chaque serviette, Eugênia avait inscrit une partie de son nouveau quotidien. La première était entièrement consacrée au tempérament d'Aristeu qui, malgré son apparence discrète, pouvait devenir très violent.

Dans une autre, Eugênia évoquait sur un ton moins amer les enfants. Intelligents et sensibles, les petits orphelins craignaient aussi leur père, comme tout le monde là-bas, mais ils vivaient avec lui depuis si longtemps qu'ils avaient appris instinctivement à garder leurs distances.

Heureusement, Aristeu n'avait aucun intérêt pour eux et leurs relations se limitaient à des salutations polies : « Bonjour, père », « Si vous permettez, père », auxquelles il répondait d'un signe de tête, pour leur signifier de prendre congé. Une fois ces formalités accomplies, les petits retournaient à leur monde, libres de jouer et gambader dans les champs de la *fazenda*, sans plus de contacts avec lui.

Aristeu ne se montrait pas dur ou méchant envers eux, soulignait Eugênia, il ne leur prêtait tout simplement pas attention. « Ce qu'il me serait arrivé si je m'étais comportée comme l'épouse qu'il pensait avoir trouvée lorsqu'il était allé négocier ma main auprès de mon père. »

Le commissaire n'avait pas reçu de rétribution, mais il s'était laissé séduire par la promesse de descendants héritiers de la prestigieuse *fazenda*. Du reste, la troisième serviette était dédiée à ses parents. Eugênia ne leur pardonnerait jamais de l'avoir abandonnée de la sorte à ce prédateur vorace.

Sur une autre pièce, le récit d'Eugênia prenait un ton plus léger. Nous lui manquions, ainsi que nos après-midi de dentelle. Selon elle, les souvenirs de notre amitié étaient la seule chose capable de la réconforter durant ses interminables journées. Elle s'était accrochée à la dentelle pour survivre. Elle travaillait du réveil aux dernières prières du coucher. Penchée sur son ouvrage, son esprit se libérait et voyageait jusqu'à la maison aux volets bleus, où elle pouvait presque entendre le rythme de notre souffle. Dans sa solitude, même les plaintes de tante Firmina lui semblaient agréables.

Si le colonel avait interrogé un habitant de Bom Retiro au sujet d'Eugênia, ou s'il l'avait questionnée elle, il aurait certainement choisi une épouse plus apte à jouer son rôle.

Loin de se préoccuper de ce détail et aveuglé par sa propre vanité, incapable d'imaginer qu'il puisse exister des femmes comme Eugênia, qui n'accepteraient jamais d'être un simple rouage dans un mécanisme déjà bien rodé, Aristeu avait décidé d'un second mariage avec la fille du commissaire, convaincu de faire le bon choix. Il n'avait pas conscience alors de l'ampleur de son erreur.

Pour punir mon amie qui ne se pliait pas à ses exigences, il refusa toutes ses demandes. Même les plus banales. Ainsi, il ne lui était pas permis d'aller en ville pour faire des achats ou rendre visite à ses parents.

Aristeu se sentait floué. Il avait contracté ce mariage pour trouver la paix, mais l'entêtement de sa femme ne lui avait apporté que des préjudices.

Au fond de lui, il regrettait son veuvage, ce dont Eugênia s'enorgueillissait. « C'est ma petite victoire, aussi modeste que notre point de sable, que l'on voit à peine au départ mais qui, reproduit en quantité, remplit toute la trame. »

Le récit le plus frappant, que traduisaient des petits points bien serrés pour tenir dans l'espace disponible, était celui de la nuit où, après un certain sursis obtenu grâce aux subterfuges inventés pour éloigner son mari, celui-ci la posséda finalement.

Après la première nuit, au cours de laquelle Eugênia s'était blessée pour simuler la tache – vérifiée et commentée par les domestiques de la maison le lendemain matin, comme l'avait prédit son mari –, elle était parvenue, d'une manière ou d'une autre, à rester indemne encore quelques temps.

Une fois, elle avait tiré la lourde commode en bois de rose pour bloquer la porte. Tout en sachant que l'obstacle ne suffirait pas à arrêter Aristeu s'il voulait vraiment entrer, elle était certaine que l'artifice le mettrait au moins dans l'embarras.

Telle une Shéhérazade évitant une mort certaine en épousant

le prince, Eugênia esquivait son mari. Pendant le dîner, elle mesurait discrètement la quantité de vin qu'il buvait et lui en versait juste assez pour l'engourdir et le plonger dans un sommeil rapide, qui endormirait son désir autant que sa conscience.

Une nuit, cependant, alors qu'elle était déjà au lit, les yeux allumés comme deux étoiles dans l'obscurité et les ciseaux toujours à portée de main, Eugênia entendit des pas de plus en plus rapprochés dans le couloir, puis le crissement métallique de la poignée.

Aristeu poussa la porte qui, bloquée par la commode, émit un battement sec. L'instant d'après, Eugênia espéra un miracle tout en se recroquevillant, au cas où un coup de pied violent ouvrirait la porte et ferait voler le meuble.

Elle pria si fort santa Águeda qu'elle fut exaucée. La porte qui s'était entrouverte se referma rapidement. Quelques minutes plus tard, le bruit des pas de son mari dans le couloir s'éloignait.

Mais le lendemain matin, lorsqu'elle retourna dans sa chambre après un joyeux petit-déjeuner en compagnie des enfants, la commode en bois de rose avait été enlevée, ainsi que la table de chevet et le fauteuil.

La chambre était pratiquement vide, il ne restait plus que le lit et une chaise. Son nécessaire de toilette s'était volatilisé et les vêtements qu'elle gardait dans les tiroirs de la commode étaient maintenant rangés dans une armoire fixée au mur.

L'après-midi même, lorsque Dorina vint lui servir le thé, la maîtresse de maison ayant refusé plus tôt de déjeuner, la domestique évoqua les événements récents. Elle regrettait qu'un si beau meuble soit la proie des termites.

– Le senhor l'a fait brûler juste après votre réveil. Quel dommage. Une telle merveille.

– Les termites ne s'attaquent pas au bois de rose, commenta calmement Eugênia tout en sirotant son thé.

Dorina jugea bon de changer de sujet. Il n'était pas souhaitable que deux patrons se contredisent.

Plus tard, au dîner, Aristeu se montra plus bavard que d'habitude. Il en vint même à expliquer :

– Les termites sont des créatures perfides. Ils ont l'air inoffensifs, mais ils sont rusés, dit-il, pédagogue, à l'intention des enfants. Ils aiment agir à l'abri des regards pour nous prendre par surprise. C'est pourquoi il faut se montrer ferme avec ces saletés, et agir vite. Avant qu'ils ne rongent tout de l'intérieur et ne transforment la maison entière en sciure.

Sans les meubles de sa chambre pour se barricader, Eugênia savait qu'il n'y aurait aucun moyen d'empêcher Aristeu de lui rendre visite. En l'écoutant évoquer les termites, elle comprit que la consommation aurait sans doute lieu la nuit même. Cette fois-ci, le colonel ne rencontra aucune résistance. Ni de la porte ni de sa femme.

Pendant l'acte, Eugênia demeura immobile sur le lit, ses mains inanimées le long de son corps, tel un cadavre. Morte, comme elle l'avait prédit sur son voile de mariée. Lui ne dit pas un mot, il se coucha seulement sur elle et assouvit son désir.

Elle se laissa violer sans bruit, telle une poupée de chiffon ballottée dans les positions les plus diverses. Elle laissa son mari manipuler ses bras, ses jambes et son corps comme s'ils n'étaient pas les siens.

Il avait attendu si longtemps et son ardeur était telle que la chose fut vite terminée. Eugênia endura la douleur, la honte et la révolte. Il semblait absent, mais il ne l'était pas. Ses mouvements étaient des coups et le sang coulait entre les jambes d'Eugênia, tandis qu'elle fixait le plafond en s'imaginant dans un autre lieu, un autre temps, un autre corps.

Quand Aristeu se leva enfin, elle comprit qu'il cherchait ses yeux, désormais vides. À défaut de les trouver, il ordonna avant de partir :

– Veille à ce que le drap soit blanc aux premières lueurs de l'aube.

Il ne permettrait jamais que se répande parmi les serviteurs le bruit que sa femme était restée pure aussi longtemps.

Dès qu'il partit, Eugênia nettoya le sang dans une bassine d'eau et étendit le drap sur le dossier de l'unique chaise de la pièce pour qu'il sèche avant l'aube. Le lendemain, lorsque Dorina alla réveiller la maîtresse de maison, il ne restait aucune trace de ce qui s'était passé la veille.

Je terminai la lecture du récit d'Eugênia le visage rougi et laissai la serviette reposer sur mes genoux quelques instants, le temps de me remettre de mes émotions. Je n'avais pas souvent réfléchi à l'intimité du mariage, mais je me demandais comment un même acte pouvait représenter le cauchemar des unes et le plaisir des autres.

Bien qu'ébranlée par ce que je venais de lire, il me restait une dernière pièce à déchiffrer, la plus surprenante de toutes.

Le centre de table n'avait pas la même fonction que les serviettes. Alors que les premières étaient tournées vers le passé, celui-ci évoquait l'avenir. Eugênia y exposait son plan en détail.

L'idée de fuir était née le jour où son père lui avait annoncé son mariage dans le salon de son ancienne maison. Ce désir de fugue, qui pouvait sembler déplacé, s'apparenter au fantasme infondé d'une mariée capricieuse, devint une nécessité vitale après la cérémonie.

Se retrouver femme de mauvaise vie, comme on disait, ou mendier aux portes des églises, rien ne serait pire que vivre là, prisonnière, à se faire violer chaque nuit tant qu'elle n'avait pas ses règles.

Après cette première fois, Eugênia pensa que son époux la laisserait tranquille un temps. Mais étrangement, la paralysie et la distance dont elle avait fait preuve avaient attisé l'appétit d'Aristeu. Elle le soupçonnait de récidiver dans le but d'obtenir une réaction de sa part, quelle qu'elle soit.

Parfois, il feignait l'indifférence face à la rigidité d'Eugênia et se comportait comme quelqu'un qui exécute une tâche mécanique. D'autres fois, il avait des mots presque tendres : « Tu as froid ? Je peux fermer la fenêtre. » Par moments, Eugênia sentait que la colère dominait chaque centimètre de son corps, qui s'agitait frénétiquement au-dessus d'elle, comme si l'intensité de son désir pouvait la sortir de sa léthargie.

Certaines nuits, il restait silencieux, triste, tous deux partageant alors une étrange communion. Deux morts vivants, deux âmes errantes à la poursuite de l'impossible. Un soir, Aristeu posa même son visage sur l'épaule d'Eugênia, s'abandonnant un instant et humant sa chevelure, ce qu'elle prétendit ne pas remarquer.

Peu à peu, les fréquentes visites de son mari modelèrent son corps. Elle ne ressentait plus la même douleur physique pendant l'acte, ce qui la rendit encore plus mélancolique. Son corps ne considérait plus Aristeu comme un envahisseur, mais son âme résistait : elle n'appartiendrait jamais à ce lieu ni à ce mari que le destin lui avait imposés.

Elle ne songea pas à en finir. Elle s'aimait comme elle n'aimerait jamais personne, c'est pourquoi elle était capable de tout pour se sauver. Y compris de céder à Aristeu.

Son plan était donc décrit en détail sur le centre de table. Comme son mari ne lui permettait pas d'avoir de contacts en dehors de Caviúna, elle ne pouvait communiquer qu'à travers la dentelle. Aristeu devait partir en voyage le mois suivant, ce qui me permettrait de venir lui remettre l'argent des pièces qu'elle allait fabriquer. Si on ajoutait les nouvelles pièces à celles produites avant le mariage, sur lesquelles elle touchait un pourcentage, cela devait suffire à lui ouvrir les portes de la liberté.

Elle avait remarqué que le jeune frère de Vitorina livrait les provisions à la Fazenda Caviúna tous les quinze jours, et si je parvenais à l'accompagner lors de sa prochaine livraison, qui devait coïncider avec le voyage du colonel, le reste suivrait.

D'ici là, elle prévoyait de produire de nouvelles pièces. La dentelle était l'une des rares activités que son mari lui permettait d'exercer, sans imaginer que, grâce à ce travail qu'il considérait comme un passe-temps auquel se livraient les femmes, la sienne s'émanciperait.

Une fois l'argent en poche, Eugênia trouverait un moyen de traverser le *sertão* pour rejoindre la capitale, où elle aurait encore de quoi subvenir à ses besoins jusqu'à ce qu'elle trouve de l'aide.

Le centre de table ne donnait pas tous les détails, mais précisait la date de la rencontre. Ma mission consistait à trouver le moyen de me rendre à la ferme le jour du ravitaillement. À cette occasion, et en l'absence du colonel, nous organiserions la suite. En ce qui concernait Aristeu, nous n'avions pas le droit à l'erreur. Eugênia le savait, dès l'instant où elle franchirait la porte de la Fazenda Caviúna, son seul salut serait de disparaître.

10

Rio de Janeiro, de nos jours

Ces derniers temps, Alice était comme lassée des hommes. Même si elle savait que parler « des hommes » était une généralisation inappropriée, exactement comme quand ceux-ci évoquaient « les femmes », elle ne parvenait pas à contrôler son irritation lorsqu'elle s'adressait à un représentant de ce que sa génération appelait « l'homme blanc, cis et hétéro de la classe moyenne ».

Leur corps l'attirait, c'est vrai. Mais l'épuisement qui l'envahissait à la seule idée de tout ce qu'elle aurait à expliquer, à pardonner et à accepter l'empêchait de s'impliquer.

Il était surprenant de les voir se comporter comme des nouveau-nés à qui il fallait tout apprendre : que non, les femmes n'avaient pas un instinct naturel qui les poussait à débarrasser la vaisselle avant eux ; que oui, elles aimaient le sexe plus qu'ils ne l'imaginaient ; que les poils pubiens faisaient partie de l'anatomie féminine et que si cela leur posait un problème, ils pouvaient épiler leur propre touffe au lieu de passer la leur en revue.

S'ils n'avaient toujours pas appris ces leçons, pourquoi fallait-il qu'Alice les leur enseigne ?

À dix-huit ans, elle était convaincue que la plupart des hommes étaient perdus. Certains étaient plus attentifs, elle l'admettait. Mais même ceux-là comprenaient rarement le poids excessif que leurs partenaires, amies, sœurs, collègues de travail portaient sur leurs épaules. Ceux qui bénéficient de privilèges finissent par ne plus réfléchir à l'état du monde.

Puis Alice avait rencontré Sofia qui, en plus de son amitié, lui avait offert une option amoureuse jusqu'alors inexplorée. Sans y réfléchir vraiment, et sans officialiser un statut « en couple » sur les réseaux sociaux, sa relation avec Sofia s'était avérée étonnamment stable.

– Je ne sais pas comment tu fais pour vivre dans ce désordre, a commenté Sofia en entrant dans la chambre et remettant déjà les choses en place.

Alice a souri, elle savait que la pièce serait rangée en un rien de temps. Tout ce qu'elle avait à faire, c'était de continuer à ne rien faire. Elle a aussitôt réalisé que cette pensée ressemblait à celle d'un homme blanc, cis et hétéro de la classe moyenne et, consciente de son comportement, a trouvé injuste de rester allongée en silence pendant que Sofia ramassait ses vêtements par terre.

– Laisse-moi t'aider.

Dans leur cas, ce n'était peut-être même pas une question de genre. Alice était chaotique et Sofia très organisée, de celles qui ne dorment pas avec de la vaisselle sale dans l'évier. Connaissant Sofia, Alice lui permettait de s'amuser à aligner ses cahiers et à ranger ses tiroirs. Elle considérait même cette permission comme un acte d'amour, car elle se fichait du désordre et, comme elle était pugnace, si quelqu'un critiquait son bordel, elle répondait généralement quelque chose du style : « C'est la chambre de qui, au fait ? La mienne ? Merci de me le rappeler, tu peux partir maintenant. »

– Et ces papiers ? On peut les jeter ? Factures en retard, tickets de cinéma, emballages de chewing-gum… Sofia dressait la liste.

Alice acquiesçait, la tête ailleurs.

– Tu ne regardes même pas, Alice. Et ces enveloppes vides ? Pourquoi tu les gardes ?

Après un soupir, Alice a commencé à s'intéresser à la pile que Sofia lui montrait. Elle triait ce qui était inutile, presque tout en fait. « Poubelle, poubelle, poubelle. » Jusqu'à apercevoir, au milieu des enveloppes, le papier jauni qui était arrivé du Pernambouc avec le voile de sa tante.

– Qu'est-ce que c'est ? a dit Sofia, curieuse.

– C'était avec le voile, a-t-elle répondu en désignant la pièce de dentelle posée sur le dossier de la chaise de bureau.

– C'est à garder ou à jeter ?

C'était tout ce que Sofia voulait savoir, impatiente de faire le nœud du sac poubelle.

Alice hésitait, ce qui a poussé Sofia à évaluer elle-même l'importance du papier.

– Voyons de quoi il s'agit.

Elle a regardé ce qui était écrit, puis de nouveau le voile, intéressée :

– C'est un code.

Alice n'a pas tout de suite compris.

– Chaque symbole correspond à une lettre, regarde.

Sofia était analyste système et travaillait au développement de logiciels pour de nouvelles applications. Son talent consistait à scruter le monde pour identifier des modèles.

– Le papier était avec le voile ?

Et sans attendre la réponse d'Alice, elle a pris la dentelle pour l'étendre sur le couvre-lit.

– Ça commence ici. Ce point, si on cherche le symbole auquel il correspond, c'est un M. Celui-là, un O, a-t-elle dit, concentrée.

Elle a vérifié encore une fois sur le papier avant de commencer à décoder le message.

– « Moi, Eugênia... »

Alice rit, dubitative, elle était certaine qu'il s'agissait d'une coïncidence.

– Arrête, Sofia. Tu te fous de moi.

– Pourquoi j'inventerais un truc pareil ? Tu ne veux pas y croire, n'y crois pas. Tu verras bien, lui a lancé Sofia en refermant le sac poubelle et en reposant le papier sur la petite table.

Malgré ses doutes, Alice a pris le voile pour vérifier, ce qui a adouci Sofia et l'a incitée à continuer.

– Si ce n'était pas un code, il n'y aurait pas de motifs.

Sofia s'est assise pour mieux expliquer à Alice.

– Cette séquence de points, par exemple, se répète en plusieurs endroits. « Eugênia » au début. « Eugênia » à la fin, comme une signature, tu vois ?

Alice a suivi des yeux les doigts de Sofia, qui se déplaçaient rapidement sur la dentelle, avant de reconnaître que son amie avait raison. Les points formaient des mots, qui formaient des phrases. Le voile était une lettre.

– Qui est Eugênia ? a demandé Sofia, curieuse. C'est ta tante ?

Alice a fait non de la tête. Sa tante s'appelait Helena et elle s'était contentée de lui donner le voile. Il aurait appartenu à une parente, mais Alice ne savait pas qui. Peut-être son arrière-grand-mère, ou son arrière-arrière-grand-mère.

– Je n'ai jamais entendu parler d'Eugênia. Mais je n'ai pas eu beaucoup de contacts avec ce côté de la famille. Ma grand-mère s'était disputée avec sa mère, a-t-elle expliqué avant d'ajouter, désireuse d'en savoir plus : Qu'est-ce que ça dit d'autre ?

Sofia a continué de déchiffrer le message, tout en montrant à Alice comment faire.

– Ça, c'est le J, tu vois ? Et là, le E.

– Laisse-moi essayer.

Alice, enthousiaste, s'est mise à lire les mots à haute voix en se référant au code.

« Je suis prisonnière d'un cauchemar dont j'ai l'intention de m'échapper. »

Les deux jeunes femmes se sont regardées comme si elles venaient d'assister à un rebondissement dans un film dont elles n'attendaient pas grand-chose. Allongées côte à côte sur le lit, elles ont passé les heures suivantes à lire cette tragédie d'un autre temps.

*

– Est-ce qu'elle a réussi ? a demandé Sofia. Ta tante ou ta mère le savent sûrement.

– Ma mère ne me parle plus, tu as oublié ?

Sofia a levé les yeux au ciel et s'est levée :

– Je file avant que le drame de la pauvre victime ne commence.

– Oh, non. Dors ici, Sof', a marmonné Alice, une stratégie qui ne fonctionnait généralement pas avec sa petite amie.

– Je ne peux pas. J'ai encore du boulot. Et si je me pointe demain dans les mêmes vêtements qu'hier, les gens vont faire des blagues qui vont m'énerver. Je préfère éviter.

– Tu peux toujours répondre que tu as passé une super nuit, a proposé Alice, séductrice. Ou m'emprunter des fringues.

– Tu as quelque chose en taille L ?

Alice s'est pincé les lèvres et Sofia a mis fin à la discussion.

– À demain, alors.

En la raccompagnant à la porte, Alice a aperçu sa mère allongée sur le canapé du salon, pieds nus, un verre de malbec à la main, le visage éclairé par l'écran de son ordinateur portable. À en croire ses joues rouges et le large sourire qu'elle arborait, Vera devait être en train de discuter avec quelqu'un sur l'application de rencontres.

Après avoir quitté Sofia devant l'ascenseur, Alice retourna dans le salon pour demander :

– Maman ? Comment s'appelait mon arrière-arrière-grand-mère déjà ?

– Hein ?

– Mon arrière-arrière-grand-mère, la grand-mère de ta mère. Eugênia ?

– Attends un peu, Alice, a répondu Vera agacée, je suis en pleine conversation.

– Tu peux me répondre ? Ça te prendra une seconde.

Sa mère l'a regardée avec surprise. Sa fille posait rarement des questions sur sa famille.

Même si Vera trouvait l'attitude d'Alice étonnamment positive et mature, le moment était mal choisi. Elle ne voulait pas perdre le fil de la conversation avec ce passionnant ingénieur, qui « faisait de la randonnée le week-end, aimait voyager et préférait le Cabernet ».

– Qu'est-ce qui te prend ?

Sa mère parlait lentement, partageant son attention entre sa fille et le chat, elle essayait de gagner du temps pour taper une nouvelle phrase : « Un instant, ma fille me demande quelque chose. Ne t'enfuis pas, hein ? Mdr. »

– La curiosité, c'est tout. Je n'ai pas le droit ?

– Carmelita, a répondu Vera sans quitter des yeux l'écran de l'ordinateur. « Coucou, me revoilà. C'est bon. Alors… Et si on se rencontrait en personne ? »

– Carmelita ? Il n'y avait pas d'Eugênia dans la famille ? a insisté Alice.

– Oh, écoute, je ne sais pas. Peut-être. Comment pourrais-je le savoir ? a grogné Vera, irritée. Je n'ai même pas connu ma grand-mère. Laisse-moi tranquille, allez.

Alice était restée trois heures enfermée dans sa chambre avec Sofia, à faire on ne sait quoi, et voilà que ce sujet, qui n'avait pas suscité son intérêt jusqu'alors, devenait urgent. Juste au moment où elle commençait à s'amuser. C'était le tour de Vera maintenant. Toutes égales dans cette maison. C'était ce qui était convenu.

Tandis qu'elle réfléchissait avec l'ingénieur au lieu de leur premier rendez-vous – peut-être ce restaurant italien qui venait d'ouvrir à mi-chemin –, Vera essayait de fouiller sa mémoire à la recherche d'une Eugênia, dans ses souvenirs d'enfance et dans les phrases que sa mère avait prononcées. Elle le faisait pour se débarrasser de l'obstination de sa fille plantée devant elle.

Sa mère à elle, Celina, ne lui avait pas beaucoup parlé de sa famille du Pernambouc. Elle avait rompu avec sa propre mère à l'époque où son père s'était suicidé. D'après ce qu'elle avait compris, sa mère tenait sa grand-mère pour responsable de la mort de son grand-père, sans que Vera ne sache pourquoi.

Pour oublier la douleur, Celina avait déménagé à Rio à l'âge de dix-sept ans, où elle avait refait sa vie comme si elle était la première représentante de sa lignée. Alors même que, enfant déjà, elle avait eu conscience d'une lacune dans le passé de Celina, Vera n'avait jamais ressenti le besoin d'en savoir plus. À l'adolescence, elle avait construit le fantasme que son aïeul s'était suicidé en découvrant la trahison de sa femme. Seule une telle tragédie pouvait justifier qu'une fille rompe avec sa mère veuve, au lieu de la soutenir.

Si Alice avait un jour appris le nom d'un quelconque ancêtre, c'était seulement dans le cadre d'un devoir scolaire qui consistait à dessiner son arbre généalogique. À l'époque, sa mère avait prononcé du bout des lèvres les quelques noms qu'elle connaissait, comme s'ils étaient interdits.

Le côté paternel de la jeune fille était lui aussi plein d'espaces vides, et depuis qu'Alice avait dessiné cet arbre incomplet elle se sentait comme un de ces fruits qui ne poussent pas sur les branches mais naissent directement du sol – un ananas, une pastèque, une fraise.

Vera ne pensait déjà plus à la question. « J'ai un aveu à te faire. J'ai un peu triché sur mon âge en créant mon profil, j'espère que ce n'est pas un problème. »

Elle tentait de poursuivre la conversation, mais la présence inquisitrice de sa fille la gênait et lui ôtait son naturel. Elle voulait qu'Alice retourne dans sa chambre et la laisse tranquille.

« Tes enfants vivent avec toi ? Ma fille a dix-huit ans, mais elle se comporte parfois comme une enfant. Cette nouvelle génération n'arrive pas à couper le cordon ombilical, tu ne trouves pas ? À son âge, je voulais être le plus loin possible de la maison. »

Voyant Vera de nouveau absorbée par son écran, cette fois sans possibilité de retour, Alice a renoncé.

– Laisse tomber. Mais ne viens pas me dire qu'on ne se parle jamais.

Et avant de quitter la pièce, elle a ajouté par provocation :

– Tu peux toujours continuer à batifoler, ça ne te conduira nulle part.

Cette remarque déplacée a fait perdre son sang-froid à Vera, qui a fermé son ordinateur portable. Le fait de lui avoir donné naissance par voie basse au cours d'un accouchement traumatisant qui avait duré dix-huit heures ne l'obligeait pas à écouter ces insanités. Il n'y avait pas de plus grande ingratitude que celle des enfants, qui se croyaient toujours prioritaires.

– Fais attention à ce que tu dis, jeune fille. Tu te prends pour qui, à me juger ? Va vivre ailleurs et paie tes factures avant de me parler comme ça.

– Je compte les jours, tu peux en être sûre ! a crié Alice depuis le couloir, en claquant la porte de sa chambre.

– C'est réciproque ! a hurlé Vera, avant d'avaler le reste de malbec pour retourner à sa conversation. « Coucou, désolée, c'était l'interphone. Si j'ai été mariée ? Oui, mais c'est du passé, maintenant je me concentre sur l'avenir. »

11

Bom Retiro, 1918

Tante Firmina était la seule à s'étonner qu'Eugênia réclame l'argent des dernières pièces qu'elles avaient produites avant son mariage.

– Elle ne s'est jamais souciée de l'argent. Maintenant qu'elle est riche, elle est devenue pingre ?

– Elle y a droit, Firmina, dit ma mère. Il est normal qu'elle soit rétribuée pour un travail qu'elle a fourni.

– Elle pourrait au moins en faire don aux pauvres. Faire preuve de charité.

– C'est exactement ce qu'Eugênia veut faire, ma tante, mentis-je pour mettre fin au débat.

– Si c'est par charité, nous pourrions les vendre à la foire de l'église, suggéra tante Firmina. Elle n'aurait à se soucier de rien.

– Il se trouve qu'elle sait déjà quoi faire de l'argent, mentis-je à nouveau pour protéger mon amie. Eugênia voudrait aider des familles de la *fazenda*. C'est pourquoi elle nous a demandé de le lui envoyer.

– Et comment se fait-il que tu en saches autant sur les intentions d'Eugênia, Inês ? me demanda tante Firmina. C'est à peine si l'homme qui est venu livrer le colis nous a saluées.

– Nous en avions parlé à son mariage, inventai-je encore, et ma tante finit par accepter, non sans se plaindre :

– Au lieu de s'occuper de sa maison et de son mari, Eugênia a décidé de gagner plus que lorsqu'elle travaillait avec nous. Allez comprendre ces jeunes gens.

Après quelques semaines, les pièces de dentelle d'Eugênia, anciennes et nouvelles, furent vendues. L'homme au costume sombre en prit la plus grande partie, les paya d'avance et, comme à notre habitude, les autres furent envoyées dans les fermes voisines. Ce commerce à travers la région n'était possible que grâce aux frères de Vitorina. Ils emportaient nos pièces avec leurs marchandises à Triunfo, Serra Talhada, Santa Cruz da Baixa Verde, Quixabá, et nous revenaient toujours avec une enveloppe bien garnie.

Eugênia avait beaucoup travaillé ces derniers temps, c'est elle qui avait le plus de pièces à présenter. Nos prix n'étaient pas bas, car notre renommée s'était étendue à d'autres États, et nous avions aussi commencé à envoyer des commandes par courrier, sans l'intermédiaire de l'homme au costume sombre. Tante Firmina avait même ouvert un compte à la banque de Triunfo, où elle déposait les économies des Flores.

Lorsque je me retrouvai en possession d'une bonne somme d'argent à envoyer à mon amie, je demandai à Vitorina quand ses frères allaient livrer Caviúna.

– C'est à eux qu'il faut le demander. Si je devais passer ma vie à les surveiller, je n'aurais plus de temps à consacrer à la dentelle.

– Pourquoi n'accompagnes-tu pas Vitorina au magasin, ma chérie ? suggéra ma mère d'un air espiègle que je ne lui connaissais pas. Profites-en pour rapporter du riz. Nous n'en avons plus.

Il me fallut du temps pour comprendre que ma mère avait développé des attentes concernant ma vie amoureuse. Depuis que j'avais dansé avec Odoniel, elle m'envoyait de plus en plus souvent faire les commissions – bien plus souvent que nécessaire – dans le secret espoir qu'un sentiment réciproque naisse entre nous.

Odoniel était en train d'empiler des sacs de haricots lorsque nous arrivâmes. Il n'eut pas le temps de nous accueillir que Vitorina ouvrait déjà la porte du fond qui donnait accès à leur maison.

– Fais ce que tu as à faire, Inês. Nous nous parlerons ensuite, m'enjoint-elle avant de nous laisser. Si je ne vais pas saluer maman, elle va s'impatienter. Il suffit qu'elle m'entende au loin pour commencer à m'appeler. Si je tarde trop, elle se plaint que je ne fais pas assez attention à elle.

– Tu as besoin de quelque chose, Inês ? me demanda Odoniel une fois que nous fûmes seuls.

– Eh bien, oui.

– Des haricots noirs ? Des pommes de terre ? Tu as vu ces belles citrouilles ?

Après une brève hésitation, j'expliquai :

– En fait, j'ai un service à te demander.

Légèrement surpris, il m'écouta. Même si Odoniel s'était toujours montré très serviable avec moi, j'étais embarrassée de lui faire une demande aussi inhabituelle.

– J'aimerais rendre visite à Eugênia à la *fazenda*, commençai-je, tout en étudiant sa réaction au fur et à mesure que je développais mon propos. Cela fait un moment que nous ne nous sommes pas vues, et j'ai su par Vitorina que l'un d'entre vous se rendait bientôt à Caviúna. J'ai donc pensé…

Sans doute parce que je me sentais coupable de l'impliquer dans cette affaire, je n'arrivais pas à finir mes phrases, espérant qu'il comprendrait de lui-même. Ce qu'il fit.

– Tu peux m'accompagner, me proposa-t-il avec un sourire, qui fit immédiatement disparaître ma gêne.

Ce n'était qu'une visite entre amies, pas un crime.

– J'ai une livraison à faire demain, ajouta-t-il avant de préciser : J'ai l'habitude de partir à six heures. Je peux être devant votre maison dans ces eaux-là. Cela te conviendrait ?

– Ce serait parfait, répondis-je en lui rendant son sourire.

J'avais l'impression qu'Odoniel avait quelque chose en commun avec moi : il faisait partie de ces personnes sur lesquelles on pouvait toujours compter.

Leur père commerçant l'avait inculqué à ses enfants, y compris à Vitorina : « Le secret d'une clientèle fidèle, c'est de faciliter la vie de ceux qui passent notre porte. Agissez ainsi et il y aura toujours de l'argent dans la caisse. »

Satisfaite de ce qui était convenu et n'ayant rien d'autre à faire là, je le remerciai et entrai saluer dona Hildinha.

Plus tard, au dîner, la nouvelle de ma visite à Eugênia le lendemain même fit grand bruit dans la maison aux volets bleus. Pour ma tante Firmina, il n'y avait aucun intérêt à affronter toute cette poussière pour rendre visite à quelqu'un qui participerait dans quelques semaines à la procession de Santa-Águeda.

Ma mère, enthousiasmée par l'idée de ce trajet avec Odoniel, me demanda à trois reprises si je ne voulais pas qu'elle repasse une robe ou qu'elle me prête un chapeau. Cândida me fit promettre d'observer chaque détail de la *fazenda* pour lui raconter ensuite. Ses demandes étaient très précises : elle voulait savoir si le jardin exhalait le jasmin ou le manacá, si la cuisine sentait le ragoût de viande ou le caramel et, bien sûr, quels chants d'oiseaux habitaient ces lieux.

L'excitation était telle qu'aucune d'entre nous ne dormit cette nuit-là. Ni ma mère, qui trépignait à l'idée d'avoir des petits-enfants, ni Cândida, avide de descriptions qui rempliraient son imagination, ni ma tante, la poitrine oppressée par des angoisses que je ne comprendrais que plus tard.

Lorsque je descendis dans le salon au milieu de la nuit, la maison, réveillée, baignait dans l'odeur du café. Elles s'affairaient toutes trois autour de la préparation d'une confiture de cajá. Une cuillère en bois à moitié plongée dans une grande casserole, ma mère remuait les fruits déjà ramollis par la cuisson, Cândida comptait les anis étoilés pour la touche finale et tante Firmina nettoyait les bols dans lesquels elles verseraient la confiture.

– Va te coucher, Inês. Il te faudra être reposée demain, recommanda ma mère, d'un ton jovial, motivée par l'espoir de voir notre famille s'agrandir.

L'arrivée d'une nouvelle génération apporterait de la joie à la maison et ce serait même l'occasion de faire cette rénovation du toit que l'on remettait à plus tard depuis trop longtemps.

Au lever du jour, assises autour de la table de la cuisine où nous dégustions la confiture encore chaude, nous entendîmes le bruit d'un moteur qui s'approchait. Le camion d'Odoniel sentait l'oignon et le cumin. Depuis ce jour, chaque fois que j'utilise l'un de ces deux ingrédients, le souvenir de cette matinée me revient instantanément.

Durant le voyage, je n'eus jamais à m'efforcer de trouver des sujets de conversation. Odoniel se chargea d'animer le trajet et raconta les histoires les plus variées, certaines dont il avait été témoin et d'autres dont il avait seulement entendu parler au cours de ses pérégrinations dans la région.

Je ne sais pas s'il se donnait tout ce mal pour moi en

particulier ou si c'était par habitude de rendre la vie plus facile aux autres, comme son père le lui avait enseigné, mais en conduisant il m'indiquait des dizaines de lieux notables : telle *fazenda* du colonel Machin, tel lit d'une rivière asséchée depuis un demi-siècle, tel virage soi-disant hanté par un fantôme…

– Regarde si c'est lui, là-bas, le fantôme !

Dans un sursaut je suivis la direction que son doigt indiqua brusquement.

Ce n'était qu'une croix autour de laquelle un drap dansait dans le vent.

– Je suis désolé, Inês, je n'ai pas pu résister, avoua Odoniel en riant. J'espère que tu ne l'as pas mal pris.

J'avoue avoir été fâchée, non pas contre lui mais contre moi, qui étais tombée dans le panneau, mais j'ai fait comme si de rien n'était et nous rîmes ensemble. Odoniel respirait la même joie que sa sœur : cette expression accueillante qui semblait dire « reviens quand tu veux », sans jugement et ouverte aux autres.

Ce ne fut qu'après une heure de route qu'il me posa une question plus personnelle :

– Tu aimerais quitter Bom Retiro, Inês ?

Contrairement à mes amis qui échafaudaient toujours des plans pour l'avenir, je n'avais jamais pensé plus loin qu'au lendemain matin.

– Je ne ressens pas le besoin, l'urgence ou l'obligation d'aller où que ce soit, répondis-je. Si la vie m'emmène loin d'ici, qu'il en soit ainsi. Mais si, d'un autre côté, mon destin est de passer les cent prochaines années à Bom Retiro, je n'y vois pas d'inconvénient non plus.

– Tu prévois donc d'être centenaire ? plaisanta-t-il.

Je le provoquai à mon tour :

– La longévité des femmes, chez les Flores, est bien connue.

Avant d'ajouter d'un ton léger, car je prenais avec humour la légende qui entourait le destin de ma famille :

– Contrairement aux hommes.

Odoniel sourit de surprise et d'admiration, m'estimant sans doute très sage de ne pas me laisser atteindre par le qu'en-dira-t-on.

– Je suis comme le fil sur la bobine, ajoutai-je. Qui peut devenir dentelle ou rester oublié au fond du panier. Je ne me sens appartenir à aucune terre. Ni à celle-ci, où je suis née, ni à d'autres, inconnues.

– Tu es donc une femme libre, fit Odoniel, complice.

– Je crois, oui, acquiesçai-je.

Ses paroles me firent réfléchir. Au fond de moi, je ne désirais rien en particulier. J'accueillais simplement, sans crainte, ce que chaque instant avait à m'offrir. C'était bien là une forme de liberté, puisque je n'étais même pas prisonnière de mon propre désir.

Autour de ma taille, sous le coton de ma jupe, je sentais la douceur du foulard en soie dans lequel j'avais enveloppé l'argent d'Eugênia. De temps en temps, surtout après une secousse causée par un nid-de-poule sur la route, j'avais envie de passer la main sur le paquet pour m'assurer qu'il n'avait pas disparu par enchantement.

J'avais accepté de participer à l'entreprise de mon amie sans en évaluer les risques. À l'époque, je ne considérais pas que la décision me revenait, j'avais jusqu'alors toujours pensé qu'aider son prochain était le propre des gens bien.

Peu après notre arrivée à Caviúna, Eugênia apparut dans la cuisine, vêtue d'une élégante robe en tissu français, et nous accueillit d'une manière distante, comme sa position l'exigeait. Nous n'étions pas là en tant que visiteurs, et aucun des domestiques ne devait s'apercevoir que la maîtresse de maison se trouvait en face d'une vieille amie.

Je la saluai comme si nous ne nous connaissions pas. Je n'étais là que pour accompagner le commerçant, peut-être sa fiancée ou sa sœur. Ce ne fut pas sans un certain trouble que j'envisageai la première hypothèse, je dois l'avouer, mais j'essayai de maîtriser cette agitation inattendue pour me concentrer sur mon objectif.

– Ce cuir est de très bonne qualité, complimenta Eugênia en caressant des sacs arrivés parmi les autres marchandises.

– N'est-ce pas, dona Eugênia ?

Il employait désormais « dona » pour s'adresser à l'amie de sa sœur cadette, ce qui était tout à fait approprié.

– Ils viennent de Bahia.

Parce qu'elle avait rejeté de toutes ses forces le rôle de senhora depuis son arrivée, Eugênia ne dirigeait pas la maison comme elle l'aurait dû. Les premiers jours, les domestiques du colonel, désireuses de plaire à leur nouvelle patronne en se pliant à ses désirs, se montrèrent respectueuses et prêtes à recevoir les instructions d'Eugênia, mais celle-ci les avait congédiées, se disant souffrante ou occupée.

Afin de montrer leurs talents culinaires et leur compétence dans la gestion de la maison, ces femmes avaient passé les premières semaines à lui proposer toutes sortes de gâteaux et à polir l'argenterie plus qu'il ne le fallait. Mais peu à peu, voyant que la jeune femme touchait à peine à la nourriture et ne s'intéressait pas à la façon dont la table était dressée ni à l'éclat de la vaisselle, elles étaient revenues naturellement à leurs anciennes habitudes, auxquelles le patron s'était accoutumé.

Toutes, et en particulier Dorina, ressentirent d'abord une certaine frustration à ne pas voir leurs efforts appréciés par la nouvelle venue, mais elles virent finalement un certain avantage au désintérêt de la maîtresse de maison pour la chose domestique. Elles resteraient aussi libres que pendant le veuvage de leur patron, sans personne pour leur donner d'ordres ou critiquer l'assaisonnement.

Depuis que la première femme du colonel était tombée malade, la maison fonctionnait toute seule, et Dorina et les autres servantes finirent par se sentir reconnaissantes que Dieu ait mis sur leur chemin une patronne aussi peu soucieuse des tâches ménagères, qui se consacrait seulement à la dentelle.

Ce dernier point était d'ailleurs vu d'un très bon œil par les employées, qui admiraient le soin et la ferveur avec lesquels Eugênia travaillait sans en avoir la nécessité.

– Elle n'a même pas l'air d'une riche. Elle est toute courbée à force de se pencher sur ce coussin, s'étonnait Dorina.

Elles comprirent vite qu'elle n'était pas du genre à s'épancher, et finirent par la traiter avec la même déférence qu'une invitée.

Désormais habituée à une maîtresse de maison presque invisible, Dorina s'étonna de voir Eugênia entrer dans la cuisine pour vérifier les marchandises en provenance de Bom Retiro.

– Laissez-nous nous en occuper, Senhora.

– Je veux vous aider, Dorina. Je me suis réveillée dans de bonnes dispositions aujourd'hui.

La cuisine était spacieuse et, à travers une large fenêtre, on pouvait apercevoir les enfants du colonel jouer à saute-mouton. Dès qu'ils remarquèrent l'agitation inhabituelle à l'arrière de la maison, les deux bambins traversèrent la cour à vive allure pour rejoindre la cuisine. Ils embrassèrent leur belle-mère, la firent tourner sur elle-même en une pirouette et, sans interrompre leur course, chapardèrent deux *cocadas* sur le plan de travail.

– Attention à ne pas tomber, vous pourriez vous écorcher les genoux ! leur recommanda Eugênia, maternelle, mais les petits l'entendirent à peine et disparurent joyeusement par l'autre porte, en mordant dans le biscuit à la noix de coco.

– Quelle fougue, mon Dieu ! s'exclama-t-elle.

Elle conserva un moment cet air presque apaisé, savourant l'étreinte récente de ses beaux-enfants. Malgré tout ce qu'elle m'avait raconté sur les serviettes, mon amie parvenait encore à sourire.

Après avoir examiné les objets apportés par Odoniel, Eugênia me lança un regard complice et m'invita à la suivre d'un signe de tête tout en déclarant, d'une voix forte afin que tout le monde l'entende, « avoir quelques objets à donner qui pourraient intéresser la jeune femme. »

Tandis que nous nous dirigions vers la pièce principale, le bois craquait sous nos pieds. Je me souvins de Cândida qui m'avait demandé de mémoriser mes impressions de Caviúna, ses odeurs et ses bruits. La disposition des meubles de style classique, la porcelaine française et les peintures de paysages étrangers n'intéresseraient pas ma sœur. C'était ce que percevaient mes sens qu'il me faudrait lui décrire : l'odeur de lavande qui se dégageait du canapé et le chant aigu d'un geai à nuque blanche au loin.

Le salon était lumineux et aéré, et les rideaux dansaient sous l'effet de la brise fraîche qui soufflait à cette heure. Eugênia m'expliqua que sa défunte belle-mère avait décoré la maison pour que l'on s'y sente comme dans la capitale. Elle détestait la campagne et son plus grand bonheur était de passer l'hiver à Recife. Elle avait visité Rio de Janeiro à l'époque de l'Empire et aurait même rencontré Pedro II lors d'une *soirée*[1].

En d'autres temps, ce salon d'une élégance déraisonnable avait permis à sa belle-mère de se sentir ailleurs. Eugênia partageait ce même désir, pour des raisons certes différentes puisque sa belle-mère, née riche et devenue veuve jeune, n'avait pas été faite prisonnière par son mari.

Avec le pouvoir que l'argent confère à ceux qui le possèdent, la mère d'Aristeu imposa sa volonté par la force dans la région. On racontait de nombreuses histoires au sujet de sa cruauté envers les esclaves, et l'on disait que la *fazendeira* était morte de dégoût après l'abolition de l'esclavage. Aristeu avait certainement hérité de la dureté de cœur de sa mère.

Durant toute notre entrevue, Eugênia conserva une attitude formelle. Il n'aurait pas été prudent d'afficher notre intimité. Si on l'avait surprise dans une conversation amicale avec la commerçante, cela aurait pu éveiller les soupçons. Il s'agissait aussi de me protéger : il était plus sage de préserver les apparences.

Tandis que nous nous approchions de la fenêtre, j'admirai quelques instants le vaste paysage qui s'offrait à nous. D'un côté, des plantations de canne à sucre à perte de vue. De l'autre, un immense pâturage. Les deux richesses qui avaient fait la fortune des Medeiros Galvão.

– Magnifique, dis-je, et Eugênia soupira.

– Je ne vois qu'un désert. Une terre oubliée, figée dans le temps. À Recife et à Rio de Janeiro, les femmes ne sont pas traitées comme du bétail. Te souviens-tu du journal que Vitorina nous avait montré ?

1. En français dans le texte. *(Toutes les notes sont de la traductrice.)*

Il s'agissait d'un périodique publié à Recife, apporté par un colporteur qui faisait affaire avec son père.

Intitulé *Ave Libertas*, « Salut liberté » en latin, il était entièrement rédigé et édité par des femmes. À l'époque, pensant que son contenu nous intéresserait, Vitorina avait volé l'exemplaire sur le bureau de son père et l'avait apporté en cachette lors de l'un de nos après-midi de dentelle.

C'était toujours Vitorina qui faisait venir la grandeur du monde extérieur dans notre petit cercle. Lorsqu'elle l'ouvrit fièrement sur la table, nous nous rassemblâmes autour du papier déjà jauni, impatientes d'en savoir plus.

– Il servait d'emballage à un morceau de viande séchée, regardez ça, quel dommage, expliqua-t-elle avant de me demander de lire l'article principal à haute voix.

Grâce aux lettres imprimées sur la page froissée, nous apprîmes qu'Ave Libertas était un groupe de femmes qui avait pris une part importante dans la lutte pour l'abolition de l'esclavage, en collectant des fonds pour acheter puis libérer des esclaves. Désormais, quelques décennies plus tard, elles étaient engagées dans une autre mission tout aussi noble : aider à alphabétiser et à préparer les affranchis à assumer un nouveau rôle dans la société. Le groupe se battait également pour faire voter certaines lois en faveur des femmes, comme le droit de vote et un concept qui nous était alors inconnu, le divorce.

– Qu'est-ce que c'est, le divorce, Inês ? demanda Cândida en entendant ce nouveau mot.

Je lus la suite pour tenter de le découvrir.

– D'après ce qui est dit ici, cela signifie rompre un mariage.

– Mais ce que Dieu a uni, l'homme ne peut pas le séparer ! s'indigna tante Firmina. C'est dans le texte sacré.

– Es-tu sûre que cela existe vraiment, ma fille ?

Ma mère aussi doutait de la possibilité d'une telle chose.

– C’est ce qui est écrit, maman. Il a été décidé récemment que les maris et les femmes pouvaient vivre séparément en cas d’adultère, d’offense ou d’abandon.

– Bon Dieu. Le monde court à sa perte, déclara tante Firmina en se signant trois fois, sur le front, sur les lèvres et sur la poitrine.

– Malgré tout, continuai-je, l’union ne peut être rompue complètement. Les époux sont autorisés à vivre séparément, mais le lien perdure. D’après ce qui est dit ici, la nouvelle proposition de loi pourrait permettre, si elle est adoptée, d’annuler un mariage. Il s’agit de la loi sur le divorce.

– Ce divorce est donc un « démariage », conclut Cândida.

– Est-ce que les démariés pourront se marier avec d’autres personnes ? demanda Vitorina, intriguée par cette possibilité.

– Quelle idée insensée, grommela tante Firmina. A-t-on demandé à Dieu s’il était d’accord avec ce démariage ? Je parie que non.

Au bas de l’article figurait une photo de Maria Amélia de Queirós, une femme au panache évident, à l’expression assurée, les cheveux relevés en chignon, portant un imposant collier de perles autour du cou.

Nous restâmes un certain temps à admirer son portrait, elle qui semblait occuper une place jusqu’alors impensable pour nous, capable de faire entendre ses idées à des kilomètres à la ronde, de Recife à Bom Retiro. Des idées comme changer les lois en vigueur et autoriser les démariages.

Ironiquement, à l’époque, Eugênia pensait qu’il était inutile de se battre pour une telle cause. Mon amie espérait encore trouver le grand amour. Son prénom commencerait par la lettre S et elle n’aurait jamais besoin ni de se démarier ni de divorcer, quel que soit le nom qu’on donnait à cette folie.

Des mois plus tard, cependant, le souvenir de l’article paru dans *Ave Libertas* redonna espoir à Eugênia, qui s'accrocha à l'idée qu'elle pouvait ressembler à ces femmes. Dans une grande ville comme Recife, tout est différent, il suffit d'y arriver.

Avec l'argent de la dentelle caché sous ma jupe, Eugênia louerait une chambre dans la capitale et irait frapper à la porte de la rédaction du journal. L'adresse apparaissait au bas de l'exemplaire, Eugênia s'en souvenait ; il suffisait de demander à Vitorina de me le montrer à nouveau et de traduire l'adresse dans un mouchoir codé.

– Ces femmes se battent pour le bien d'autres femmes, Inês. Beaucoup d'entre elles sont dans une situation similaire à la mienne. Elles ne me refuseront pas leur aide.

Elle comptait sur la dentelle pour subvenir à ses besoins. Elle se déclara d'ailleurs éternellement reconnaissante à Vitorina de lui avoir enseigné un métier qui garantirait sa survie et sa liberté.

Eugênia rêvait à ce plan depuis si longtemps qu'elle l'avait en tête dans les moindres détails. Je trouvais l'intrigue de sa fuite quelque peu extravagante, à l'image des romans qu'elle avait toujours aimé lire, mais mon amie était absolument certaine du succès de son entreprise.

En m'exposant les étapes suivantes, Eugênia semblait raconter une histoire déjà vécue, et non un projet qui n'avait pas encore été réalisé. Appuyée contre le cadre de la fenêtre, sous le regard de sa belle-mère esclavagiste immortalisée par un portrait à l'huile, ce n'était pas la campagne verdoyante qu'elle contemplait, mais l'azur de la mer devant la plage de Boa Viagem. Elle ne se trouvait plus dans la *casa-grande*, le fief de son mari, mais dans une chambre de location, petite mais propre, d'où elle pouvait s'envoler où bon lui semblait, aussi libre que les oiseaux dont ma sœur s'occupait.

Eugênia me raconta aussi qu'elle avait profité d'une récente absence de son mari, parti faire des affaires à Triunfo, pour fouiller dans son bureau où elle avait trouvé une carte de la capitale détaillant ses rues et ses ruelles. Depuis ce jour, chaque fois qu'Aristeu partait à cheval, Eugênia allait mémoriser la carte dans le but de l'absorber comme une véritable enfant du littoral, et non plus une fille du *sertão*.

Ses yeux parcouraient le tracé imprimé de centaines de lignes tandis qu'elle choisissait la rue où elle habiterait. Elle inventait des trajets, des raccourcis, des voisins et parvenait même à se représenter les maisons, les arbres et les passants.

– Pour que tout se passe comme prévu, j'ai besoin de toi, Inês, me déclara Eugênia avec véhémence. Je n'y arriverai jamais sans ton aide.

Il m'était impossible d'évaluer son plan, n'étant moi-même jamais sortie de Bom Retiro, mais je connaissais la détermination de mon amie. Elle irait jusqu'au bout, avec ou sans mon soutien. Je la savais parfaitement capable de se projeter dans des réalités et de se fixer des objectifs.

Même si l'évasion se déroulait exactement comme elle l'avait imaginé, son choix impliquait beaucoup de souffrances. Si elle réussissait, elle devrait encore faire face à un voyage risqué, au manque d'argent, à l'absence de ses proches, à la solitude dans la capitale et à d'autres malheurs que je ne pouvais même pas imaginer. Mais si elle échouait, Eugênia devrait affronter la colère de son mari, qui serait implacable.

– Et si le colonel l'apprend ? demandai-je, craintive.

– Cela n'arrivera pas.

Elle réfléchit un instant avant de m'expliquer la raison de sa certitude.

– Désormais, nous ne communiquerons plus qu'à travers la dentelle. Et tu dois me promettre de garder mon secret comme si ta vie en dépendait.

– Personne n'en saura jamais rien, lui assurai-je fermement. Mais le colonel pourrait le découvrir d'une autre manière.

Eugênia refusait de considérer cette hypothèse. Elle était persuadée que la vanité de son époux l'aiderait à le maintenir dans l'ignorance. Aristeu était esclave de son orgueil. Lors de leur nuit de noces, cette même nuit où elle s'était planté les ciseaux de couture dans la main, il s'était montré plus préoccupé par ce que penseraient les domestiques qu'il ne l'avait été par leur union. Lorsqu'il se trouvait en compagnie d'invités de marque, il pouvait dire des phrases comme : « Je ne suis pas homme à permettre ceci ou cela, vous le savez bien. » Eugênia savait qu'Aristeu avait une très haute estime de lui-même. Il se montrait toujours très soucieux de son image publique. Qu'il puisse être abandonné par une épouse fugitive était tout simplement inimaginable.

La tempête viendrait plus tard. Lorsqu'il s'apercevrait de la disparition de sa femme, il la traquerait où qu'elle soit, poussé par la honte et une haine sans mesure. C'est pourquoi Eugênia devait s'enfuir le plus vite possible aussi loin que l'argent de la dentelle le lui permettrait.

Le colonel préférerait certainement la savoir six pieds sous terre ou enfermée dans un grenier pour le reste de sa vie que de laisser une telle effrontée en liberté.

– Quand Aristeu s'en rendra compte, il faudra que je sois hors d'atteinte. C'est pourquoi j'ai besoin de toi, Inês. Tu es une Flores.

Je ne voyais pas le rapport, mais Eugênia me l'expliqua :

– Tu n'as pas de père ou de grand frère qui te surveille. Tu peux envoyer un courrier à Recife et réserver un moyen de transport sans rendre de comptes à personne. Quand je serai partie, Aristeu ne fera aucun lien entre mon évasion et toi ou ta famille. Il ne connaît pas le code. De toute façon, je n'ai jamais quitté cette maudite maison, ni entretenu de correspondance avec qui que ce soit. Et quand tu apprendras ma disparition, poursuivit-elle, tu feindras la surprise. Tu diras que tu ne m'aurais jamais imaginée capable d'une telle bêtise. « S'enfuir ainsi, quelle folie, où avait-elle la tête, colonel ! Si elle nous contacte, nous vous le ferons savoir immédiatement. Mais croyez-moi, tôt ou tard, elle reviendra, rongée par le remords. Eugênia a toujours été comme ça, impulsive, mais elle le regrettera vite, vous verrez. » Voilà ce que tu diras.

J'acquiesçai, et elle soupira :

– Mais j'ai de la peine pour les enfants, qui doivent rester ici, dit Eugênia en jetant un coup d'œil sur la campagne, apercevant peut-être déjà l'océan. Ce qui me rassure, c'est qu'Aristeu ne les maltraite pas comme il me maltraite moi. Ils ont au moins ça, et c'est la seule raison pour laquelle je pars la conscience tranquille.

– Et quand aura lieu l'évasion ? demandai-je à contrecœur.

– Avant que mon ventre ne s'arrondisse.

La seule idée d'avoir un enfant qui ressemblerait, ne serait-ce qu'un peu, à l'homme qui avait détruit son avenir rendait Eugênia malade. Sa haine pour Aristeu était telle qu'elle ne pouvait concevoir que ce nourrisson soit le frère des deux enfants qu'elle aimait comme les siens. Quand par mégarde elle s'imaginait avec un nouveau-né dans les bras, elle se voyait tenant un modèle miniature d'Aristeu, inquiétant et monstrueux, la réplique trait pour trait de celui qui lui avait imposé tant de fois son corps, sans répit ni pitié.

Si, dans les premiers temps, elle avait craint son époux, aujourd'hui, ce qu'elle éprouvait pour lui n'était plus qu'un dégoût corrosif. Lorsqu'elle se retrouvait en sa présence, à l'heure du dîner ou quand il fallait accueillir des invités, Eugênia était constamment irritée. Sa façon de se racler la gorge en permanence, ses lèvres aux commissures inexorablement tombantes lorsqu'il lisait, et jusqu'à l'odeur du *mungunzá* qu'il aimait tant, tout la faisait enrager. Eugênia savait qu'elle ne pourrait plus jamais savourer cette crème de maïs sans penser à son époux, elle le haïssait encore plus de lui avoir aussi gâché ce plaisir.

– Même ça, cette vermine me l'a enlevé ! grommela-t-elle avant de se ressaisir.

Il lui restait encore quelques instructions à me transmettre.

– La première étape consiste à envoyer une lettre à dona Maria Amélia de Queirós, celle qui a signé l'article. Dis-lui que nous aurons bientôt besoin de son aide, sans donner plus de précisions. Ne mentionne ni mon nom, ni celui d'Aristeu, ni le nom de la *fazenda*. Reste vague. Ainsi, personne ne pourra identifier l'objet de la lettre si elle est interceptée. Ah ! Envoie-lui aussi le code dans une autre enveloppe, qu'elle le garde et qu'elle attende. Ensuite, nous lui ferons parvenir un voile de messe en cadeau, qui contiendra tous les détails de ma triste histoire.

À ces mots, Eugênia se leva et sortit du tiroir du buffet une magnifique pièce de dentelle.

– Tout est là.

Elle me tendit le voile : « Moi, Eugênia Medeiros Galvão, anciennement Eugênia Damásio Lima, je suis prisonnière d'un cauchemar dont j'ai l'intention de m'échapper. »

– Février ?

J'étais sur mes gardes, c'était imminent.

– Je vais profiter de la fête de Santa-Águeda, me confia-t-elle. Si nous agissons de façon efficace, nous aurons le temps de tout organiser. En tant que figure locale, Aristeu ne peut pas manquer la procession et devra venir accompagné de sa famille. Ce sera ma seule chance, Inês. Ce rustre ne manque pas une occasion de me rejoindre au lit, à ce rythme je serai enceinte avant la fin de l'année, ce qui rendra mon évasion extrêmement difficile. Regarde mes mains, elles sont blessées à force de manipuler l'aiguille. Je n'arrête pas une minute. Je travaille jour et nuit, jusqu'à ce que mes yeux me brûlent. J'en perds la notion du temps. Tout cela pour, peut-être, atteindre la liberté.

– Le colonel ne s'étonne-t-il pas que tu te consacres autant à la dentelle ?

– Au contraire, ça l'arrange, l'imbécile. Une dentellière est toujours silencieuse et garde la tête baissée. Elle ne conteste pas, elle ne menace pas. C'est comme ça qu'il me veut : courbée et silencieuse. Il n'a pas idée de ce qui l'attend.

Les risques que comportait son plan m'inquiétaient, mais je l'assurai qu'elle pouvait compter sur moi. Dès mon retour en ville, je demanderais à Vitorina l'exemplaire du périodique en prétextant l'envie de le revoir, mais avec l'intention de mémoriser l'adresse.

– Et n'oublie pas : n'écris rien. Récite-la dans ta tête jusqu'à ce que tu arrives chez toi, puis brode-la sur un mouchoir.

Avec l'adresse, je pourrais envoyer le voile et la demande d'aide à Recife. Eugênia voulait aussi que je réserve un moyen de transport pour le jour de la fête, qui la conduirait par les petites routes de Bom Retiro à Pesqueira, une ville située au-delà de la vallée du Pajeú, à mi-chemin de la capitale.

– Pesqueira est suffisamment éloignée pour que j'y fasse étape sans être reconnue comme l'épouse du colonel. Si je m'arrêtais à Monteiro ou à Camaleão, le risque serait plus grand. Aristeu y a de nombreuses connaissances. Ah, Inês ! fit Eugênia, pensant soudain à autre chose, réserve le voyage à ton nom. De préférence avec un cocher qui ne vient pas de la ville. Si c'est toi, personne ne se posera de questions.

– Parce que je suis une Flores, ajoutai-je, ce qu'elle confirma.

– La malédiction qui s'est abattue sur votre famille est en fait une bénédiction. Si j'avais eu la chance de porter ce nom, Aristeu aurait tourné les talons.

– Il n'y a pas de malédiction, Eugênia.

Je répétais ce que j'avais entendu à la maison, mais Eugênia s'en moquait et sortit du tiroir d'autres pièces de dentelle.

– Celles-ci sont à vendre, m'expliqua-t-elle. Avec l'argent, tu pourras payer le transport. Et les anciennes, ont-elles été achetées ?

Je lui fis signe que oui et retirai de ma ceinture le foulard de soie dans lequel j'avais enveloppé l'argent. Je n'avais pas vue mon amie aussi animée depuis longtemps. Elle récupéra la liasse de billets et la dissimula immédiatement dans le pli d'une serviette à laquelle elle travaillait.

– Il y a quarante mille réis, lui dis-je. Nous avons reçu de nombreuses demandes le mois dernier et ta dentelle était parfaite. Tes pièces sont parties avant celles de Vitorina, et même de tante Firmina.

– La vieille a dû se pincer, plaisanta-t-elle avant de faire les comptes. Quarante mille réis suffiront à payer mon hébergement et ma nourriture tout au long de ce périple. Je te préviendrai si le plan change.

Eugênia consulta l'horloge sur le mur, notre conversation avait déjà trop duré.

– Nous ne devrions pas nous revoir avant la fête de la sainte patronne, mon amie. Je suis prisonnière en ces lieux. Jamais je ne me serais imaginé un tel destin, conclut-elle avec regret.

Je regardai Eugênia avec compassion et la vis s'efforcer de chasser la mélancolie qui s'était emparée d'elle. Elle essuya une larme et m'assura qu'elle ne se laisserait pas abattre. Son cauchemar touchait à sa fin.

– Je ne suis qu'un bibelot aux yeux d'Aristeu. Mais tandis

qu'il dort sur ses deux oreilles, nous préparons la riposte. Maintenant, allons-y. Nous n'avons que trop parlé.

Je quittai Caviúna en pensant aux instructions qu'Eugênia m'avait données. Malgré moi, quelque chose dans mon visage, peut-être le froncement de mes sourcils ou mes lèvres serrées, devait indiquer mon désarroi, car Odoniel m'interrogea dès que nous fûmes sur la route :

– Il s'est passé quelque chose, Inês ? Tu as l'air inquiète.

– Non, mentis-je pour qu'il ne soupçonne rien. Je suis seulement fatiguée par le voyage.

Après une pause, je lui demandai :

– Combien de temps faut-il pour se rendre à Pesqueira ?

Surpris par la question, Odoniel plaisanta :

– Eh bien, eh bien. Tu as déjà changé d'avis ? Tu as pris goût à la route ? Je parie que c'est grâce à moi.

À ces mots je me réprimai aussitôt. Ma soudaine curiosité me contredisait.

Devant mon silence, Odoniel sembla regretter sa plaisanterie et me donna l'information qu'il me fallait.

– Deux jours en charrette. Une journée en voiture ou en camion. Je connais une compagnie qui propose ce service, moyennant un certain prix. Il suffit de dire au cocher d'ajouter Bom Retiro sur son itinéraire. C'est pour envoyer un colis ? demanda-t-il pour mieux comprendre ce qu'il me fallait exactement. Cela coûterait peut-être moins cher de l'envoyer par courrier, si le client n'est pas pressé, bien sûr.

Je le laissai croire à cette hypothèse.

– Oui, c'est une commande, qui n'est pas encore confirmée. En cas de besoin ou de demande urgente, il pourrait m'être utile d'avoir les coordonnées de la compagnie. Tu saurais comment la joindre ? demandai-je, l'air de faire seulement allusion à une éventualité future.

Il sourit, heureux de pouvoir m'aider une fois de plus, et me promit de me présenter le conducteur. Il avait l'habitude de s'arrêter au magasin lorsqu'il passait par Bom Retiro.

Le reste du voyage fut rythmé par le bruit du moteur et les quelques fois où Odoniel me signalait une curiosité sur la route.

– C'est ici qu'un préfet a été assassiné à l'époque de l'Empire. Ils s'étaient embusqués derrière cet *aroeira*, tu vois ? L'arbre aux baies roses. Et en haut de la colline, tu vois ce *gameleira*, avec ses lianes ? C'est le plus grand de la région.

J'acquiesçai, l'air intéressée, même si je n'avais pas vu l'arbre. J'étais tout de même secrètement reconnaissante d'avoir auprès de moi cette voix joyeuse et insouciante qui me berçait et me communiquait cette confiance naïve que tout irait bien.

12

Bom Retiro, 1918

Cela ne suffirait pas, elle le savait bien, mais tante Firmina récitait le credo. Elle récitait aussi le Notre Père, les neuvaines et le rosaire. Vierge intacte et pieuse, elle était restée pure toute sa vie, mais c'était trop peu semblait-il pour atténuer les maux dont sa famille devait encore souffrir.

À notre insu, cette femme au visage froissé pratiquait un marchandage permanent avec le divin pour purger le péché que nous portions dans notre sang – un secret dont elle était la seule gardienne.

Tante Firmina s'était contrainte toute sa vie, convaincue qu'il lui fallait taire l'histoire de la gitane que son grand-père avait juré d'aimer, mais qu'il avait ensuite abandonnée alors qu'elle portait son fils.

Mon arrière-grand-père mit fin à cette histoire d'amour dès qu'il sut qu'un bébé était en route. Un homme de son rang ne pouvait pas avoir d'enfant bâtard avec une gitane, seulement avec une « jeune femme de bonne famille ». À l'époque, il était déjà promis à Das Dores, la fille d'un employé de la mairie.

Lorsque la gitane enceinte lui demanda d'assumer la responsabilité de l'enfant, mon arrière-grand-père refusa. Il ne lui avait jamais rien promis, ni juré son amour, quelles sottises racontait-elle ? Comment osait-elle parler d'engagement, exiger une vie commune ?

La gitane avait entendu les offenses prononcées par les lèvres encore désirables et, dans l'obscurité de sa tristesse, elle avait juré de se venger. Le lendemain de la rupture, elle retira ses vêtements colorés et noua en une tresse bien serrée ses cheveux qu'elle portait d'habitude lâchés – dans le but de se fondre plus facilement dans la masse des habitants de Bom Retiro. Elle voulait approcher la jeune promise de son bien-aimé et implorer sa compassion. Elle demanderait à Das Dores de poursuivre sa route en lui laissant le père de son enfant. Elle était certaine que la jeune fille, déçue par la trahison de son fiancé et touchée par l'enfant innocent à naître, aurait pitié et renoncerait au mariage.

Das Dores ne perdrait pas au change, elle méritait un homme digne de sa pureté. La gitane était certaine que son avenir serait meilleur loin de lui, bien qu'il lui soit impossible de le prédire avec précision. En matière d'occultisme, il est bien connu que la clairvoyance se brouille lorsqu'il s'agit de questions qui concernent directement le devin.

La gitane avait montré son ventre arrondi à la jeune Das Dores, versé des larmes sincères et fait appel au bon cœur de la jeune femme, persuadée que celle-ci romprait ses fiançailles. Mais Das Dores, aussi craintive que naïve, n'avait pas cru aux paroles de l'inconnue qui l'avait abordée en revenant du marché. Elle ne devait pas faire confiance aux gitans, c'était ce qu'on lui avait appris.

Das Dores n'avait pas un mauvais fond, au contraire. Bonne chrétienne, elle était charitable envers les Noirs qui travaillaient chez elle. Mais l'étrangère lui était apparu si brusquement, les yeux injectés de sang, l'air implorant tandis qu'elle tirait sur la manche de sa robe avec une intensité toute théâtrale. Elle frissonnait rien que d'y songer à nouveau.

Et puis, Das Dores ne parvenait pas à imaginer son fiancé, un jeune homme si discret, s'engager avec ce genre de femmes, qui prenaient part à des rondes dansantes, dormaient à la belle étoile et erraient dans le monde sans lieu d'ancrage.

Encore tremblante, Das Dores lui rapporta l'événement. Non seulement il nia les accusations, mais il lui reprocha d'y avoir prêté attention.

– Si cette folle se présente à nouveau, ne la regardez pas dans les yeux. Ces personnes peuvent vous ensorceler. Ce sont des maîtres de la manipulation. Je pars immédiatement à la recherche de cette déséquilibrée pour lui faire ravaler toutes ces calomnies.

– Mais d'où la connaissez-vous, mon cher ?

– De nulle part. Ce genre d'individu ne croise pas ma route. Elle a sans doute consulté les bans et décidé de nous tendre un piège. À l'évidence, il s'agit d'une ruse. Ces gitans se croient malins, mais ils ne savent pas à qui ils ont affaire. J'emmène un ou deux domestiques avec moi et m'en vais chasser son clan loin d'ici.

Une partie du cœur de Das Dores croyait aux larmes de la jeune inconnue enceinte, tandis qu'une autre lui disait qu'il était plus sage d'écouter son futur mari.

– Elle avait l'air si triste, ajouta-t-elle.

– Ses larmes étaient fausses, comme tout ce qui concerne ces gens. Das Dores, ma petite, vous êtes bien naïve. Du pain bénit pour les malveillants qui profitent de votre gentillesse.

On peut s'attendre à tout de la part des gitans. Vous ne savez donc pas de quoi ils sont capables ? Maléfices, sortilèges... ce sont des vauriens.

Das Dores porta à ses lèvres le chapelet qu'elle tenait entre ses mains, effrayée. Le lendemain, le marié fit ce qu'il avait promis. Il réunit un groupe de domestiques avec l'aide de quelques *fazendeiros* locaux qui se considéraient garants du maintien de l'ordre dans la vallée du Pajeú, et chassa le groupe de gitans du campement qu'ils avaient installé aux portes de la ville. La course-poursuite s'étendit sur plusieurs kilomètres et ne s'arrêta que lorsque les gitans franchirent, sous les balles, la frontière du Paraíba.

Ce fut donc un choc quand la gitane réapparut, des mois plus tard, au milieu de leur fête de mariage. Son ventre n'était plus arrondi. Dès qu'elle reconnut la femme qui s'avançait vers elle parmi tous les invités, Das Dores se cacha instinctivement derrière son mari.

– Ne vous inquiétez pas, dit-elle calmement, lisant la peur dans les yeux de mon arrière-grand-mère. Je suis juste venue féliciter les mariés. Et vous dire que mon fils n'a pas résisté à l'amertume qui s'est emparée de sa mère. La tristesse m'a empêchée de lui donner le lait dont il avait besoin, il est mort le septième jour. C'est pourquoi je viens vous prévenir : sur sept générations, votre famille sera malheureuse en amour, et cela commence avec vous.

En prononçant ces mots, elle fixa Das Dores qui tremblait de tout son corps, les yeux écarquillés de terreur, puis s'éloigna, ignorant les insultes que lui lançait son ancien amant.

Les cousines de la mariée accoururent auprès d'elle, et se persuadèrent qu'il n'y avait rien à craindre. Il valait mieux oublier tout ça, ces peuples nomades survivaient de cette façon – en semant la terreur auprès des gens de bien.

– Une bande de voleurs, ma petite, déclara le marié. Retournons à notre fête, qu'on apporte les desserts et que les musiciens reprennent où ils en étaient.

C'est ainsi que l'incident resta en sommeil dans un recoin verrouillé de la mémoire familiale, bien qu'il continuât de brûler comme une plaie ouverte dans le cœur de Das Dores. Jusqu'à ce que, moins d'un an plus tard, tandis qu'il se reposait sous un mimosa, son mari soit mordu par un ubiraquá. Le poison du serpent inonda ses veines trop vite pour qu'on puisse le sauver.

Das Dores se retrouva veuve alors qu'elle n'avait pas vingt ans et qu'elle était enceinte. Dans son ventre se trouvait le premier enfant à naître sous la malédiction de la gitane, la petite Lindalva.

– La bohémienne les avait prévenus qu'ils ne seraient pas heureux, disaient les habitants de la ville.

Après la mort de son mari, Das Dores s'enferma dans son chagrin. Elle se sentait coupable de la tragédie. Si elle avait écouté l'appel de la gitane, la catastrophe aurait été évitée. Son corps, déjà frêle, se dégrada tant que beaucoup pensèrent qu'elle mourrait de chagrin avant même de donner le jour à son enfant.

Elle était si maigre que lorsqu'elle sortait, seulement le dimanche pour se rendre à la messe, personne ne remarquait qu'elle était enceinte. Les larmes de la gitane la hanteraient toute sa vie. Jusqu'à la fin, Das Dores rêva nuit après nuit du petit bâtard mort le septième jour.

Trois mois après la disparition de son époux, la naissance d'une petite fille aux joues roses et aux pleurs exigeants lui donna néanmoins un nouvel élan. Lindalva grandit en bonne santé et devint une belle jeune femme fort courtisée qui, comme sa mère, se retrouva veuve très tôt. En voyant la souffrance de sa fille, pareille à la sienne, Das Dores comprit. La gitane avait condamné les femmes de sa famille au même destin qu'elle : vieillir sans amour. Et les hommes, pour se venger de l'abandon qu'elle avait subi, à la mort.

Tante Firmina était encore une enfant quand elle avait su. Sagement occupée à jouer dans un coin de la pièce, elle avait entendu Das Dores et Lindalva, sa grand-mère et sa mère, chuchoter. Celles-ci pensaient que la petite fille ne prêtait pas attention à leur conversation d'adultes. Mais Firmina, déjà très fine, entendit chaque mot et ne les oublia jamais.

Le mari de Lindalva venait de succomber à une chute de cheval, et Das Dores avait avoué à sa fille, veuve, que la mort de son époux était vraisemblablement liée à celle de son père. Les deux hommes auraient été victimes d'une malédiction prononcée le jour de son mariage et dont Lindalva n'avait jusqu'alors pas eu connaissance.

Lindalva avait écouté, incrédule, l'histoire révélée par sa mère, avant de fondre en larmes, désespérée à l'idée que son mari soit mort par la faute d'un père qu'elle n'avait jamais rencontré.

– Nous aurions dû le prévenir, maman, sanglotait-elle. Pourquoi ne m'avoir rien dit ?

– Je n'y croyais pas moi-même, ma fille. Quand ton père est mort, je me suis accrochée à l'idée que c'était un accident. Mais désormais, avec ce qui est arrivé à ton mari, si jeune, je suis inquiète pour Firmina et Carmelita. Que se passera-t-il quand elles se marieront ? La malédiction est bien réelle. La mort de mon gendre ne laisse plus de place au doute. Nous devons protéger tes filles. Une guérisseuse peut-être ? Une messe ? Firmina et Carmelita ne méritent pas ce sort. Et si leurs maris n'étaient pas les seuls à mourir ? Et si leur vie était aussi en danger ?

Les yeux de la jeune veuve s'écarquillèrent à cette idée.

– Ça suffit, maman. Ça suffit ! ordonna fermement Lindalva en essuyant ses larmes. Dieu est plus grand que ce sortilège païen. La magie perd son pouvoir quand on cesse d'y croire. Je ferai dire une messe tous les mois pour l'âme de cette femme qui nous a souhaité tant de mal, et ainsi nous serons sauves.

La vieille Das Dores était sceptique, elle doutait de l'efficacité des messes dans ce domaine. Elle n'avait pas oublié le regard déterminé de la gitane, d'où semblait émaner un pouvoir plus grand que tout ce qu'elle connaissait. Pourtant, se fiant à l'instinct et à la foi de sa fille, elle accepta de s'en remettre à Dieu. Elles se jurèrent de ne jamais raconter l'histoire à qui que ce soit, afin qu'elle ne prenne pas d'ampleur. Et si quelqu'un venait à en parler, elles nieraient ses propos avec véhémence.

Au lieu d'Oliveira, elles décidèrent d'inscrire Flores – puisqu'on les appelait ainsi – sur les registres des deux filles et des générations futures, afin, peut-être, de tromper le sort.

Dans son coin, entourée de ses jouets, la petite Firmina s'en tint au raisonnement de ses aînées selon lequel seul Dieu pouvait empêcher le péché familial de causer d'autres morts.

À partir de ce jour, la jeune fille montra un intérêt inhabituel pour les questions religieuses. Elle voulait aider à l'office, s'enquérait des fondamentaux du catéchisme et lisait la Bible comme s'il s'agissait d'un livre de contes.

Sa mère, qui ne soupçonnait pas la véritable raison de cette soudaine dévotion, s'en réjouit, pensant secrètement que le célibat et une vie pieuse lui éviteraient le pire. Ainsi qu'à leurs descendants, protégés par les faveurs que la famille gagnerait ainsi auprès du divin.

Ma mère, Carmelita, n'en sut rien. Sa sœur aînée ne lui raconta jamais ce qu'elle avait entendu, suivant la croyance de leur mère selon laquelle « la magie perd son pouvoir quand on cesse d'y croire ».

Toute sa vie, Firmina se demanda si elle avait vraiment entendu cette conversation. Il lui arrivait d'en douter. Et s'il s'était agi d'un rêve ou d'un fantasme d'enfant ? Mais il lui suffisait de lire le désespoir dans les yeux de Lindalva, lorsque sa benjamine, Carmelita, parlait de garçons et de mariage, pour en être de nouveau convaincue.

– Tu es encore trop jeune, disait Lindalva, alors que toutes ses amies étaient déjà mariées et mères de famille.

On entendait murmurer çà et là que les filles de Lindalva, petites-filles de la veuve Das Dores, ne se mariaient pas à cause d'une malédiction passée, mais ces rumeurs ne prirent de l'ampleur que lorsque ma mère, Carmelita, perdit son fils puis, quelques années plus tard, son mari, emporté par la malaria, laissant derrière lui deux fillettes. C'est à cette époque que notre famille se couvrit du voile sombre que nous lui connaissons aujourd'hui.

Quant à tante Firmina, après la mort de son beau-frère et de son neveu, elle s'attacha encore un peu plus aux saints, car les messes données pour l'âme de la gitane n'avaient pas suffi à empêcher la souffrance de Carmelita. Priant en silence pendant la veillée funèbre de son beau-frère, tante Firmina s'en voulait. Si elle avait prévenu sa cadette, elle lui aurait épargné bien des larmes. Elle savait combien ses parentes les plus proches – sa grand-mère, sa mère et sa sœur – avaient souffert malgré elles. Cândida et moi, nos filles, les filles de nos filles, ne devions pas à notre tour subir injustement ces tragédies.

Après la mort de Das Dores et de Lindalva, tante Firmina était la seule à connaître la vérité sur la malédiction, à laquelle elle feignait elle-même de ne pas croire. Tandis que ma mère, Cândida et moi riions de ce que nous considérions comme des commérages de mauvais goût, tante Firmina souffrait et disait chaque nuit un Ave Maria pour toutes les générations futures, espérant qu'un jour Jésus-Christ Notre Seigneur vaincrait le chagrin d'une femme abandonnée.

C'est justement par crainte du sort malheureux qui nous attendait que ma tante redoubla de vigilance lorsque je me rapprochai d'Odoniel. Loin d'imaginer que mes conversations avec lui et mes fréquentes visites au magasin avaient pour but de venir en aide à Eugênia, tante Firmina s'en prit au jeune homme et même à Vitorina.

– Les commerçants ne sont pas des gens bien. Ils essaient toujours de nous tromper en exagérant la qualité des produits ou en mettant plus de poids sur la balance. C'est dans leur nature, ils n'hésitent pas à vous rouler. Ils trouvent le moyen de faire passer du médiocre pour du bon et du bon pour de l'excellent. Je vous le dis : ne vous laissez jamais berner par un commerçant, les filles, nous conseillait-elle.

Le message s'adressait à moi, avec l'intention louable de m'éviter un veuvage précoce et de sauver la vie du garçon, qu'en vérité elle appréciait et trouvait toujours très poli. Elle le faisait sans révéler qu'au fond d'elle-même elle avait toujours cru à la malédiction qu'elle niait tant. Elle s'était juré d'emporter dans sa tombe le secret qu'elle portait depuis l'enfance, car, comme le disait sa grand-mère, seul le silence réduit à néant le pouvoir du mal.

Du jour au lendemain, tante Firmina s'intéressa à mes déplacements et se mit à m'assaillir de questions. Elle trouvait étranges mes sorties inopinées, mes allées et venues à la poste, mon intérêt soudain pour l'argent que je gagnais en vendant la dentelle et, préoccupée par une suspicion grandissante, elle commença même à me suivre. Quand elle voyait que je m'apprêtais à sortir, elle se précipitait sous prétexte d'avoir oublié d'arranger les fleurs sur l'autel. « Il faut que j'aille à l'église. Attends, Inês, je t'accompagne. »

Elle interrogeait les voisines, qui étaient toujours très au fait de la vie de chacun. Elle mentionnait mon nom dans les conversations de tous les jours, l'air de rien, dans l'espoir qu'on lui révèle distraitement un de mes méfaits.

À l'une de ces occasions, la mère d'Eugênia fit remarquer qu'elle m'avait vue parler avec un homme qui organisait des trajets vers d'autres villes. À ces mots, le sang de ma tante ne fit qu'un tour. Afin de préserver ma réputation, elle répondit qu'il n'y avait rien d'étrange à cela, je devais transporter des colis vers la côte, à sa demande. Les voisines ne se doutèrent de rien, mais tante Firmina quitta l'église l'esprit tourmenté, se demandant ce que sa nièce manigançait.

Une seule réponse lui vint à l'esprit : une fugue par amour. Sa détresse était telle qu'elle ajouta trente Notre Père et douze Je vous salue Marie à ses prières nocturnes et formula d'innombrables promesses à d'innombrables saints. Elle était convaincue que j'allais m'enfuir avec Odoniel et que mon sort serait encore plus triste que celui de toutes les Flores qui m'avaient précédée. Lorsque je me retrouverais veuve, ce qui était inévitable, je serais seule et loin de ma famille.

Dès lors, elle se donna pour mission d'empêcher la tragédie de se reproduire. Elle n'avait pu sauver ni son père, ni son neveu, ni son beau-frère, mais elle allait nous sauver, Odoniel et moi. Elle se présenta au cocher comme parente de la jeune femme qui était venue lui parler l'autre jour, s'enquit de notre arrangement et finit par apprendre que je comptais me rendre à Pesqueira le 5 février, jour de la fête de Santa-Águeda. Le point de rencontre se situait sur la route à l'extérieur de la ville.

Son cœur faillit exploser, mais tante Firmina remercia

poliment l'homme, comme si elle était au courant de tout, et rentra chez elle profondément désespérée, élaborant déjà des stratagèmes pour nous empêcher, Odoniel et moi, d'arriver à nos fins.

Les jours suivants, elle ne quitta pas son lit, vidée de ses forces. Le poids de ces deux secrets était trop lourd pour son âme fatiguée.

« Dieu ne donne le fardeau qu'à ceux qui peuvent le porter », se disait-elle. Après avoir longuement réfléchi et demandé au Tout-Puissant de la guider dans ses prières, elle se persuada qu'elle ne pouvait pas m'affronter directement. Les jeunes amoureux sont sourds aux appels de l'expérience. Elle craignait même que je n'avance la date de notre fuite. Elle devait agir prudemment.

Elle se servit donc dans nos économies, auxquelles elle avait accès puisque le compte bancaire était à son nom, et décida d'en sacrifier une partie pour m'éviter la disgrâce. C'était une décision difficile – car l'argent nous appartenait à toutes – mais nécessaire. En quittant la banque, elle retourna voir le transporteur pour annuler la transaction, prétendument à ma demande. L'homme grommela qu'il avait déjà dépensé une partie de l'argent, il ne pouvait pas le rendre. Tante Firmina l'assura qu'il ne subirait aucune perte, bien au contraire, elle le dédommagerait.

Habitué aux contretemps de dernière minute, l'homme se contenta d'être doublement payé, sans qu'aucun travail n'ait été effectué. Il raya Bom Retiro de son itinéraire du 5 février, une aubaine qui lui évitait la foule des dévots, et il oublia l'affaire autour d'un verre de cette cachaça qu'Odoniel lui avait recommandée un peu plus tôt au magasin.

Le lendemain matin, l'état de santé de tante Firmina s'améliora brusquement. À mille lieues d'imaginer qu'elle avait infléchi le destin d'une autre, elle se sentit soulagée de m'avoir sauvée du veuvage et reprit son train-train avec encore plus d'énergie qu'auparavant.

Il lui semblait plus prudent de me laisser croire que l'évasion tenait toujours. Si je découvrais l'échec du plan le jour même, je n'aurais pas le temps de prévoir une solution de rechange. Après les célébrations de Santa-Águeda, elle assumerait son rôle, avouerait avoir annulé le voyage en mon nom et ne me quitterait plus des yeux. Elle évoquerait au passage la toute-puissance de Jésus-Christ Notre Seigneur, qui avait insufflé en son cœur un mauvais pressentiment et m'avait ainsi sauvée de la perdition.

Les jours précédant la procession, Firmina affichait un léger sourire que nous attribuions à l'approche de la fête. L'orgueil est un grave péché, ma tante le savait bien. Mais elle ne pouvait s'empêcher d'éprouver de la fierté. D'une certaine manière, elle avait rompu la malédiction de la gitane. Elle était la première descendante de la lignée maudite des Flores à réussir cet exploit.

13

Recife, de nos jours

Alice ne l'avait pas encore repérée que tante Helena faisait déjà des grands signes en direction du groupe de passagers qui quittait les arrivées de l'aéroport de Guararapes. Sa nièce lui avait assuré qu'elle n'avait pas besoin de venir la chercher. Il était beaucoup plus simple de prendre un taxi, mais tante Helena avait insisté. « A-t-on jamais vu ça ? Les visiteurs mal accueillis ne reviennent pas. »

– Une Flores foule ses terres ! s'est-elle exclamée en voyant Alice, qui lui a rendu son sourire, un peu forcé.

Quoique reconnaissante de l'accueil, la jeune femme s'est sentie obligée de corriger sa tante : elle ne portait pas le nom de Flores.

– Je ne m'appelle pas Flores. Je m'appelle Ribeiro.

Sur son certificat de naissance ne figurait que le nom de famille de son père, qu'elle connaissait à peine et qui avait déménagé aux États-Unis alors qu'elle n'était encore qu'un bébé.

Les premières années, il venait encore la voir pour les vacances, puis Alice a grandi et il lui arrivait souvent de faire seule le voyage de Rio à Dallas, une des aventures les plus excitantes de son enfance. Sa petite main qu'on emmenait, la pression des doigts de l'hôtesse de l'air qui prenait sa mission à cœur : la conduire à son père dans cet autre hémisphère.

Pendant le vol, Alice avait droit à un plateau repas spécial et recevait un livre de coloriage avec des images de petits avions, ainsi qu'une boîte de crayons de couleur. Elle gardait de bons souvenirs de ces séjours dans ce pays lointain. Là-bas, on parlait une autre langue, on la couvrait de cadeaux. Puis son père s'est remarié avec une Colombienne rencontrée sur place dont il a eu deux autres enfants, ses frères américains. Elle, sa fille restée au Brésil, a alors cessé d'être une priorité, et les visites, les occasions de se voir se sont espacées.

Débordée, insatisfaite de la répartition inégale des tâches entre elle et son ex-mari, Vera a fait peser sur sa fille, certes inconsciemment, le poids de la responsabilité supplémentaire qu'elle devait assumer.

Devenue adulte, Alice s'est montrée reconnaissante et admirative des efforts que Vera avait dû faire pour l'élever et l'éduquer seule. Mais quelque part au fond d'elle, elle ne pardonnait pas le ressentiment que sa mère avait toujours manifesté à son égard. Elle n'avait fait que remplir son rôle de mère. Après tout, Alice n'avait pas demandé à naître.

Dans l'habitacle, l'autoradio diffusait un débat à propos d'une mère qui avait perdu la garde de son fils. Lílian, 27 ans, accusait son ex-mari, Alberto, 50 ans, de lui avoir fait subir des violences domestiques. Alberto, quant à lui, la mettait en cause pour abandon de domicile conjugal et enlèvement de mineur.

« Je me suis enfuie pour le dénoncer avant qu'il ne me tue », a-t-elle expliqué à l'animateur de l'émission. Je ne pouvais pas laisser mon fils dans cette maison.

Son ex-mari était un homme d'affaires prospère, elle était une ancienne mannequin. Ils s'étaient rencontrés lors d'un événement qu'il parrainait. Coup de foudre immédiat, demande en mariage, il l'avait traitée comme une princesse. Alberto était l'homme dont elle avait toujours rêvé, qui lui ouvrait la portière de sa voiture et glissait çà et là des mots d'amour.

Jusqu'au premier coup. Pour rien. Alberto avait lancé une conversation ordinaire tandis que Lílian regardait la télévision. Elle ne lui avait pas accordé l'attention qu'il pensait mériter. « Eh, t'es sourde ou quoi ? » Il avait prononcé ces mots en la secouant de manière inattendue. « Quoi ? Pardon, j'étais distraite. Dis-moi, mon amour. Tu parlais de… »

Puis les manipulations ont commencé.

« Tu as vraiment besoin de t'inscrire dans cette salle de sport ? Pourquoi ne pas acheter un tapis de course pour la maison ? C'est beaucoup plus pratique. Et puis, je t'aime comme tu es. Tu veux être belle pour qui ? Certainement pas pour moi.

– Bien sûr que si, mon amour. Mais tu as raison. C'est une bonne idée, un tapis de course à la maison. Ça m'évite les embouteillages jusqu'à la salle de sport. »

« L'anniversaire d'une amie ? Ce n'est pas celle qui a dit du mal de toi dans ton dos ? Cette garce ne mérite pas ta présence. »

Tout argument était bon à prendre du moment qu'il parvenait à ses fins.

« Tu fais bien de me le rappeler, mon amour. Je dirai que j'ai la grippe. »

Alberto ne cachait pas non plus sa mauvaise humeur lorsque Lílian sortait à l'occasion d'un événement professionnel, alors que les invitations se faisaient de plus en plus rares en raison de ses nombreux refus. Les interrogatoires étaient quotidiens.

« Elle n'est pas dans le quartier cette dentiste ? Tu as mis un temps fou. Ce n'était pas juste un détartrage ?

– Au départ oui, mais elle a dû me dévitaliser une dent. »

Dans ces moments-là, lorsque l'histoire annoncée ne correspondait pas tout à fait à ce qui s'était réellement passé, Alberto bombait le torse, victorieux, certain que sa femme se contredisait et que sa propension au mensonge était sur le point d'être révélée.

« J'irai la voir un jour, cette dentiste. J'en ai besoin. Elle a l'air bien, à t'entendre. Mais elle est lente. Ça oui.

– Elle est juste consciencieuse, mon amour, mais tu devrais, oui. Nous pourrions y aller ensemble. Tu veux que je te prenne un rendez-vous maintenant ? »

Chaque fois que Lílian tenait tête à Alberto ou qu'elle répondait à une quelconque réprimande de son mari, cela déclenchait des reproches jaloux, de violentes disputes, des insultes et puis, lorsqu'elle menaçait de partir, des excuses à profusion. « Non, je t'en prie. Sans toi, je ne suis rien. Pardonne-moi. »

Après la naissance du bébé, le corps de Lílian avait changé et elle avait perdu son rang de princesse. « Tu devrais faire un régime, non ? », commentait-il sur le ton de la plaisanterie, tandis qu'elle essayait d'arrêter les pleurs du bébé. « Un peu de silicone ne te ferait pas de mal à la fin de l'année, suggérait-il quand Lílian ouvrait son chemisier et laissait apparaître ses seins pour nourrir son fils, un geste qui l'agaçait beaucoup, même s'ils étaient seuls dans l'appartement luxueux. Tu es obligée de faire ça ici, dans le salon ? »

Avant que l'enfant n'ait un an, Lílian avait reçu une gifle inattendue en plein visage parce que Alberto avait eu une journée stressante « pour maintenir le niveau de vie qu'il lui offrait ». Après la fête d'anniversaire de son fils, alors que tous les invités étaient partis, ça avait été un coup de pied dans le ventre parce que, selon lui, elle n'avait pas accordé suffisamment d'attention à sa famille.

« Tu me fais honte. Tu as à peine parlé à ma mère. Maintenant, tu vas l'appeler pour t'excuser », lui a-t-il ordonné, et Lílian le croyait, incapable de faire la différence entre la réalité et le point de vue de son mari, incapable de se souvenir exactement de ce qui s'était passé quelques heures plus tôt.

Bouleversée, elle se sentait coupable d'avoir peut-être contrarié sa belle-mère. Elle avait obéi à l'ordre d'Alberto pour le calmer. Son corps était encore endolori par le coup de pied lorsqu'elle avait composé le numéro, se demandant où était passé le prince des premiers jours, qui avait juré de la protéger.

« Je fais ça pour ton bien. Tu ne crois pas que je préférerais prendre du bon temps avec ma femme ? Tu crois que j'aime ça, me battre ? Cette dispute me gâche aussi la journée, figure-toi. »

Cette nuit-là, Lílian a attendu qu'Alberto s'endorme, a pris son fils et s'est rendue au commissariat pour femmes afin de montrer les ecchymoses et de porter plainte. Humiliée, elle s'est rendue chez sa mère, dans un quartier isolé du centre et a attendu. Quelques mois plus tard, le juge a décidé que Lílian avait enlevé l'enfant et en a confié la garde à son père. L'affaire était toujours devant les tribunaux, mais Lílian n'avait pas les moyens de payer des avocats de la qualité de ceux d'Alberto.

« J'ai peur qu'il s'en prenne à mon fils pour se venger de moi », a-t-elle déclaré la voix brisée pendant l'interview. Il doit y avoir une justice dans ce monde. On ne peut pas séparer une mère de son enfant.

Tout indiquait cependant que Lílian serait encore longtemps séparée de son fils. Les témoins avaient décrit Alberto comme un homme affable, un gentleman qui ne s'était jamais montré violent – en plus d'être un père affectueux. Lílian, quant à elle, venait de nulle part, leur mariage lui avait permis de côtoyer les hautes sphères. Il s'agissait manifestement d'une opportuniste. D'une traînée.

Tante Helena, agacée par l'émission, s'est redressée sur le siège du conducteur.

– Tu ne préfères pas écouter de la musique ?

– Je veux savoir comment ça se termine.

– Peut-être que ça ne se terminera jamais, a répondu sa tante, Alice a acquiescé.

*

Dans l'appartement aux grandes baies vitrées qui donnaient sur la plage de Boa Viagem, Alice s'est postée face à la mer et a senti la brise marine dans ses cheveux. Sur l'étagère du salon, plusieurs photos de tante Helena en train de voyager, de faire la fête et de se prélasser au bord d'une piscine.

– Je ne sais pas si ta mère te l'a dit, mais Flores est un nom fabriqué de toutes pièces. C'est peut-être pour ça qu'elle ne te l'a pas transmis.

Alice s'est montrée surprise par cette information et sa tante lui a expliqué :

– Notre famille s'appelait Oliveira. Tes ancêtres ont longtemps vécu dans une maison au jardin fleuri. C'était une petite ville, tu sais comment c'est. Les gens ont commencé à les appeler « *as flores* », « les fleurs », et elles ont fini par inscrire ce nom dans les registres. Elles étaient des dentellières très réputées et ont même fondé une coopérative à Bom Retiro.

– C'est l'une d'elles qui a confectionné le voile ?

Comme l'histoire était très longue, tante Helena est allée chercher un *bolo de rolo* qu'elle avait préparé spécialement pour Alice.

– Tu dois goûter ma recette. Celui que je vous ai apporté à Rio n'était pas fait maison. Modestie à part, c'est le meilleur de la région. Je l'ai cuit et roulé ce matin. Le secret, c'est de faire des couches fines et de ne pas les laisser au four plus de cinq minutes pour qu'elles ne se cassent pas quand on les roule.

Alice l'a suivie jusqu'à la cuisine bien équipée. Le voile, seule raison de sa présence, pouvait attendre encore un peu. Depuis qu'elle avait déchiffré le message caché dans la dentelle avec Sofia, l'histoire de l'évasion l'obsédait. Accepter l'invitation de sa tante à lui rendre visite dans l'État de Pernambouc était la meilleure façon d'en savoir plus. Elle avait profité du Vendredi saint pour y passer le pont.

– Alors ? Il est bon ? a demandé Helena, qui connaissait très bien la réponse.

– Merveilleux. Il n'y a pas de mots, l'a félicitée Alice en se léchant le bout des doigts couverts de goyave.

Elle se sentait plus à l'aise que dans sa propre maison. Le vent qui circulait librement dans la pièce lui semblait un invité invisible. Il faisait tournoyer des papiers et ébouriffait les cheveux, tel Saci[1] dans son tourbillon magique.

La dernière bouchée avalée, tante Helena a proposé à Alice de regarder des vieilles photos de famille. Les boîtes étaient rangées tout en haut d'un placard. Alice a voulu grimper à la place de sa tante, mais celle-ci ne l'a pas laissé faire.

1. Personnage populaire du folklore brésilien, Saci est un petit garçon unijambiste, qui fume la pipe et porte un chapeau rouge magique capable de le faire apparaître et disparaître à sa guise dans un tourbillon.

– Ce genre de choses, seul celui qui les a rangées peut les retrouver, ma chérie. Mais je veux bien que tu tiennes l'escabeau pour moi. Tu le tiens bien, hein ?

– Ne t'inquiète pas, lui a assuré sa nièce en s'accrochant fermement au cadre en aluminium de l'escabeau qu'elles avaient ramené ensemble de la buanderie.

Perchée là-haut, Helena a étiré son cou, déplacé quelques dossiers et sacs jusqu'à mettre la main sur ce qu'elle cherchait.

– Voilà, a-t-elle dit en sortant une des boîtes en carton de l'armoire. Aide-moi, ma chérie, c'est lourd.

Elles se sont assises sur la couverture en patchwork qui recouvrait le lit de la chambre où Alice dormirait cette nuit-là. Tante Helena a pris un temps pour se remettre de l'effort.

– Quand j'ai reçu ton message qui me demandait si tu pouvais venir pour le pont, j'ai compris que tu avais déchiffré le code. Tu as été rapide. Tu es très intelligente.

Alice s'est légèrement crispée, elle n'avait pas l'habitude de recevoir des compliments. Elle avait été élevée sur un champ de bataille.

– Ce n'est pas moi qui l'ai découvert, a-t-elle tenu à préciser pour être juste envers Sofia. C'est une amie.

– Tu as donc le mérite de bien choisir tes amies. Tu as ça dans le sang. Tes aïeules aussi les choisissaient très bien. Les amies sont les sœurs que la vie nous donne.

Alice a souri en signe d'approbation.

– Pour ma part, je ne pense pas que j'aurais pu le découvrir toute seule, a poursuivi tante Helena. C'est ma cousine Celina, ta grand-mère, qui m'en a révélé le secret. Mon Dieu. Cela fait plus de quarante ans. J'ai passé des nuits entières, ce petit bout de papier dans la main, à lire chaque passage très attentivement. Quand je t'ai donné le voile, je voulais te tester. J'étais curieuse de voir si tu pouvais le déduire par toi-même.

Si tu ne l'avais pas fait, je t'aurais mise sur la piste. Un jour ou l'autre, avant de mourir, a-t-elle avoué en riant. Aucune règle n'entoure cette tradition. C'est à nous de trouver la bonne manière. Comme tu l'as fait, en venant jusqu'ici.

– Qui est Eugênia ? fit Alice, posant la question qui lui brûlait les lèvres depuis des semaines. Est-elle de notre famille ?

– Non, lui a révélé sa tante, à sa grande surprise.

– Non ? a-t-elle répété, l'air confus.

– Eugênia était la fille du commissaire de la ville et faisait partie du groupe de dentellières qui se réunissaient dans la maison de nos ancêtres. Elle n'était pas de notre famille, mais elle était une amie proche des Flores de Bom Retiro. Les voici, regarde.

Sur une photo jaunie, des femmes présentaient à l'appareil une variété de dentelles. Elles étaient toutes vêtues de noir, comme des veuves.

– Voici ton arrière-grand-mère et sa sœur. Ici, ton arrière-arrière-grand-mère Carmelita et sa sœur Firmina. La fille dans le coin est une amie des Flores, Vitorina. Elle est encore en vie, tu peux le croire ?

– La vache ! dit Alice stupéfaite. Elle doit avoir quoi ? Cent ans ?

– Plus encore, je ne sais pas vraiment.

Alice s'est rapprochée de la photo avec intérêt pour mieux scruter les traits de ces personnages du siècle dernier. Elle essayait aussi de leur trouver des ressemblances avec elle – ou avec Vera ou sa grand-mère – en vain. Comme c'est souvent le cas sur les vieilles photos, personne ne souriait et toutes semblaient beaucoup plus âgées qu'elles ne l'étaient en réalité.

À un moment donné, le regard d'Alice s'est porté sur la seule fille qui n'avait pas encore été identifiée par sa tante.

C'était la mieux habillée de toutes, elle était au centre de la photo et semblait défier l'objectif.

– Ce doit être Eugênia, a-t-elle conclu par élimination. Celle qui a brodé son propre voile pour échapper à son mari.

Alice avait lu l'histoire d'Eugênia, enfin ce qu'en disait le voile.

– Oui, le code a été créé pour que les dentellières puissent communiquer sans risquer d'être découvertes. Comme tu le sais déjà, Eugênia était dans une situation très difficile. Elle était terrifiée par son mari, un homme très puissant qui régnait sur toute la région.

Tante Helena a marqué une pause avant de poursuivre.

– Le plan décrit dans le voile a été mis en œuvre, mais il ne s'est pas déroulé comme prévu.

Elle a ensuite ouvert une autre boîte contenant des coupures de presse.

– Ton arrière-grand-mère a conservé des journaux de l'époque et d'autres pièces de dentelle qui contenaient leurs échanges. Regarde ces ailes d'ange, quelle merveille. Il y a un message, tu le vois ?

– « Ne pars pas », a-t-elle rapidement déchiffré entre les fils, fière d'avoir appris le code et d'appartenir ainsi à cette confrérie féminine, ou plutôt « consorerie », puisque confrérie vient du latin *frater*, frère, et non de son féminin, *soror*, sœur. Il fallait utiliser les bons mots, insistait Alice qui ne cessait de l'appliquer elle-même. Et si les mots justes n'étaient pas les mots usités, il fallait faire en sorte qu'ils le deviennent.

Les dentellières de sa famille avaient elles aussi su se défendre avec les mots justes à une époque où les femmes n'avaient pas de voix. Ou encore moins qu'aujourd'hui. Comme Lílian, 27 ans, qui se battait pour obtenir la garde de son fils.

Contrairement aux dentellières de la photo, la jeune fille interviewée par la radio avait au moins le droit, gagné par celles qui l'avaient précédée, de se faire entendre. Elle pouvait dénoncer publiquement Alberto, 50 ans, et même l'assigner en justice, même si se confronter à lui ne garantissait pas qu'elle récupère la garde de l'enfant.

– J'ai une question. En fait, j'en ai plusieurs, a-t-elle plaisanté. Pourquoi me confier le voile ? Tu ne me connaissais même pas.

Tante Helena a souri, peut-être avait-elle posé la même question quand s'était retrouvée à sa place.

– Nous n'avons pas besoin de nous connaître, Alice. Nous sommes liées comme les fils de la dentelle. L'histoire d'Eugênia doit être racontée et rappelée pour que nous ne l'oubliions pas. C'est symbolique, je sais, mais ces petits gestes nous rappellent que nous devons toujours nous battre pour la liberté. Dans toute défaite réside une victoire, celle de la lutte. Comme pour cette jeune femme que nous avons entendue à la radio aujourd'hui.

Alice a acquiescé, elle comprenait ce que sa tante voulait dire. Une mère qui se bat pour la garde de son enfant incitera d'autres mères à se battre. Même si Lílian ne gagnait pas sa propre bataille, elle inspirerait d'autres femmes dans la même situation.

– Mon arrière-grand-mère a-t-elle participé à l'évasion ? a continué Alice.

– Elle a fait ce qu'elle a pu, a répondu tante Helena. Malgré les contraintes. Des années plus tard, c'est elle qui a décidé de préserver le voile et qui a instauré cette coutume de le transmettre aux jeunes générations. J'avoue que, n'ayant pas d'enfants, je ne savais pas quoi en faire, a-t-elle ajoutée, amusée. Tu sais, le voile était venu à moi par un de ces hasards du destin. Il était à ma cousine Celina, ta grand-mère, mais elle avait décidé de déménager à Rio de Janeiro alors qu'elle était très jeune, après le suicide de son père. Cette tragédie l'avait tellement ébranlée qu'elle a eu besoin de faire table rase du passé, elle ne voulait plus être une Flores. Pourtant, elle n'a pas eu le courage de rompre la continuité de la tradition. Au lieu de rendre le voile à sa mère, avec laquelle elle était fâchée, elle me l'a confié. Tu te rends compte ! Je ne suis même pas une Flores ! Ma lignée vient de Lygia Oliveira, sœur de Das Dores, la mariée maudite de la légende, a-t-elle relevé.

Alice se sentait perdue dans la logique tortueuse de cet arbre généalogique, qui se présentait à elle pour lui faire traverser plus de cent ans dans la direction temporelle opposée au jour de sa naissance.

– Je vais devoir noter les noms pour ne pas confondre qui est qui.

Ça a fait rire sa tante : Alice n'y penserait bientôt plus. Les noms lui viendraient naturellement à l'esprit.

– Je me suis rendue à Rio avec la ferme intention de remettre le voile à ta mère, ma nièce de Rio. Mais quand je t'ai vue avec tes cheveux bleus, comme les volets de la maison des Flores à Bom Retiro, j'ai su qu'il t'était destiné.

Le commentaire sonnait comme un compliment, et Alice s'est dit qu'elle pourrait s'y habituer.

– Tu as bien fait. Ma mère n'aurait jamais découvert le code, a-t-elle souligné avec un certain dédain. Elle aurait porté le voile comme un foulard, dit à ses amies que c'était un héritage familial, mais elle ne l'aurait jamais regardé comme il faut. Pas vraiment.

Sa tante se demandait pour quelles raisons elle critiquait tant Vera. C'était difficile à expliquer. La tension entre la mère et la fille était le résultat d'années de petites rancœurs reprisées de part et d'autre. L'une enfilait l'aiguille, l'autre la tirait, un ouvrage à quatre mains si complexe qu'Alice pensait qu'il ne pourrait jamais être défait.

– Nous ne savons pas ce qui se serait passé, a minimisé tante Helena. Peut-être que Vera aurait fini par le déchiffrer d'une façon ou d'une autre. Tu ne l'as pas découvert toi-même, au départ, n'est-ce pas ? C'était ton amie.

– Oui, mais au moins je suis venue jusqu'ici. Ce que ma mère n'aurait jamais fait.

Alice a immédiatement regretté cet enfantillage acharné. Sa tante ne comprendrait pas sa résistance à reconnaître le moindre trait positif à Vera.

Elle avait tendance à s'agacer lorsque les gens prenaient la défense de sa mère : « Il faut lui laisser un peu de répit », disaient certains, « elle est d'une autre génération ». Mais Alice n'y parvenait pas. Être plus âgé ne signifie pas être plus sage. Les années n'effacent pas les erreurs et les incidents. La fragilité du corps n'est pas le signe de la force de l'âme. On peut être une vieille personne qui a du mal à porter ses courses au supermarché et avoir commis des crimes épouvantables dans sa jeunesse.

La théorie d'Alice pouvait passer pour de l'arrogance juvénile, et c'était peut-être le cas, mais elle connaissait bien sa mère, elle était certaine que Vera n'aurait pas consacré plus de trente secondes de son attention au voile, même si quelqu'un lui avait montré le code.

– Quoi qu'il en soit, je suis heureuse que tu partes sur les traces de tes racines, a dit tante Helena pour changer de sujet. Tes aïeules ont été contraintes de quitter la terre de leurs ancêtres pour commencer une nouvelle vie au bord de la mer, mais je suis sûre qu'il y a un peu de nature sauvage en toi. Approche.

Sa tante s'est levée, s'attendant à ce qu'Alice fasse de même, et comme sa nièce montrait une certaine hésitation, elle a insisté :

– Allons, jeune fille, de quoi as-tu honte ?

Alice a obtempéré et s'est placée devant elle.

– Maintenant, ferme les yeux et touche le voile.

À contrecœur, Alice a fait ce que la dame aux pommettes hautes lui demandait.

– Alors ? a interrogé cette dernière après quelques instants. Tu sens la vibration ? L'appel de la vallée du Pajeú ?

Alice a dû se retenir de rire et s'est concentrée, par respect pour sa tante. Comme elle s'y attendait, elle n'a rien senti d'autre que l'odeur de la mer qui entrait par la fenêtre et le vent féroce qui balayait l'appartement, faisant vibrer les cadres des fenêtres en aluminium.

– Alors ? Tu l'as senti ?

– Je ne pense pas que ce voile soit fait pour moi. Il ne veut pas me parler, a plaisanté Alice.

D'après sa tante, ce n'était qu'une question de temps.

– Je te laisse ces photos, a-t-elle dit avant de quitter la pièce. Il se faisait tard.

– Nous pourrions aller faire un tour à Bom Retiro ce week-end. Qu'en dis-tu ? Je te garantis que personne n'osera en chasser une Flores cent ans plus tard.

14

Bom Retiro, 1918

La culpabilité de ce qui était arrivé à Eugênia me hanta de nombreuses années. Pourtant, jamais je n'aurais pu prédire la façon dont les choses allaient se dérouler. À l'époque, tandis que je confectionnais le mouchoir qui portait mon message pour Eugênia, lui confirmant que le transport avait été organisé pour son évasion et qu'elle n'avait qu'à se trouver à l'endroit convenu à huit heures le 5 février, d'où une diligence l'emmènerait à Pesqueira, ma tante Firmina annulait l'arrangement dans mon dos, espérant préserver mon bonheur et la vie d'Odoniel, qui, selon elle, était menacée par la malédiction des Flores.

Une semaine plus tard, Odoniel se rendrait à la ferme, comme il le faisait tous les quinze jours, et remettrait le mouchoir sans savoir de quoi il retournait. Je verrais Eugênia une dernière fois à la procession de Santa-Águeda, qui marquerait aussi sa première visite en ville depuis son mariage, mais je n'étais pas sûre de pouvoir approcher mon amie pour un dernier adieu. Et d'ailleurs cela ne serait pas prudent. Eugênia serait surveillée par son mari et ferait certainement l'objet de la curiosité des habitants de la ville, avides de voir la transformation de la fille du commissaire en nouvelle épouse du colonel Aristeu.

Cet après-midi-là, lorsque Vitorina se leva pour terminer sa journée de travail, je lui proposai de l'accompagner au magasin. Je prétendis avoir besoin de marcher un peu pour me détendre le dos, mais mon intention était de porter le mouchoir à Odoniel. Tante Firmina, attentive, nota mon déplacement. Elle me suivait à la trace depuis des jours, à mon insu.

À mesure que ma supposée évasion avec Odoniel approchait, elle imaginait que j'aurais besoin de communiquer plus souvent avec le jeune homme. Même si notre coup de folie ne se réaliserait pas et que nous nous apprêtions seulement à passer des heures sur le bord de la route à attendre une voiture qui ne viendrait jamais, tante Firmina restait attentive à tout ce que je disais ou faisais.

Après tout, Odoniel avait facilement accès au véhicule de son père. Dans un moment de désespoir, lorsqu'il comprendrait qu'il ne pourrait pas s'échapper comme il l'espérait, sa passion pour moi deviendrait plus forte que son devoir de fils et pourrait le pousser à voler la fourgonnette de magasin, celle-là même qui faisait vivre la famille. À l'affût de nouvelles intrigues et de nouvelles preuves de mon égarement, elle continuait de m'espionner jour et nuit.

Sur le chemin du magasin, Vitorina me parlait de ses sentiments pour le professeur, qui, selon elle, serait bientôt tout à elle. Il ne lui restait qu'à trouver comment s'y prendre. Elle avait beau essayer et lui tendre de nombreuses perches, le garçon refusait de lui faire la cour. Sa mère, dona Hildinha, avait commencé à se plaindre de douleurs physiques et réclamait de plus en plus la présence de Vitorina pour lui apporter des compresses et des oreillers. Mon amie s'ennuyait et aspirait à quelque chose de nouveau.

– Je veux avoir ma propre vie, Inês. Même si j'aime maman, je ne peux pas me contenter de la sienne.

Pour accélérer les choses avec le jeune homme, Vitorina avait décidé de lui rendre une petite visite à l'improviste.

– S'il ne fait pas le premier pas, c'est moi qui le ferai. Il faut bien que l'un d'entre nous se lance.

– Il te faudrait une excuse pour aller chez lui, lui dis-je.

Il était mal vu que des jeunes femmes rendent visite à des hommes célibataires, surtout sans être accompagnées.

– Je lui apporte une part de gâteau et c'est tout. Un peu du fromage que nous venons de recevoir. Ça aura l'air d'une livraison. Mais j'ai besoin d'être seule avec lui, Inês, sinon ça n'avancera pas. Si quelqu'un nous voit, tant mieux. La rumeur fera son œuvre et mon père devra le forcer à s'engager

– Avant de mettre en place cette intrigue, assure-toi que le professeur veuille t'épouser.

Mais Vitorina avait déjà décidé de son sort sans tenir compte de l'avis de son futur fiancé, qui n'était au courant de rien.

– Il n'est pas du genre à vouloir quoi que ce soit, Inês. Absorbé comme il l'est, il ne pense qu'aux chiffres et au travail. Le professeur mérite une famille, un peu de distraction, une maison plus grande que cette chambre minuscule. Pourquoi ne pourrait-il pas avoir tout cela avec moi ?

Il avait l'air en effet d'un homme triste, et Vitorina avait le don de mettre de la couleur dans la vie de n'importe qui, comme elle l'avait fait avec sa famille depuis sa naissance.

Lorsque nous arrivâmes au magasin, Odoniel était en train de ranger une étagère. En me voyant entrer, il me sourit. Il se doutait que j'étais une fois de plus venue lui parler. Depuis quelques semaines, nous nous étions habitués à nos manières et à nos pensées, et je le considérais déjà comme un ami.

J'attendis que Vitorina rentre chez elle pour parler à sa mère et demandai à Odoniel d'apporter le mouchoir à Eugênia le lendemain. Je ne l'avais volontairement pas emballé, pour qu'il n'y ait pas de doute sur le fait qu'il s'agissait d'un simple mouchoir.

– C'est comme si c'était fait, m'assura-t-il, et je le remerciai, tout en tâchant d'éloigner la culpabilité qui m'assaillait de lui cacher mon véritable objectif.

S'il s'était agi d'un billet, je n'aurais jamais demandé à Odoniel de le porter, mais ce n'était qu'un mouchoir inoffensif.

Je rentrai chez moi avec l'idée que les hommes aussi pouvaient partager avec nous certains fardeaux de la vie, comme Odoniel le faisait avec moi et comme mon père l'avait fait avec ma mère pendant leurs années de vie commune. J'en étais là de mes réflexions lorsque, en franchissant le petit portail qui menait au jardin de la maison aux volets bleus, je vis ma tante qui m'attendait sous le porche l'air sévère.

Je m'inquiétai immédiatement, pensant qu'il était peut-être arrivé quelque chose à ma mère ou à Cândida.

– Qu'est-ce qui ne va pas, ma tante ?

Elle mit du temps à répondre, me fixant du regard. Une tempête grondait à l'intérieur de cette femme.

– Comment allait notre jeune ami ? Vous avez passé un bon moment ensemble ?

Son ton tout à la fois ironique et agressif me surprit, mais je gardai mon naturel, sans savoir où elle voulait en venir.

– De quel ami parlez-vous ?

– Quel ami, Inês ! s'exclama ma tante, perdant patience. Le commerçant que tu es allée voir. Je ne suis pas née de la dernière pluie. Je sais déjà tout.

Mon cœur s'arrêta presque en entendant ces mots et, pendant un instant, je crus qu'elle avait découvert le plan d'évasion d'Eugênia.

– Une jeune femme si responsable, qui se fait avoir par un vendeur ! m'accusa-t-elle.

Je poussai un soupir de soulagement. Sa suspicion était autre.

– Il ne se passe rien avec Odoniel.

J'étais sincère, mais tante Firmina interpréta ma nervosité comme un mensonge. Il était évident que je cachais quelque chose.

– Ne me prends pas pour une idiote, Inês. Moi qui t'ai élevée, tu as agi dans mon dos, au détriment de ta famille. Comment crois-tu que ta mère va réagir ? Et Cândida ? Tu imagines ce qu'elle ressentira ? Mais tu ne penses pas à elles, tu ne penses qu'à toi. Petite ingrate.

– Vous vous trompez, ma tante. Je connais à peine ce garçon.

Mais elle refusa de m'écouter.

– Si on ne lui crie pas dessus le troupeau s'égare. Mais je peux crier plus fort. Je ne te laisserai pas t'enfuir avec lui, c'est de la folie.

– Comment ? dis-je en m'écroulant dans le fauteuil, perplexe face à ce que je venais d'entendre.

– Sache que j'ai déjà rompu ton accord avec le cocher. Je ne te laisserai pas perdre ton honneur ni causer à ta mère, qui a déjà tant souffert dans cette vie, un tel chagrin. Je suis là pour veiller sur cette famille et tu ne la détruiras pas, Inês.

– Ma tante ! Vous ne pouvez pas avoir fait ça.

– Je l'ai fait et je ne le regrette pas. Et n'essaye même pas de nier, Dieu m'a donné assez d'intelligence pour assembler les pièces entre elles. J'ai bien remarqué tes allées et venues, ce regard vague de celle qui prépare quelque chose. Tu passes ton temps à marcher sur des œufs, à rassembler de l'argent, à peser tes mots. Et ce garçon ! grogna-t-elle, révoltée. Il aurait pu venir ici pour parler à ta mère. Mais non, vous avez préféré avancer en secret. Et je sais pourquoi : Hildinha ne permettrait jamais à son cadet d'épouser une Flores. Ils croient à ces bêtises de malédiction. Si c'est ce que pensent ces marchands, ils ne te méritent pas. Je ne vais pas te laisser t'amouracher de ce jeune homme, vivre dans le péché, et errer sans but sur les routes.

Tout en écoutant avec stupéfaction les accusations délirantes de ma tante, je me pris le front entre les mains, essayant de réfléchir à ce qu'il fallait faire. Je venais d'envoyer à Eugênia le mouchoir avec la confirmation de l'arrangement, qui, à cause de ma tante, était tombé à l'eau.

Je courus vers la porte pour essayer de retourner au magasin et empêcher Odoniel d'apporter le mouchoir à Caviúna, mais ma tante me devança et ferma la porte à clé.

– Ne songe même pas à quitter cette maison.

– Ma tante, vous ne comprenez pas.

Le désespoir qui se lisait dans mes yeux termina de la convaincre de la justesse de sa théorie. Elle me mit en garde, je devrais la tuer pour franchir ce seuil.

– Je dis la vérité. Je le jure sur l'âme de mon père et de mon défunt frère.

– Ne commence pas à invoquer les morts, ils vont finir par t'entendre et t'emmener avec eux, désapprouva-t-elle férocement. Je suis en train de sauver ton avenir, petite égoïste. Peu importe que tu ne puisses le comprendre aujourd'hui, un jour tu me remercieras.

– Vous me connaissez, ma tante. Je n'abandonnerais jamais ma famille.

– La passion peut faire tourner les têtes, tu ne serais pas la première, dit-elle fermement en me tournant le dos.

J'essayais toujours de me ressaisir malgré le désespoir qui envahissait mes pensées. Je regardais avec incrédulité cette femme, que je ne parviendrais jamais à convaincre, tant elle était plongée dans son fantasme. Ma mère et Cândida apparurent à la porte de la véranda, attirées par le bruit de la dispute. Cândida courut me serrer dans ses bras, tandis que ma mère essayait de saisir ce qu'il se passait.

– Inês devra beaucoup prier ce soir, dit tante Firmina pour justifier les éclats de voix. Elle m'a manqué de respect. Elle m'a répondu de travers, comme on ne le fait pas même à un ennemi.

– Ce n'est pas le genre d'Inês, Firmina, s'étonna ma mère.

– Eh bien, cette jeune fille a beaucoup changé. Je suis donc la seule à remarquer les choses dans cette maison ?

– Qu'est-ce qu'elle vous a dit, ma tante ? voulut savoir Cândida, mais tante Firmina ne daigna pas répondre.

Encore paralysée, j'avais envie de me défendre, mais si je lui avais tenu tête à ce moment-là, elle aurait certainement révélé que j'avais réservé une diligence, ce qui aurait encore compliqué l'évasion d'Eugênia.

Prise au dépourvu, incapable d'affronter le regard confus de ma mère, je poussai un cri de révolte, comme pour me débarrasser du sentiment d'impuissance qui me submergeait, et courus dans ma chambre. Ce comportement n'avait jamais été observé par aucune de ces trois femmes, qui me connaissaient comme personne.

– Inês, ma fille ! suppliait ma mère, affligée, mais je ne répondis pas.

– Je t'avais bien dit qu'elle n'était pas comme d'habitude, non ? se vanta tante Firmina. Je passerai la nuit ici, devant l'oratoire, à prier pour que Dieu pardonne à Inês sa méchanceté, déclara-t-elle d'une voix forte, pour que je l'entende et que je comprenne qu'elle surveillerait la porte jusqu'au lendemain.

Peu après, Cândida entra dans la chambre et me trouva en train de pleurer sur le lit. Mon esprit était encore en ébullition, j'essayais de trouver un moyen de sauver Eugênia.

– Veux-tu que je te tienne la main, Inês ?

J'acceptai le tendre réconfort de ces petits doigts.

– Je peux aussi chanter, proposa-t-elle en choisissant l'un des chants de la fête de Santa-Águeda qu'elle avait appris.

C'est alors que, portée par les hymnes religieux avec lesquels Cândida me berçait, j'eus une révélation.

Il me restait une chance d'avertir Eugênia : mon amie serait en ville pour la procession. Je ne pouvais l'approcher pour lui parler, car cela éveillerait les soupçons du colonel à mon sujet. Puisque Eugênia ne renoncerait pas à son projet d'évasion, je ne pouvais risquer de mettre ma famille en danger.

À mon réveil, je retrouvai tante Firmina, qui n'avait pas bougé depuis la veille. Comme je me l'étais promis, je lui exprimai mes regrets.

– Pardonnez-moi pour hier, ma tante. J'ai honte de vous avoir manqué de respect.

Ma mère vint bientôt me serrer dans ses bras, ne comprenant pas pourquoi j'agissais de façon si inhabituelle, mais soupçonnant aussi, tout comme tante Firmina, qu'il s'agissait d'un symptôme de mon premier amour.

– Tu peux tout nous dire, m'assura ma mère, tandis que ma tante conservait son air contrarié.

– Je te pardonnerai si tu me promets qu'un tel comportement ne se reproduira plus.

– Oui, ma tante.

– En tout cas, j'ai déjà dit à Vitorina de ne pas venir cet après-midi. Avec toutes ces disputes, nos fils vont s'emmêler.

Personne en dehors de la famille n'entrera dans cette maison jusqu'à la procession.

– Tu exagères, Firmina ! Nous avons tant de pièces à terminer, s'exclama ma mère, mais ma tante resta ferme.

– Je sais ce que je fais, Carmelita, crois-moi.

Après le petit-déjeuner, je me proposai d'aider à confectionner le costume d'ange que ma sœur porterait pour la fête de la sainte patronne. Tante Firmina me toisa avec méfiance lorsque j'offris mes services. Songeant qu'il s'agissait peut-être d'un signe de paix ou de repentir, elle accepta :

– Collaborer à la procession ne te rachètera pas de ton péché, Inês, mais c'est un début, dit-elle sèchement en me tendant la structure métallique des ailes, sans se douter que c'était précisément sur celles-ci que je délivrerais mon message à Eugênia.

Ma sœur était l'ange le plus en vue de la Santa-Águeda. Avant que la procession ne traverse les rues de Bom Retiro, un enfant déguisé en chérubin avait pour mission de monter sur l'autel et de couronner la sainte devant toute la ville. C'était le point culminant de la fête, entouré d'une attention particulière, car la tâche était confiée à un tout petit être, qui devait non seulement porter une longue tunique, mais aussi gravir des marches étroites et déposer la lourde couronne en métal sur le support au-dessus de l'icône.

Chaque année, lorsque l'élu s'exécutait, le peuple retenait son souffle. On voyait les regards angoissés des habitants, qui craignaient que l'ange perde l'équilibre et renverse la litière recouverte de fleurs de papier. Depuis que ce rôle avait été assigné à ma sœur, la tension n'avait fait qu'augmenter. De sorte que quand elle commencerait son ascension vers la sainte – sans l'aide de personne, comme elle l'avait exigé – le temps s'arrêterait à Bom Retiro. Et ainsi, chaque année, à cause de ces moments d'appréhension, nos horloges semblaient accuser un léger retard sur le reste du monde. Même de loin, Eugênia ne pourrait ignorer le code en dentelle sur les ailes de ma sœur, où j'avais prévu d'inscrire : « Ne pars pas. » Il n'y avait qu'un problème à surmonter : un dessin bien précis était déjà prévu pour les ailes, auquel tante Firmina travaillait depuis plusieurs semaines, qui comportait une bordure parsemée d'étoiles et de rayons de lumière qui glissaient entre les nuages célestes au centre. Je ne pouvais pas toucher au modèle, je dus donc compter sur la complicité de Cândida.

Même si j'avais promis à Eugênia de ne jamais révéler son secret, j'avais besoin d'aide et personne n'était plus fiable que ma sœur.

Cândida n'était pas née aveugle. Sa cécité était le résultat d'un accident commis par mon père. Alors qu'elle était encore bébé, elle souffrit d'une inflammation aux yeux pour laquelle le pharmacien avait prescrit un médicament qui devait être dilué à raison de deux gouttes dans un litre d'eau et administré toutes les deux heures. Mon père, soucieux d'alléger les souffrances de sa fille le plus vite possible, oublia un instant les instructions et fit couler la substance concentrée dans les yeux de ma sœur.

Une goutte dans chaque œil suffit à brouiller la vision de Cândida pour toujours. Ma mère racontait que sa fille s'était mise à pleurer si fort que tout Bom Retiro l'avait entendue.

Mon père, désespéré, se rendit compte immédiatement de son erreur.

– Il faut vite lui laver yeux ! hurla-t-il à ma mère et à moi, tout en plaçant Cândida sous un robinet d'eau.

Ma sœur se calma rapidement et, à ce moment-là, mon père poussa un soupir de soulagement. Il serra sa fille dans ses bras avec toute la force de son regret. C'était comme s'il la retrouvait après l'avoir perdue.

– Je crois qu'elle va bien, répéta-t-il, incertain, comme pour se convaincre lui-même. Elle va bien, n'est-ce pas, Carmelita ? Qu'est-ce que tu en penses ?

– On dirait bien, dit ma mère en examinant sa fille sur les genoux de son mari.

Elle sourit, ce n'était sans doute rien.

Ce même jour, ma mère remarqua que la petite Cândida ne la suivait plus des yeux. Seuls les sons semblaient attirer son attention. J'avais environ sept ans à l'époque, et ma mère me demanda si Cândida me semblait avoir récupéré. Pour en juger, je lui montrai ma poupée, mais ma sœur ne tendit pas ses petits bras pour l'atteindre, comme elle le faisait d'habitude.

Inquiète, ma mère envoya chercher le pharmacien. Mon père n'était pas à la maison à ce moment-là, ce qu'elle jugea opportun, car elle ne voulait pas qu'il s'en fasse pour rien. Une demi-heure plus tard, après avoir examiné ma sœur, l'apothicaire soupira de regret.

– Elle ne verra plus jamais. Ses rétines sont brûlées.

Toujours souriante, la petite Cândida agitait les bras en l'air au son de la voix grave de l'homme et étirait ses jambes avec entrain, tout en gazouillant joyeusement.

Je vis ma mère s'effondrer de tout son long, et je crus un instant qu'elle avait quitté cette vie sans dire au revoir. Je m'adossai au mur, d'où j'observai le pharmacien venir à son secours, qui m'ordonna rapidement de rester calme, il allait arranger ça.

En voyant ma mère inconsciente, les bras sans vie, le visage inerte, je fus envahie par une peur si suffocante que, sur une impulsion, je pris Cândida dans mes bras et l'emmenai loin de là. Ce petit corps chaud contre ma poitrine me réconfortait, alors qu'elle était la grande victime. Tandis que j'attendais que ma mère reprenne ses esprits, Cândida jouait avec mes cheveux, les mettait dans sa bouche et faisait une drôle de grimace. Elle était si douce et s'occupait si bien de moi que j'étais sûre que tout s'arrangerait.

Mon père ne fut plus jamais le même après cet incident. Nous étions tous inconsolables dans la maison aux volets bleus, mais lui plus que quiconque, au point de vivre replié dans sa culpabilité. Ironiquement, notre tristesse contrastait avec la gaieté de Cândida, qui agissait comme si rien n'avait changé et qui, au fil des ans, nous fit oublier de pleurer sur son sort.

Pour compenser le fait qu'elle ne pouvait voir, mon père décida de remplir la maison de sons. Il acheta d'abord des horloges qui sonnaient toutes les heures et jouaient différentes mélodies. Il apporta des boîtes à musique, quelques instruments et beaucoup, beaucoup d'oiseaux. Il les plaça à côté du berceau de sa fille en déclarant :

– Elle ne verra jamais les couleurs du monde, mais elle entendra les plus beaux sons que nous pourrons lui offrir.

Quand Cândida perdit la vue, je perdis un peu de mon père. Je devins la fille envers laquelle il n'avait pas de dette, celle dont il ne devait pas s'occuper deux fois plus, dont il ne devait pas compenser le malheur.

Ma mère voyait ma tristesse lorsque, innocemment, sans comprendre l'ampleur de la douleur de cet homme, j'attirais son attention sur un dessin que j'avais terminé. Malgré toute sa bonne volonté et son intérêt, il ne pouvait admirer ma réussite sans se rappeler que Cândida ne serait jamais capable de réaliser un dessin similaire ni d'apprécier l'image que je tenais entre les mains.

Le pauvre homme essayait de me sourire, mais en un instant, ce sourire disparaissait quelque part au fond de son âme, où il vivait dans la pénitence, envahi par le remords. Pour ne pas lui causer plus de chagrin, je m'éloignai naturellement. Lorsque nous étions côte à côte, je restais silencieuse en attendant ses instructions, m'imaginant invisible pour ne pas le déranger. Je me souviens encore de la joie que je ressentis lorsqu'il m'appela pour me dire :

– Inês, aide-moi à arranger cette cage. Le piranga orangé aime les fruits. Quant à l'amazone aourou, c'est du jiló qu'il lui faut. Quand je ne serai plus là, c'est toi qui t'occuperas des oiseaux de Cândida. Elle ne pourra pas se débrouiller seule, et c'est la seule joie de notre petite chérie.

– D'accord, papa. Je m'en chargerai, lui assurai-je, fière et heureuse qu'il m'accorde un peu de son temps, même si son but était de soulager Cândida.

Je confesse qu'enfant j'étais un peu jalouse de l'attention que tout le monde portait à ma sœur. Mais mon amour pour Cândida l'emporta toujours sur ce sentiment. Je l'aimais plus que quiconque – depuis sa naissance, ma sœur avait toujours été comme ma petite poupée.

Lorsque mon père quitta cette vie, ce ne fut pas moi mais bien Cândida qui, déjà passionnée par les oiseaux, les éleva et les nourrit. Mais contrairement à mon père, qui les gardait en cage, elle décida de les laisser en liberté.

– Ils viendront nous rendre visite quand ils en auront envie.

C'est ainsi que les oiseaux de la région commencèrent à prendre le chemin de la maison aux volets bleus et à nicher dans la charpente du salon. Nous vivions dans une véritable volière. Des oiseaux de toutes tailles tournoyaient en haut de la pièce à tout moment de la journée – ils chantaient dès l'aube, voltigeaient aux changements de saison et faisaient un bruit assourdissant à la tombée du jour.

– Cândida, ces parasites cochonnent tout ! se plaignait tante Firmina. Carmelita, fais quelque chose.

Mais ma mère refusait qu'on touche aux oiseaux de ma sœur.

– C'est sa seule distraction. Laisse-la, Firmina.

– Le chant des oiseaux est si beau, ma tante. Il m'apaise, affirma Cândida.

– Moi, il me tape sur les nerfs.

– Mais ce sont des créatures de Dieu, ma tante.

– Je n'en doute pas, mais ils ont été créés pour vivre dans les arbres, pas sous mon toit.

Cândida s'amusa de cette remarque et ne s'en offusqua guère, elle aimait tante Firmina autant que ses oiseaux, dont elle s'occupait comme une mère. Elle leur donnait des noms, les reconnaissait au bruissement de leurs ailes, surveillait les œufs dans leur nid et s'inquiétait de l'absence d'un colibri. C'est justement parce que je connaissais l'âme zélée de ma sœur que j'étais sûre de pouvoir lui confier le secret d'Eugênia.

– Cândida, viens ici. Je veux te montrer un détail de ces ailes.

Très consciente de l'espace de notre chambre, Cândida tendit ses mains dans la direction exacte de la pièce posée sur mes genoux et fit glisser ses doigts fins sur le relief des points.

– Tu sens ? lui demandai-je, en dirigeant ses petits doigts vers un point précis.

– Le point de l'araignée, identifia-t-elle.

– Oui. Maintenant, imagine que ce point est un A.

Elle acquiesça et je continuai.

– Et maintenant, celui-ci. Le point de la vague. Pense à lui comme à un V.

Cândida se redressa, curieuse, elle avait déjà compris l'astuce.

– Tu fais comme si les points étaient des lettres ?

– Oui, je vais te montrer. Il y a un point pour chaque lettre. Tu sens celui-là ? C'est le point oblique.

– Je sais, m'interrompit-elle. L'oblique, c'est le O, devina-t-elle, amusée par le défi que je lui avais lancé.

– C'est ça. Tu es très intelligente, la complimentai-je.

De ses doigts exercés, Cândida pouvait facilement reconnaître les points au toucher, même les plus semblables, comme le point d'œillet et le point d'étoile.

– Pourquoi écris-tu dans la dentelle, Inês ?

Et sans attendre la réponse, ravie de ce qu'elle imaginait, elle hasarda une hypothèse qui, décidément, était partagée par toutes les femmes de la maison :

– Pour un prétendant ? Pour Odoniel ?

– Non, m'empressai-je de démentir. Odoniel n'est qu'un ami. Ce message est pour Eugênia. Elle a inventé ce code pour que nous puissions communiquer après son installation à la *fazenda*.

Cândida ne comprit pas tout de suite :

– Et pourquoi tu ne lui envoies pas une lettre avec des mots écrits sur du papier ?

– C'est comme ça, tentai-je d'expliquer. La vie des gens change beaucoup après le mariage.

Cândida fronça les sourcils sans comprendre.

– Les choses changent pour le pire ou pour le meilleur ?

– Dans le cas d'Eugênia, pour le pire, malheureusement.

Cândida resta songeuse un instant, elle me serrait la main et souffrait en silence pour Eugênia, qu'elle aimait tant.

– C'est pour ça qu'on ne se marie pas, n'est-ce pas, Inês ? Notre vie est bien comme elle est, à quoi bon risquer celle d'un jeune homme ?

Habituellement, j'aurais nié ce raisonnement lié à la malédiction qui frappait les hommes de la famille, mais je m'en empêchai en voyant que l'idée de rester célibataire rassurait ma sœur.

– J'ai besoin que tu me rendes un service très important, Cândida, dis-je pour en revenir au sujet urgent. Je dois transmettre un message à Eugênia pendant la procession. Un message que personne ne pourra lire, sauf elle. C'est pourquoi j'ai eu l'idée de le rendre très visible, de l'inscrire là où se poseront tous les regards. Sur tes ailes.

À mesure que je lui expliquais, Cândida se montrait de plus en plus enthousiaste à l'idée de cette aventure.

– Je ne peux pas changer le dessin qui a déjà été conçu par tante Firmina, mais j'ai préparé une pièce supplémentaire, un ruban de dentelle, que tu déploieras entre tes ailes juste au moment du couronnement, compris ?

Cândida acquiesça et je continuai :

– Il faudra le cacher, d'accord ? Et quand tu seras sur le point de monter sur l'autel, tu l'accrocheras à un petit crochet que je coudrai discrètement. Je te montrerai comment faire plus tard, nous aurons le temps de nous entraîner. Tu crois pouvoir y parvenir ?

Cândida évalua le morceau de dentelle avec ses mains, calcula la distance entre les ailes et conclut.

– Ce sera facile, ne t'inquiète pas.

Après avoir réfléchi un moment, elle me demanda d'ajouter un long fil au bout pour qu'elle puisse trouver plus facilement l'endroit où tirer.

– Encore une chose, la prévins-je. Si, par hasard, tante Firmina s'enquiert de cette pièce supplémentaire quand tu descendras de l'autel…

Cândida m'interrompit :

– Je lui dirai que je n'ai rien remarqué. Il y a des choses qu'une enfant aveugle ne perçoit pas, ajouta-t-elle.

Je pris alors ce petit corps fragile entre mes bras, reconnaissante à Cândida d'exister et de m'avoir tant appris.

Depuis notre enfance, nous participions activement à la fête de Santa-Águeda. Secrètement, ma tante pensait que le dévouement de ses nièces à la vie ecclésiastique susciterait la clémence de l'invisible. Elle fut donc remplie d'espoir quand elle apprit que le curé de la paroisse avait choisi Cândida pour la tâche la plus importante : le couronnement de la sainte. Une décision très sage, selon ma tante, car une aveugle commettait sans doute moins de péchés que les autres et serait donc plus proche de Dieu.

C'était la troisième fois que Cândida se voyait confier ce rôle, qu'elle attendait toute l'année avec impatience, plus encore que Noël. Le bruit de la foule rassemblée sur la place faisait palpiter son petit corps. Elle ressentait un mélange de peur et d'euphorie dans ce silence unique qui précédait la puissante vague d'applaudissements. Sa poitrine manquait d'exploser. L'année précédente, elle s'était délibérément attardé trois secondes de plus que nécessaire, la couronne suspendue au-dessus de la sainte pour que, l'éventualité d'un désastre une fois écartée, les applaudissements soient encore plus nourris.

Cette fois, ma sœur était investie d'une nouvelle mission. Sur ses ailes, elle porterait le message « Ne pars pas ». Le salut d'Eugênia passerait par l'intermédiaire d'un ange.

15

Recife, 1919

Le journal *Ave Libertas* recevait de nombreuses demandes d'aide, mais aucune n'était arrivée d'une manière aussi inhabituelle, à travers un magnifique voile de messe en dentelle. Plusieurs semaines auparavant, le journal avait reçu une lettre provenant de la même ville. Sur l'enveloppe se trouvait une vague note, rédigée au guichet de la poste, qui disait seulement : « Veuillez attendre le prochain contact. » À ceci s'ajoutait une feuille de papier sur laquelle j'avais recopié le code créé par Eugênia.

On ne devait pas en dire plus, pour des raisons de sécurité. Si la lettre était interceptée ou perdue, elle pouvait conduire à Eugênia Medeiros Galvão. Ces dames de l'association Ave Libertas devaient avoir l'habitude de ce type de mystérieux messages et ne s'étonneraient guère de ces lacunes intentionnelles.

Extrêmement actives dans la lutte pour les droits de l'homme dans les années qui précédèrent l'abolition de l'esclavage, elles avaient abrité des fugitifs sous leur propre toit et consacré leur vie à répondre à des appels à l'aide de cet ordre.

Des semaines après la première lettre, elles reçurent donc un nouveau pli, un colis plus volumineux qui contenait un voile en dentelle. Par précaution, je veillai à respecter un certain intervalle de temps entre les deux envois. À l'intérieur du colis, une autre note presque aussi succincte que la précédente : « Voyez ces points, conçus spécialement pour ces dames. » Ainsi le voile et le message n'éveilleraient pas non plus de soupçons s'ils étaient interceptés.

Des années plus tard, j'appris que la personne qui avait ouvert le paquet ce jour-là n'était autre que celle dont la photo était imprimée dans le numéro que Vitorina nous avait montré. Entourée de ses camarades, dona Maria Amélia de Queirós posa les deux notes sur la table en bois et étendit le voile.

Elle comprit immédiatement de quoi il retournait et indiqua aux autres les lettres qu'elle reconnaissait dans les points. Dona Bárbara de Mendonça les consignait dans un cahier à la reliure fleurie. En moins d'une heure, l'histoire d'Eugênia leur fut révélée.

Moi, Eugênia Medeiros Galvão, anciennement Eugênia Damásio Lima, suis prisonnière d'un cauchemar dont j'ai l'intention de m'échapper. J'ai été forcée de me marier à l'âge de quinze ans avec un homme que je hais et qui me maltraite. Le colonel Aristeu Medeiros Galvão est une figure politique, l'homme le plus puissant de la ville de Bom Retiro et de ses environs. Afin de ne pas le tuer, j'ai décidé de m'enfuir. Depuis quelque temps, je mets de côté les revenus de mon travail de dentellière. Je pense avoir réuni assez d'argent pour pouvoir me rendre dans la ville *de Recife, où l'influence politique de mon mari est moindre et où j'espère pouvoir compter sur votre protection et celle d'autres groupes qui chérissent la liberté. Je ne connais personne dans la capitale, mais lorsque je suis tombée sur un exemplaire d'*Ave Libertas*, ici, dans la vallée du Pajeú, j'ai entrevu une lueur d'espoir à travers les mots imprimés. La dentelle est mon seul moyen de communication, c'est pourquoi je vous envoie ma demande par le biais de ce voile. J'ai prévu de quitter Bom Retiro au mois de février pour me rendre à la capitale et vous demander de me conseiller sur la marche à suivre. J'ai besoin d'aide. Je suis tellement désespérée que je ne me soucie pas des conséquences. Je me fiche de mourir de faim, de dormir dehors ou de manquer de quoi que ce soit d'autre. Je ne peux tout simplement pas rester là où je suis. J'ai foi en votre compassion, en vous qui avez déjà tant combattu l'injustice. Je prie pour que Dieu me donne la santé et le courage de me présenter libre devant mes bienfaitrices.*

Avec mes sincères remerciements,
Eugênia
Le 10 décembre 1918

Lorsque dona Maria Amélia termina sa lecture à haute voix, toutes se regardèrent, conscientes de ce qu'il leur restait à faire.

– Nous devons envoyer une réponse. Qui, ici, s'y connaît en dentelle ? demanda-t-elle.

Mais la dentelle était un art maîtrisé par les femmes du peuple, car leur survie en dépendait. Aux dames de la capitale, il revenait de choisir la plus élégante, celle qui s'accordait le mieux à l'argenterie et au service en porcelaine les soirs de réception.

Après avoir analysé les points, dona Bárbara de Mendonça proposa d'utiliser la technique de la broderie afin de les reproduire sur une pièce de lin.

– Je pourrais confectionner un chemin de table avec des fleurs au centre et un message sur la bordure.

Ensemble, elles rédigèrent une réponse pour assurer Eugênia de leur soutien. Elles seraient heureuses de l'accueillir, bien sûr, mais il lui fallait agir avec prudence, car les souffrances prolongées qu'elle endurait pouvaient lui faire perdre la tête et minimiser les dangers. Elles lui apporteraient toute l'aide dont elle aurait besoin pour ce nouveau chapitre de sa vie dans la capitale : une assistance juridique, si nécessaire, un emploi et un logement. Elles voulurent enfin ajouter quelques mots d'encouragement et se décidèrent pour la phrase : « L'oppresseur peut sembler fort, mais la force ne l'emporte pas toujours. »

Le texte terminé, elles préparèrent un modèle sur une feuille de papier calque pour guider dona Bárbara de Mendonça. Elles utiliseraient du fil blanc pour broder le message. La même couleur que le tissu, pour tromper l'observateur dont le regard se porterait naturellement sur le bouquet de fleurs aux couleurs vives qui occuperait le centre.

– C'est ce que font les magiciens. Ils détournent l'attention. Le message se remarquera à peine sur la bordure, leur assura dona Bárbara de Mendonça.

Elle se mettrait au travail la nuit même. Il ne faudrait pas plus d'un ou deux jours avant que leur réponse soit envoyée à l'expéditeur des deux lettres : Inês Flores, une amie de confiance de la fugitive.

Avant de retourner à ses notes pour une conférence sur l'importance de la présence des femmes sur le marché du travail, dona Maria Amélia de Queirós décida d'accrocher le voile d'Eugênia au mur de la rédaction d'*Ave Libertas*, comme un étendard.

C'est là, bien en vue, que le voile arrivé de Bom Retiro resterait de nombreuses années, même après la mort de mon amie.

16

BR-232, Pernambouc, de nos jours

Un siècle plus tard, et après des décennies passées dans les bureaux d'*Ave Libertas*, le voile d'Eugênia voyageait dans le sac à dos d'Alice sur le siège d'un bus. Dans la fraîcheur d'une clim à plein régime, la jeune femme voyait par la fenêtre le paysage sépia devenir de plus en plus verdoyant à mesure que l'on pénétrait dans le haut plateau de Borborema. C'était la première fois depuis qu'Inês Flores l'avait envoyé par la poste à la rédaction du journal, en 1918, que le voile retournait là où il avait été conçu.

Il n'y avait pratiquement pas de touristes dans le bus. La plupart des passagers venaient rendre visite à leur famille, avec des sacs remplis de cadeaux et d'articles que l'on ne trouve que dans la capitale. Alice voulait se reposer mais n'y parvenait pas, dérangée par la conversation provenant de la rangée derrière elle.

Le bus avait déjà marqué deux pauses, au cours desquelles elle avait pu observer – et aussi lorsqu'elle s'était levée pour aller aux toilettes à l'arrière du véhicule – la passagère à l'air renfrogné qui voyageait dans la rangée numéro 3, exagérément collée à la fenêtre, et, à côté d'elle, un jeune homme déchaussé et torse nu, le corps affalé sur son siège et sur une bonne partie de celui de sa voisine.

Alors que le bus était encore à l'arrêt, Alice s'est mise à écouter l'échange entre les deux inconnus. Le passager en 3B avait commencé par évoquer la météo et le voyage. « Je pense qu'il va pleuvoir sur la route. » « Plus de six heures encore. Ça en fait des kilomètres, hein ? » « Tu as chaud ? Je crois que la clim ne marche pas bien. », avant de passer à des questions personnelles : « Qu'est-ce qui t'amène à Bom Retiro ? Tu as de la famille là-bas ? », « Tu t'appelles comment ? », « Tu veux un biscuit ? », « Tu as un petit ami ? »

Au début, la passagère répondait poliment à tout, par un « non » catégorique, et retournait à sa lecture. Cependant, comme l'homme ne semblait pas comprendre que son économie de mots était l'expression d'une limite intime à ne pas franchir, elle avait cessé de répondre au bout d'une heure de voyage et s'était retranchée dans un silence gêné. À l'arrêt suivant, l'occupante du siège 3A était allée demander quelque chose au chauffeur. Elle pointait du doigt l'homme qui la dérangeait constamment, mais le conducteur s'était contenté de secouer la tête, comme pour dire : « Le bus est plein, je ne peux rien faire. »

Il restait encore deux heures de route lorsque Alice a entendu le passager du 3B dire : « Tu me plais. Je veux sortir avec toi. » Sans réfléchir, Alice s'est levée et, se retournant, l'a interrompu :

– S'il vous plaît ?

L'agitation a réveillé tante Helena, qui dormait à côté d'elle. Le passager a paru surpris de l'intervention de cette fille qui, vu son style vestimentaire et ses cheveux bleus, devait venir de la grande ville. La passagère du 3A a également écarquillé les yeux : elle n'était pas si seule que ça.

– C'est que, a commencé Alice d'un ton faussement familier, j'ai mal au cœur côté couloir. Tu accepterais d'échanger ta place avec la mienne ? a-t-elle demandé à la fille du 3A, qui a semblé hésiter un instant. Peut-être qu'elle ne voulait pas mettre une inconnue dans l'embarras où elle se trouvait. S'il te plaît, a insisté Alice d'un ton presque intime, lui lançant un regard suffisamment appuyé.

En entendant la demande de sa nièce à l'inconnue, tante Helena a proposé :

– Si tu as la nausée, change de place avec moi. Tu n'as pas besoin de déranger cette jeune femme.

Ce à quoi la passagère, craignant de laisser passer sa chance d'échapper à la grossièreté de son voisin, s'est empressée de répondre :

– Bien entendu. Aucun problème. Échangeons, oui.

Avant de murmurer « Merci » à Alice en se levant.

– Merci à toi. C'est toi qui me rends service, je t'assure. Je vais me sentir beaucoup mieux maintenant, lui a assuré Alice en s'écartant pour la laisser ranger ses sacs dans le compartiment supérieur de la rangée 2.

Alice a commencé par appuyer son coude sur l'accoudoir du fauteuil 3A pour bien marquer son territoire. Elle n'accepterait aucune forme d'intrusion. Elle a ensuite dévisagé le passager, qui a baissé les yeux. Quelques instants plus tard, il s'est redressé, a enfilé ses chaussures et boutonné sa chemise. Puis il s'est endormi. Ou a feint de s'endormir. Peu importe, car sur le siège de devant, la jeune femme auparavant tendue bavardait gaiement avec tante Helena. Le son de leur conversation a bercé Alice jusqu'à la fin du voyage.

*

D'après les récentes découvertes d'Alice, ses aïeules avaient quitté Bom Retiro peu après la fête de Santa-Águeda, en 1919. Seule Firmina Flores était restée dans la maison aux volets bleus. D'après sa tante – qui le tenait de sa mère, qui le tenait elle-même de sa grand-mère –, elle n'a jamais accepté de quitter la terre où son père était enterré.

– Elles sont parties à contrecœur, mais c'était pour le mieux, lui a expliqué tante Helena tandis qu'elles attendaient leur clé à la réception de la *pousada* de Bom Retiro. La seule chose que l'on ne peut pas arranger dans cette vie, c'est la mort, Alice.

Sa nièce a acquiescé, sans conviction, car il y avait selon elle beaucoup de choses impossibles à réparer dans le monde.

– Je ne connais pas très bien la région en fait, a déclaré tante Helena, qui faisait déjà des projets pour les prochains jours. Nous pourrions aller à Triunfo pour voir le célèbre théâtre Guarany, un bâtiment magnifique. Il y a aussi le musée Cangaço. Lampião, notre Jesse James local, est né près d'ici, tu le savais ?

Elles pourraient aussi visiter le site archéologique de Serra do Giz, près d'Afogados da Ingazeira, à quarante minutes de voiture par la PE-320, là où les premiers habitants de la Terre ont dessiné leur histoire sur les parois rocheuses.

– Mais demain, nous nous concentrerons sur le voile. J'ai déjà pris rendez-vous avec dona Vitorina.

Tante Helena était ingénieure du génie civil. Elle avait été la première femme diplômée de l'université fédérale du Pernambouc.

– Tu n'imagines pas ce que c'est de devoir se faire entendre sur un chantier, lui a-t-elle confié plus tard, alors qu'elles partagaient un *chambaril* dans le restaurant traditionnel recommandé par la gérante de l'auberge. Au début de ma carrière, la plupart des projets qui sortaient de ma planche à dessin n'étaient pas signés par moi. Mes collègues masculins le faisaient à ma place. Il leur était très difficile de dire : « Voilà le bâtiment d'Helena. » C'était toujours : « Voilà le bâtiment de Geraldo ou de Silveira. »

– Tu ne t'es pas mariée ? s'est enquit Alice, pour ensuite juger bon de se justifier. Je demande pour demander. Pour moi ça ne change rien. Je suis juste curieuse.

Elle craignait que sa question ne paraisse déplacée, comme quand on demande : « Tu n'as pas d'enfant ? », « Tu n'as pas de petit ami ? », « Vous êtes séparés ? »

Ce n'était pas son intention.

– Tu aimerais savoir si quelqu'un est mort par ma faute, c'est ça ? demanda tante Helena, qui avait vu juste. Techniquement, je ne suis pas une descendante directe de Das Dores. Mon arrière-grand-mère était la sœur cadette de la mariée soi-disant maudite. Bien avant le fameux mariage, cette partie de la famille avait déjà quitté Bom Retiro. Je ne devrais donc pas être touchée par la vengeance de la gitane. Mais voilà – c'était sa théorie –, ceux qui ne connaissent pas ce détail peuvent penser que je ne me suis pas mariée par peur. Ce n'est pas le cas. J'ai même eu de nombreux amants. Je n'ai tout simplement pas trouvé quelqu'un avec qui me lier jusqu'à la fin. Et je suis très heureuse. J'ai mon propre appartement, mon travail, j'ai voyagé dans le monde entier, j'ai des amis qui sont comme une famille pour moi, et une ribambelle de neveux, dont tu fais partie. Ça ne m'a jamais manqué. Je n'ai pas décidé d'être célibataire, je n'ai rien contre le mariage, c'est juste comme ça que les choses se sont passées.

Alice ressentait une certaine satisfaction à l'idée qu'une personne de sa famille soit à ce point en paix avec ses choix.

– Eugênia quant à elle, qui a tant souffert dans cette histoire, n'était pas une Flores. La malédiction de la gitane ne pesait pas sur elle, mais elle a connu le sort le plus cruel de toutes les dentellières.

Tante Helena a soupiré en marquant une longue pause :

– La vie de chacun comporte plus ou moins de souffrance, et les Flores, si l'on y réfléchit bien, ont aussi connu des périodes très heureuses. Croire aux malédictions, c'est croire que nous n'avons pas le choix. Or nous l'avons toujours.

– C'est peut-être pour cette raison que ma grand-mère a choisi de ne pas transmettre son nom à ma mère.

– Oui, peut-être. Ma cousine Celina était bouleversée après le suicide de son père, à l'époque où les Flores vivaient déjà à Recife. Mais si on y réfléchit bien : cet homme était criblé de dettes, il a laissé une lettre pleine de ressentiment et il s'est jeté dans le Capibaribe, un choix personnel qui n'a rien à voir avec les forces occultes. Il semblerait même injuste de prétendre que ton arrière-grand-père a été poussé par une quelconque malédiction et non par son propre échec. Mais tu as raison, a-t-elle reconnu. Peut-être que ta grand-mère a renoncé à transmettre son nom pour surmonter son deuil. Celina n'aurait pas été la première à tenter d'éloigner la malédiction. Firmina aussi a essayé de protéger les descendants de la famille dans ses nombreuses prières et promesses.

Après le café, Alice a fait signe au serveur d'apporter l'addition.

– Je crois que l'épisode de la gitane s'est réellement produit. Mais entretenir la superstition a permis à tes aïeules de vivre libres et de s'occuper de leurs affaires sans que personne s'en mêle. Elles ne l'ont pas fait délibérément, non. Mais disons qu'elles ont su tirer profit de ce destin qui leur était imposé. Elles étaient indépendantes et pouvaient se consacrer entièrement au travail de la dentelle. Personne ne voulait les approcher, c'était providentiel, tu ne crois pas ?

– C'est possible.

En marchant tranquillement dans les rues pavées, Alice a immédiatement pensé à Sofia. Il était peut-être moins risqué de s'engager avec une femme. Elle a secoué la tête comme pour éloigner l'inquiétude de son esprit. « Les malédictions n'existent pas », s'est-elle corrigée.

– Et la maison ? Elle est encore là ? a demandé Alice, curieuse.

– C'est devenu une papeterie, mais elle résiste encore. Il n'y a plus de jardin, les volets sont toujours bleus, pour autant que je sache, et on dit que les oiseaux nichent toujours dans la charpente du toit. Ils ont appris le chemin et ne l'ont jamais oublié. On pourrait y aller maintenant, si tu veux ? a suggéré tante Helena, comme si la question se posait.

Bom Retiro était endormi, à cette heure de la nuit, et la pleine lune éclairait la petite maison, qui ne ressemblait pas à celle des photos qu'Alice avait vues. Les nouveaux propriétaires avaient utilisé l'espace où se trouvait le jardin pour agrandir le bâtiment, qui s'étendait maintenant jusqu'au trottoir. Sur la façade, une enseigne en bois blanc indiquait en lettres bleues « Papeterie Elegância ». De façon solennelle, Alice a posé la main sur l'écriteau pour marquer d'un rituel improvisé sa présence en ces lieux auxquels elle était liée. À côté d'elle, sa tante gardait le silence, respectueuse, et toutes deux sont restées ainsi un moment, comme pour rendre hommage au passé, avant de reprendre le chemin de la *pousada*.

Ironiquement, après l'expulsion des Flores, la ville de Bom

Retiro est devenue un centre important de production de dentelle artisanale.

– Lorsque notre famille est partie, dona Vitorina a enseigné le métier à d'autres jeunes femmes de la ville et a formé un nouveau groupe de dentellières. Nous lui rendrons visite demain. Elle sera ravie de rencontrer une Flores aux cheveux bleus, a déclaré tante Helena avant d'aller se coucher.

Ce n'était pas une critique.

17

Bom Retiro, 1919

Eugênia reçut le mouchoir en dentelle qui confirmait son plan d'évasion un matin de janvier. Odoniel l'avait remis en main propre à l'épouse du colonel Aristeu au milieu de trois autres pièces de tissus qu'elle avait commandées. Personne ne remarqua la petite manœuvre ni ne s'étonna de la présence de la maîtresse de maison dans la cuisine, qui tenait une fois encore à vérifier la livraison. Au contraire, Dorina se redressa même en voyant Eugênia entrer dans la pièce. Secrètement, la cuisinière espérait qu'un jour elles deviendraient bonnes amies.

Eugênia attendit l'heure de la sieste pour lire mon message. Elle retourna dans sa chambre et, le mouchoir sur les genoux, découvrit avec un mélange de soulagement et d'euphorie qu'une diligence viendrait la chercher à huit heures le soir de la fête, au niveau du deuxième virage après la sortie de la ville. Elle était folle de joie. Tout se passait comme prévu, elle était infiniment reconnaissante du service que je lui rendais.

Ce serait la première fois que mon amie quitterait la *fazenda* depuis son mariage, et elle était bien décidée à ne pas y retourner. Elle fuirait à travers la foule de fidèles rassemblés pour honorer la sainte jusqu'au point de rencontre. La fête serait son adieu à Bom Retiro, à ses parents et ses amies. Elle mettrait tant de soin à dissimuler ses véritables intentions qu'elle ne prendrait pas le risque de me serrer une dernière fois – seules elle et moi le saurions – dans ses bras, mais elle avait confiance en l'avenir : lorsqu'elle serait à Recife ou si le destin abrégeait la vie d'Aristeu – ce dont elle doutait fort, car, comme le dit le proverbe, les mauvaises herbes ont la vie dure – Eugênia nous reverrait.

La liberté était à portée de main et, en attendant, elle était prête à faire tout ce qui était en son pouvoir pour ne pas irriter Aristeu. Elle montrerait à son époux qu'elle était revenue à la raison afin qu'il baisse un peu la garde. Jusqu'au jour de son départ, elle serait la plus obéissante des épouses. Dans les semaines qui suivirent, Eugênia s'efforça de se comporter en maîtresse de maison affable et dévouée. Elle vérifiait la table tous les jours et, lorsqu'elle entendait les bottes de son mari résonner dans le couloir, elle redoublait de zêle. « N'oublie pas de sortir un plat, Dorina. Le plus petit, s'il te plaît. » Elle donnait aux cuisinières des instructions sur le menu du jour, dans l'espoir que Dorina fasse un commentaire pendant le repas : « C'est dona Eugênia qui nous a suggéré de préparer cette confiture, colonel. »

Enfin, pour paraître encore plus dévouée, Eugênia parlait de religion et d'obligations morales aux enfants.

– Aujourd'hui, je vais vous raconter l'histoire d'Águeda, notre sainte patronne, annonça-t-elle un soir après le dîner. Saviez-vous que son premier miracle a eu trait à un voile ?

Tous deux firent non de la tête et, curieux, s'assirent aux pieds d'Eugênia pour mieux l'écouter.

– Le voile avec lequel santa Águeda a été enterrée a sauvé la vie de milliers de personnes. C'était un linceul sacré.

Les enfants écarquillèrent les yeux, impressionnés par la morbidité de l'image. Ils songaient peut-être à leur propre mère, qui avait sans doute été elle aussi recouverte d'un tel suaire.

– Águeda était une jeune femme très riche née dans une région appelée Sicile, en Italie. Depuis l'enfance, elle répétait à l'envi que son plus grand désir était de consacrer sa vie à Dieu en devenant religieuse. C'était sans compter la malveillance de l'homme puissant qui allait croiser son chemin et la plonger dans le tourment.

Pour rendre l'histoire plus dramatique et maintenir l'attention des petits, Eugênia fit une pause et attendit les supplications de ses beaux-enfants, désireux de savoir qui était ce terrible individu, avant de reprendre le fil de son récit.

– Un homme sans cœur, mes chéris. Il voulait épouser Águeda, mais il ne l'aimait pas vraiment. Il ne s'intéressait qu'à sa fortune.

Eugênia sentit une décharge électrique lui traverser le corps, provoquée par l'audace dont elle faisait preuve en parlant d'un oppresseur devant son oppresseur. À son bureau, Aristeu ne semblait pas l'écouter. Il continuait de fumer tranquillement sa pipe en feuilletant le livre de comptes de la *fazenda*.

– Lorsque Águeda refusa sa demande en mariage, car elle souhaitait se consacrer entièrement à Dieu, l'odieux personnage enragea. Il la fit prisonnière et la tortura des jours durant jusqu'à ce qu'elle cède à sa volonté.

Sa belle-fille porta ses mains à son visage pour se cacher les yeux, tourmentée par les images que le mot torture lui évoquait, tandis que son père tournait une nouvelle page du livre de comptes.

– Plus elle résistait, poursuivit Eugênia, plus l'homme était cruel. Il alla même jusqu'à lui arracher les seins.

En entendant la description d'un tel martyre, les petits laissèrent échapper un gémissement avant de l'assaillir de questions, peut-être pour se convaincre que ce n'était qu'une histoire, pas aussi réelle que leur belle-mère le laissait entendre. « Comment les a-t-il arrachés ? », « Avec un couteau ? », « A-t-elle pleuré ? », « Survécu ? », « Personne ne lui est venu en aide, la pauvre ? »

Si Eugênia répondait à chaque question, son attention n'était plus sur les enfants, mais sur le bruit de la plume d'Aristeu, qui avait soudain cessé de glisser sur le papier. Il l'écoutait.

– A-t-elle cessé d'être une femme ? demanda la petite en imaginant une femme sans seins.

– Bien sûr que non, ma chère, lui assura Eugênia d'un air savant. Son corps était mutilé, mais son âme était intacte. Águeda s'est agenouillée et a prié le cœur empli d'une telle foi que, craignant la fureur de Dieu, son bourreau a cessé les mauvais traitements et ordonné que la prisonnière soit emmenée dans sa chambre.

Bien qu'effrayés par la violence de l'histoire, les enfants demeuraient fascinés et extrêmement curieux de son dénouement.

– Et comment s'est-elle sauvée ? demanda le garçon.

– Car elle s'est sauvée, n'est-ce pas ? la plus jeune, terrifiée, voulut s'en assurer.

Eugênia soupira de regret.

– Pas dans cette vie, mes amours. Pas dans ce monde. Lorsqu'elle est retournée dans sa chambre, presque inconsciente tant elle souffrait, saint Pierre lui apparut. Il avait entendu ses prières et l'avait enveloppée d'une lumière divine pour éteindre la douleur de ses terribles blessures. Reconnaissante,

Águeda a demandé au saint de la conduire auprès de Notre Seigneur, car le monde des hommes ne la méritait pas.

– Águeda est donc morte ? voulut confirmer la jeune fille, qui continuait d'espérer.

– Oui, ma chère, répondit Eugênia avant d'ajouter : Mais sans souffrir ni céder à son bourreau.

À cet instant, elle n'osa tourner son visage dans la direction d'Aristeu, mais elle sentit les yeux de son mari sur sa nuque.

– Et cette même nuit…, poursuivit-elle. Savez-vous ce qui s'est passé ?

– Quoi ? s'animèrent les enfants, devinant qu'il s'agissait de quelque chose de moins tragique cette fois.

– Un terrible tremblement de terre a frappé la ville.

– C'était la colère de Dieu ? tenta de deviner la jeune fille.

– Exactement. Il punissait ceux qui n'avaient pas défendu Águeda. À l'époque, personne ne se doutait qu'elle allait devenir une sainte, on la prenait pour une jeune femme ordinaire et très pieuse. Son pouvoir ne s'est révélé que lorsque, des années plus tard, une autre tragédie a frappé la région. Un incendie a détruit les maisons et les récoltes.

Les enfants ne comprirent pas tout de suite.

– S'agissait-il d'une nouvelle punition de Dieu ? La première n'était-elle pas suffisante ?

– Non, mes chéris, expliqua Eugênia. Lorsque l'incendie a commencé à se propager, les habitants paniqués se sont précipités sur la tombe d'Águeda pour demander sa protection. Depuis quelque temps déjà, on disait la défunte proche de Dieu, capable d'intercéder pour quiconque la priait. En ouvrant la tombe, ils trouvèrent son cadavre exactement comme il avait été enterré. En dépit du temps écoulé, elle avait toujours l'apparence d'une belle jeune femme au visage paisible.

– Elle était enveloppée dans le voile miraculeux ?

La jeune fille se souvint du linceul que sa belle-mère avait mentionné.

Les petites mains de l'enfant serraient l'ourlet de sa robe, elle pensait sans doute une fois encore à sa mère disparue. Peut-être était-elle encore aussi belle et paisible dans sa tombe ?

– Devant le corps intact d'Águeda, les gens ont compris que c'était l'œuvre de Dieu. L'un d'entre eux a eu l'idée de brandir le voile devant les flammes comme un bouclier. Au contact du tissu sacré, le feu a miraculeusement disparu. Ainsi, tous ceux qui sont restés ce jour-là sous le voile d'Águeda, qui n'est devenue sainte qu'après ce prodige, ont survécu pour le raconter.

Les enfants poussèrent un soupir de soulagement en apprenant que toutes ces vies avaient été sauvées, mais aussi que l'histoire de leur belle-mère touchait à sa fin.

– Et le méchant ? Que lui est-il arrivé ?

– Il est tombé de cheval peu après, ajouta Eugênia, sans insister sur le sort du tortionnaire.

Sur sa chaise, Aristeu demeurait impassible. Eugênia faisait confiance à la vanité de son mari, qui l'empêcherait de trouver une quelconque ressemblance entre lui et Quintien, ce Romain du IIIe siècle.

Aristeu ne se voyait pas comme un monstre arracheur de seins. Il était un mari respectueux qui apportait à son épouse tout le réconfort dont elle avait besoin, malgré l'entêtement et l'ingratitude de celle-ci.

– Depuis lors, poursuivit-elle, les personnes qui souffrent de grandes douleurs ou d'injustices, comme Águeda elle-même, demandent à la sainte de les couvrir de son voile et d'éloigner les menaces. Ce premier miracle s'est produit le 5 février, et c'est pourquoi chaque année, le même jour, nous organisons une belle fête en son honneur.

– La procession ! comprit immédiatement le petit. Nous y allons, n'est-ce pas mon père ?

– Un homme de mon rang ne peut se soustraire à certaines obligations, répondit sèchement Aristeu, qui en profita pour les envoyer au lit.

– Je viens avec vous, mes amours, pour vous souhaiter bonne nuit et vous embrasser, dit Eugênia en se levant, mais son mari l'en empêcha.

– Tu restes ici.

– Je comptais leur raconter une autre histoire, avança-t-elle.

– Celle-ci va déjà les empêcher de dormir. Ils n'en ont pas besoin d'une autre.

Eugênia regretta d'avoir été si précise dans la description du martyre et se justifia :

– Ce n'était pas mon intention. Je pensais que la vie des saints serait riche en enseignements.

– Je n'élève pas des grenouilles de bénitier. Cela suffit pour aujourd'hui.

Les enfants savaient qu'il n'y avait pas de négociation possible. Ils échangèrent un regard complice avec Eugênia, accueillirent respectueusement la bénédiction de leur père et, sans rien laisser paraître de leur déception, prirent congé.

Aussitôt après leur départ, Eugênia, prudente, se mura dans son mutisme habituel. Elle attrapa un ouvrage en cours et se mit au travail. Le couple resta silencieux tandis qu'Aristeu terminait sa liqueur. Puis il se leva et, sans un mot, quitta la pièce quelque peu chancelant. Eugênia espérait que cette légère ivresse, qui n'altérait pas encore les manières de son mari, mais qu'elle reconnaissait au rougissement de ses joues, le tiendrait éloigné de son lit. La nuit lui donna raison.

*

Les jours suivants, Eugênia se consacra aux préparatifs. Elle choisit les vêtements que les enfants porteraient lors de la fête et fit préparer une collation au cas où la faim se ferait sentir au cours du voyage. Pour la première fois, elle se comporta en maîtresse de maison, ce qui ne passa pas inaperçu aux yeux de son mari.

Il attribua tout d'abord ce changement d'humeur au fait qu'elle était sur le point de revoir sa mère. Contrariant les rêves de sa belle-mère, Aristeu n'avait en effet jamais invité ou permis à Eugênia d'inviter ses parents à Caviúna.

Cet éloignement ne la dérangeait pas. Elle aurait même détesté devoir jouer son rôle forcé devant eux et répondre en souriant aux attentes et aux questions de sa mère. Le commissaire et son épouse, trop satisfaits de la situation de leur fille, ne lui apporteraient pas le soutien dont elle avait désespérément besoin. Toute plainte de sa part jouerait en la faveur d'Aristeu. Eugênia ne se faisait pas d'illusions à ce sujet.

Elle ne se confiait guère dans les lettres qu'elle adressait à sa mère depuis le début de sa vie conjugale. Soupçonnant Aristeu de les ouvrir avant qu'elles ne soient envoyées, elle n'y partageait que les nouvelles de la ferme, les progrès studieux des enfants, et préférait poser des questions plutôt que s'épancher.

Savourant fièrement chaque mot écrit par leur fille, désormais épouse d'un colonel, le commissaire et sa femme étaient ainsi convaincus que, malgré ses protestations initiales, Eugênia avait accepté sa nouvelle vie. La décision de la marier avait été la bonne.

Ils n'étaient pas aussi proches de leur gendre qu'ils l'auraient souhaité, mais ne se plaignaient guère de leur relation et espéraient que l'arrivée d'un petit-enfant resserrerait leurs liens.

Lorsque sa mère s'enquit d'un futur héritier, Eugênia lui répondit ce qu'elle voulait entendre. Qu'elle priait chaque soir pour demander la grâce de tenir un bébé dans ses bras. Ce serait une joie de donner un frère à ses beaux-enfants. Car oui, son bébé serait un garçon. Elle le baptiserait Aristeu Filho.

En réalité, chaque mois, Eugênia mâchait de la rue des jardins en cachette et ajoutait des graines de camomille au café de son mari, une plante connue pour fragiliser la fertilité masculine. Elle avait eu la chance, enfant, d'entendre toutes sortes de conversations murmurées par les domestiques et tenait son savoir de cette époque. Une cuisinière apparaissait en larmes, bouleversée : « Que va-t-il advenir de moi, mon Dieu ? Je n'ai plus rien. Mon père m'a mise à la porte et l'autre prétend que l'enfant n'est pas de lui. » Dans ces moments-là, les femmes plus expérimentées recueillaient la jeune femme en pleurs, lui apprenaient comment procéder et ce qu'il fallait faire pour que cela ne se reproduise plus.

Mais en cette fin janvier, au lieu de se sentir rassuré par l'attitude docile d'Eugênia, qui allait et venait sans cesse d'une pièce à l'autre, Aristeu commença à soupçonner que quelque chose n'allait pas. Le changement de comportement de son épouse semblait trop soudain. Quelque secret devait se cacher derrière cette docilité inédite.

Il se mit donc à la surveiller. Plus d'une fois, il surprit Eugênia en train de sourire seule ou le regard perdu en direction du pâturage qui s'étendait à l'horizon.

Quel tourment de ne pas connaître l'objet des pensées de son épouse. Il en vint à être jaloux de son âme, un espace qui n'appartenait qu'à elle et dans lequel il ne pouvait pénétrer. Jusqu'alors, même s'ils ne s'étaient jamais vraiment entendus, le colonel n'avait eu aucun mal à déchiffrer les pensées de la jeune femme.

Elle l'avait détesté dès le premier jour, lorsqu'elle s'était enfuie du salon de son père, et ce sentiment l'avait en quelque sorte exalté. La colère que sa femme ressentait à son égard occupait tout son esprit, et Aristeu considérait cela comme une victoire. Eugênia était à lui, parce qu'elle ne pensait qu'à lui. Cette haine venimeuse prenait une saveur intense et le stimulait plus que l'obéissance placide qu'il avait d'abord espérée. Il aspirait au conflit, car le conflit était la seule chose qu'ils partageaient. Leur amertume les unissait.

C'est pourquoi, quand il entendit Eugênia fredonner dans le couloir un après-midi, il ne put penser à rien d'autre de la journée. Non sans efforts, le colonel avait fait le dos rond devant tout ce qu'elle lui avait fait subir ces derniers mois. S'il s'était agi de quelqu'un d'autre, il aurait rendu la marchandise. Mais il s'était montré gentil et patient, et maintenant qu'il l'autorisait enfin à visiter son ancienne vie – ses parents, Bom Retiro, les dentellières –, elle le défiait, en chantonnant comme une petite fille.

Pendant le dîner, Aristeu fut attentif à l'éclat inhabituel des yeux d'Eugênia et remarqua également son rire gracieux lorsque son aîné laissa un peu de riz au lait se répandre sur sa chemise. Pour la première fois depuis qu'elle avait foulé ses terres, elle semblait heureuse. Et ce n'était pas grâce à la vie qu'il lui offrait ni aux privilèges dont elle jouissait comme senhora de Caviúna. Eugênia exultait d'être à la veille de retourner, même temporairement, dans son ancien monde.

Elle était si pleine d'espoir, non pas à l'approche de la fête, comme l'imaginait son époux, mais parce qu'elle était si près de s'échapper, qu'elle ne remarqua pas le ressentiment dans les yeux d'Aristeu tandis qu'il tentait de disséquer chacun de ses sourires.

Ce soir-là, son mari la visita. Comme toujours, Eugênia resta statique, l'attention focalisée sur le plafond, les yeux opaques comme ceux d'un animal empaillé. Mais cette fois, il n'accepta pas son indifférence, ce qui la surprit.

Le vin consommé à table avait assoupli la vanité d'Aristeu, qui n'hésita pas à lui ordonner :

– Secoue-toi.

Voilà qui était nouveau. Aristeu ne s'était jamais humilié au point de reconnaître que la participation d'Eugênia à l'acte charnel lui importait. Son attitude donnait toujours l'impression du contraire. Comme elle restait inerte malgré l'injonction, il insista :

– Allez, secoue-toi. Je n'ai pas épousé un cadavre.

Eugênia ne savait pas quoi faire. Elle voulut lui dire la vérité, qu'elle était sèche depuis le jour où elle l'avait rencontré, mais elle ne pouvait pas prendre ce risque, pas à la veille de sa fuite. Irrité par son immobilité, le colonel tenta d'arriver malgré tout à ses fins, en vain.

Cet échec le contraria tellement que soudain, Eugênia sentit son corps à moitié nu suspendu dans les airs, puis la douleur d'être projetée contre le mur.

– Tu ne m'es d'aucune utilité. Maudit soit le jour où je me suis laissé convaincre par ton père. Si je pouvais, je te rendrais.

Affalée sur le sol, un filet de sang coulant de son front, Eugênia sut qu'elle avait commis une erreur.

– Rendez-moi ! lança-t-elle. Je n'ai pas choisi d'être ici.

Face à cet affront, Aristeu s'avança d'un pas ferme vers la jeune femme et la gifla si fort qu'elle se tut. Non par obéissance, mais par sidération.

– Je t'interdis de me répondre. Ton devoir est d'écouter et d'obéir. Ton obligation est de me servir.

Dans une telle situation, la véritable Eugênia aurait relevé la tête et l'aurait affronté, quitte à prendre des coups. Mais cette nuit-là, elle se trouvait à la veille d'une évasion dont elle rêvait depuis des mois tandis qu'elle brodait la tête baissée. Elle ne pouvait pas laisser Aristeu douter de sa résignation. Aussi, au lieu de le défier une fois de plus, elle resta silencieuse quelques instants, puis le regarda avec une expression pleine de regret.

– Je vous demande pardon, mon cher époux, murmura-t-elle, à la surprise d'Aristeu.

Les yeux baissés, elle espérait peut-être pouvoir le convaincre de sa soumission. Il grogna de colère, encore sous l'emprise de l'alcool, et se dirigea vers la porte :

– Tu n'iras pas à la procession demain.

C'est comme si elle avait été propulsée au milieu d'une tempête. Son corps tremblait de froid et la force des vents était sur le point de la renverser. Le sang dégoulinait encore le long de son visage quand elle se souvint qu'il était minuit passé. Nous étions donc déjà le 5 février, le jour de la Santa-Águeda.

« Ô santa Águeda, vous qui avez ressenti dans votre chair les douleurs les plus atroces, donnez-moi le courage de tenir bon », pria-t-elle en elle-même.

– Aristeu, attendez, demanda-t-elle à son mari qui, sans se retourner, s'arrêta pour l'écouter. Je ne peux pas manquer la fête. Je suis…, tout son corps se contracta dans un spasme avant de compléter sa phrase. Je suis votre épouse. Je dois y aller. Pour le bien de la famille Medeiros Galvão.

« Ô santa Águeda, vous qui avez résisté si courageusement aux souffrances qui vous étaient imposées, donnez-moi la force d'affronter mes propres martyres. »

C'était la première fois qu'Eugênia l'appelait par son nom de baptême, Aristeu. C'était aussi la première fois qu'elle faisait référence à la famille qu'ils formaient depuis leur mariage et prétendait soudain se soucier d'un patronyme qu'elle avait passé les derniers mois à renier. Ces mots piquèrent la poitrine d'Aristeu, qui se sentit immédiatement entraîné dans le tourbillon froid du ressentiment. Le colonel connaissait sa femme et comprenait très bien ses intentions : elle faisait l'agneau pour qu'on ne l'enferme pas derrière une clôture.

– Tu ne me mérites pas, Eugênia. Je vais devoir me présenter devant toute la ville sans mon épouse à mes côtés. Une humiliation de plus que tu m'auras fait subir. Maudit soit le jour où je t'ai rencontrée.

Recroquevillée par terre, Eugênia prit ses genoux entre ses bras et observa les dessins aléatoires que formaient les rainures sur le parquet, telle une dentelle.

« ... santa Águeda, vous qui vous êtes montrée plus forte que vos cruels bourreaux, donnez-moi la sagesse et la foi de continuer à croire. »

Si elle insistait, il risquait de se méfier plus encore et il n'y aurait plus de retour en arrière possible. Elle se sentait démunie, spectatrice de sa propre vie. Elle voyait le monde s'écrouler autour d'elle pour la seconde fois, comme à l'annonce de ses fiançailles dans le salon de son père. Elle s'accrochait depuis des mois à l'espoir de son évasion. Cela lui avait permis de tenir bon malgré l'enfermement et de ne pas perdre la raison.

– Pour la sainte, Aristeu, dit-elle dans un murmure d'espoir. Les mots sortaient doucement, fruits d'une détresse contenue avec force, l'instinct de survie d'une proie.

« Vous qui avez été battue dans votre chair, venez à mon secours, ô miséricordieuse... »

– Pour expier mes péchés, ajouta-t-elle dans une dernière tentative.

– Ils sont nombreux, convint Aristeu.

– Je vous le demande pour sauver mon âme, cher époux. Je serai une meilleure personne désormais, je vous le promets.

Aristeu réfléchit un instant. Ces mots, « cher époux », qu'elle employait aussi pour la première fois, l'irritaient, mais il reconnut dans l'expression de sa femme une sincérité qui n'était pas habituelle entre eux. Ses yeux suppliants, et non plus furieux, le déconcertèrent. Peut-être regrettait-elle vraiment. Peut-être avaient-ils encore une chance de s'entendre. Peut-être finirait-elle par s'intégrer parfaitement dans les rouages de sa vie.

Mais ce bref espoir ne le ferait pas revenir sur l'ordre déjà donné. Aristeu Medeiros Galvão n'avait qu'une parole.

– Tu prieras ici. La sainte ne verra pas la différence.

Il quitta la pièce sans ajouter un mot de plus.

Mon amie Eugênia ne revit plus son mari jusqu'à sa mort, survenue le 5 février, jour de la Santa-Águeda, martyrisée au IIIe siècle de notre ère par Quintien. Encore paralysée par la peur, frissonnant dans le froid glacial de la tempête qui secouait son âme en cette chaude nuit d'été, Eugênia s'endormit sur les rainures arbitraires du plancher, en psalmodiant une prière.

« Santa Águeda, vous qui avez gardé confiance jusqu'à votre dernier soupir, même quand le sang inondait vos seins, soyez ma gardienne, maintenant et pour toujours. »

18

Bom Retiro, de nos jours

Le couple centenaire regardait Alice avec curiosité, essayant de reconnaître dans le visage de la jeune fille des traits familiers. Le mari n'entendait pas bien, mais son épouse, habituée aux limites de son compagnon, lui traduisait patiemment les paroles de leurs interlocuteurs. En plus d'être très bavarde, leur hôtesse souffrait d'un tremblement constant des mains, que seule la pression ferme de la paume de son mari, posée en permanence sur la sienne, atténuait. Un échange de bons procédés.

– Mon chéri, regarde. Ces personnes sont des descendantes des Flores. Cette petite n'est-elle pas le portrait de dona Carmelita ? J'ai l'impression de la voir devant moi. J'étais très proche de ta famille, tu sais ?

– Je lui ai tout raconté, dona Vitorina, a expliqué tante Helena, qui a cru bon d'ajouter : Presque tout, car seuls ceux qui étaient là savent vraiment tout.

Flattée, Vitorina a laissé échapper un rire, et Alice a profité de ce moment opportun pour lui montrer le voile.

– Vous vous souvenez de cette pièce, dona Vitorina ?

Les yeux toujours aussi vifs de Vitorina, malgré la brume blanchâtre qui les recouvrait désormais, ont immédiatement compris de quoi il s'agissait. C'était le voile en dentelle d'Eugênia, qu'elle n'avait jamais tenu entre ses mains et dont elle n'avait appris l'existence qu'après la mort de son amie.

Vitorina l'a examiné sans la mélancolie à laquelle Alice s'attendait. Le passage des années nous éloigne de ce que l'on a vécu, nous faisant passer de protagoniste à spectateur. La fin approchant, nous pouvons nous consacrer sans crainte à l'analyse impartiale des expériences, comme de simples curieux, et inventorier avec recul les réussites et les erreurs, les victoires et les déceptions.

– Ça alors, mon chéri, tu te rends compte, s'est émerveillée Vitorina en caressant le relief de la dentelle. Ce voile nous raconte encore la même histoire, tant d'années plus tard. Tu ne le trouves pas magnifique ?

Ce fameux 5 février était pour eux aussi une date inoubliable : c'était le jour où ils avaient échangé leur premier baiser.

– Elles étaient têtues, les Flores, a finalement lâché Vitorina, furieuse. Je l'étais aussi, c'est vrai. Plus encore qu'elles, sans doute. Si Inês et Eugênia avaient daigné me prévenir, j'aurais pu les aider et tout aurait été différent. Mais non. Elles me croyaient irresponsable, impulsive, extravagante. C'était tout le contraire. Est-ce que je n'ai pas toujours été celle qui avait la tête sur les épaules, mon ami ?

Le professeur a acquiescé, même s'il ne saisissait pas tout à fait ses paroles, qui sonnaient plutôt comme une mélodie dans le lointain.

– Vous devez savoir que c'est moi, et personne d'autre, qui leur ai enseigné la dentelle, n'est-ce pas ? Perchée sur mon échelle, hein, mon chéri ? Et cette cousine qui ne m'a jamais pardonné, elle m'en a fait voir des vertes et des pas mûres. Tu lui as tout dit à cette petite, Helena ? Tu lui as raconté ?

– Bien sûr, dona Vitorina. C'est à vous que revient le mérite d'avoir donné à Bom Retiro une dentelle aussi célèbre aujourd'hui.

– Malgré cela, tes aïeules ont préféré m'exclure. Ces ingrates.

Vitorina s'est tue un instant, envahie par une rancœur que le temps n'avait pas réussi à apaiser. Toute sa vie, elle avait tenté d'oublier sa tristesse et le vide que l'absence de ses amies avait laissé, tout en contrôlant sa langue pour ne pas maudire ces imprudentes qui avaient agi sans la consulter. Si elle n'exprimait pas son chagrin, c'était seulement par respect pour leur mémoire. Elles formaient un trio, depuis toujours. Pourquoi ne s'étaient-elles pas tournées vers elle quand elles en avaient le plus besoin ?

– Toute la ville participait à la procession de la sainte patronne, sauf la seule personne qui ne pouvait la manquer : Eugênia, a repris Vitorina.

Sa voix faiblissait par instant, sans qu'Alice ne sût si c'était dû à l'âge ou à l'émotion que lui procurait ces souvenirs.

– Quand Inês a vu le colonel sortir de la voiture, accompagné seulement de ses enfants et d'une jeune femme qui s'occupait parfois d'eux, elle a senti ses jambes faiblir. Cândida était prête à afficher le message sur ses ailes de chérubin, comme l'avait imaginé Inês, pour prévenir Eugênia. Quelle ironie ! Même Cândida, qui devait avoir huit ans à l'époque, était dans le coup, et moi qui ne me doutais de rien… Ces jeunes femmes ne me faisaient pas confiance, ne me demandez pas pourquoi. J'ai toujours été la plus maligne. Quel triste jour, mon Dieu.

Sa respiration est soudain devenue plus laborieuse, et son mari, attentif, a entrelacé ses doigts dans les siens. Le geste a semblé efficace, car elle a rapidement repris des couleurs.

– Depuis longtemps déjà, j'avais des vues sur ce beau monsieur qui se tient à côté de moi, n'est-ce pas, mon chéri ?

Il lui a alors retourné le regard affectueux qu'elle lui a lancé.

– Ma mère était très jalouse et ne voulait pas que je fréquente qui que ce soit. Elle avait peur de me perdre, vous comprenez ? Je ne lui en veux pas. L'ambiance était sinistre quand il n'y avait que mon père et mes frères à la maison, qui parlaient livraisons et marchandises. Quant à maman, ils ne s'intéressaient à elle que lorsqu'il était question du menu du soir. C'était à peine s'ils lui adressaient la parole, la pauvre femme.

Puis, reportant un instant son attention sur Alice, elle lui a demandé d'un ton péremptoire :

– Tu ne bois pas ton café, jeune fille ? Il va refroidir.

Alice a obéi et Vitorina a attendu que celle-ci vide sa tasse. Tante Helena et le professeur ont aussi terminé la leur, comme si l'ordre de la maîtresse de maison s'adressait à tous.

– Personne ne pouvait m'arrêter, a-t-elle poursuivi. Si je suis dynamique aujourd'hui, imaginez à l'époque. Je n'aurais permis à personne, pas même à mes parents – qu'ils reposent en paix et ne s'avisent pas de répondre à cette évocation – de prendre des décisions à ma place. C'est pourquoi, ce jour-là, j'ai profité de la confusion de la fête pour trouver un moyen d'approcher ce coquet, a-t-elle révélé d'un air malicieux, fière de son audace. Quelle confusion ensuite. Maman a failli ne pas s'en remettre, n'est-ce pas, mon chéri ?

Cette fois, le mari a semblé comprendre les propos de sa femme, car il a souri à ce souvenir – le plus doux et le plus pénible de sa vie.

– Quand cette femme veut quelque chose, il vaut mieux ne pas lui résister, a-t-il ajouté pour le plus grand bonheur de Vitorina.

– N'est-ce pas ainsi que les choses doivent se passer ? Si ce n'est pas moi qui actionne la roue, qui le fera à ma place ? Eugênia était pareille : elle voulait contrôler son destin. Son mariage avec quelqu'un d'aussi puissant lui a ôté ce droit, mais elle a quand même décidé de faire tourner la roue, quel qu'en soit le prix. Elle était convaincue qu'elle réussirait.

– Vous vous souvenez de ce qui s'est passé après la fête, dona Vitorina ? a demandé Alice, inquiète d'abuser de leur temps.

Elle imaginait que la visite ne devait pas s'éterniser, étant donné leur grand âge. Or le voile ne racontait pas toute l'histoire, il s'en tenait au plan.

– Oui, oui. Eugênia avait élaboré ce voile dans un but précis. Demander de l'aide à des femmes très chics de Recife.

Le professeur a commencé à s'agiter sur sa chaise et Vitorina s'est interrompue pour lui demander s'il avait besoin de quelque chose.

– Tu veux que j'ouvre la fenêtre ? Il fait trop lourd pour toi aujourd'hui. Je t'avais dit de ne pas porter de manches longues.

Alice a proposé de s'en charger. La maison était située dans la partie haute de Bom Retiro. De là où elle se trouvait, elle pouvait voir les toits rouges des maisons, le clocher de l'église et, au loin, les formations rocheuses typiques de la région. Elle est restée ainsi quelques instants, à l'affût de l'appel de la Vallée que sa tante avait évoqué quelques jours plus tôt à Recife, s'attendant à ce qu'il se manifeste d'une manière ou d'une autre, mais la voix de Vitorina l'a interrompue.

– La suite n'est qu'un enchaînement de tragédies. Eugênia ne s'étant pas présentée à la procession, Inês n'avait aucun moyen de l'avertir qu'il n'était plus question de partir. Elle avait fait tout ce qui était en son pouvoir pour éviter le pire, elle avait travaillé toute la nuit à coudre un message sur les ailes du costume de sa sœur mais, malheureusement, Eugênia n'était pas là pour le lire.

Vitorina secouait la tête, bouleversée.

– Tu vois, Inês n'était pas comme ces filles impulsives qui se précipitent dans des actes irréfléchis. Lorsque j'ai vu mon amie s'agiter de la sorte, j'ai su que c'était sérieux. Mais j'étais moi-même préoccupée par autre chose.

Elle a alors échangé un regard complice avec son époux :

– Inês a voulu demander de l'aide à mon frère Odoniel, mais sa tante ne la lâchait pas. Dona Firmina Flores était souvent après nous, n'est-ce pas, mon ami ?

– Dona Firmina ?

– Celle qui nous a surpris au magasin ! Tu n'as pas pu oublier ça quand même !

Le vieil homme a explosé de rire avant de s'étouffer avec le biscuit à la crème qu'il avait grignoté tout au long de l'échange.

– Il rit maintenant, mais à l'époque il était très sérieux. Ma mère a failli ne pas s'en remettre et la confusion qui s'en est suivie a finalement empêché Inês d'avertir Eugênia. Mon frère n'a pas pu l'aider ce jour-là et, au fond, je crois que le sentiment qui avait à peine commencé à naître entre eux s'est évanoui à cet instant. Ils auraient formé un beau couple. Je ne sais pas pour Inês, elle était très discrète et ne nous parlait pas des choses du cœur, mais Odoniel l'aimait. J'ai bien vu l'état dans lequel il était quand elle est partie. Ils auraient eu de beaux enfants, et nous aurions été parentes. Ça alors !

– Au moins, Odoniel a vécu jusqu'à ses quatre-vingts ans. Ce qui n'aurait pas été le cas s'il avait épousé Inês, a ajouté son mari qui, pour la première fois, exprimait une pensée différente de son épouse.

Malgré ses mains tremblantes, Vitorina lui a donné une petite tape sur le bras, comme si elle l'avait surpris le doigt dans la casserole de chocolat.

– Ne dis pas de bêtises, chéri. Ce sont des superstitions. Un professeur doit montrer l'exemple et ne croire que ce qui est prouvé par la science.

Alice a fait défiler dans sa tête la liste des hommes absents de la famille Flores, depuis l'apparition de la gitane jusqu'à sa naissance. Sa tante avait raison, les noms lui venaient naturellement. Le mari de Das Dores, mort d'une morsure de serpent ; celui de Lindalva, tombé de cheval ; son arrière-arrière-grand-père, emporté par la malaria ; son grand-oncle, victime d'une fièvre dans son enfance ; son arrière-grand-père, qui, endetté, s'était donné la mort dans les eaux du Capibaribe ; son grand-père, dont elle n'avait jamais entendu le nom. Et enfin, son père, qui vivait dans un autre pays depuis ses huit mois. Il était vivant, mais, d'une certaine manière, il n'existait pas.

– Ce qui est certain, c'est que ce jour-là a marqué la fin d'une ère, a souligné Vitorina. Y compris pour moi, qui n'étais pas impliquée. Quelques semaines plus tard, je me retrouvais devant l'autel, mariée à ce bel homme. La vie est comme une dentelle, mon enfant, les faits s'entremêlent et prennent une certaine forme. S'ils s'étaient assemblés autrement, le tableau serait différent. Chaque histoire est unique, comme les nappes et les couvre-lits que nous fabriquions ces après-midi-là chez tes aïeules. Certaines, patiemment organisées, sont plus élaborées. D'autres, plus surprenantes, sont le fruit de la distraction ou de la chance. Tu vois ce napperon ? Il date de cette époque.

Alice a caressé le tissu avec révérence avant de déclarer :

– J'aimerais apprendre quelques points.

– Eh bien, je ne me suis pas penchée sur un coussin depuis longtemps. Ma vue n'est plus ce qu'elle était à quinze ans, lorsque j'ai aperçu pour la première fois les points depuis le haut de l'échelle. Mais s'il s'agit d'enseigner notre art à une Flores, je peux faire un effort. Et mes arrière-petites-filles pourront m'aider.

Satisfaite, Alice l'a remerciée et tante Helena lui a rappelé qu'il était temps de rentrer à l'auberge. La visite aux centenaires avait donc assez duré.

Alors qu'Alice était encore en train de plier le voile pour le remettre soigneusement dans son sac à dos, Vitorina a jugé bon d'ajouter :

– Sans ce voile, la seule vérité qu'il nous resterait serait celle du colonel Aristeu, selon laquelle Eugênia était tombée de cheval et s'était cogné la tête contre une pierre. C'est pour ça que ton arrière-grand-mère l'a conservé. C'est une preuve. Ton arrière-grand-mère était une personne très spéciale, a poursuivi enfin la vieille femme, les yeux un peu plus embrumés, cette fois peut-être aussi par la nostalgie.

Son mari a voulu savoir :

– Qui était l'arrière-grand-mère de cette petite ? Inês Flores ?

Vitorina était sur le point de répondre, mais Alice l'a devancée :

– Non, mon arrière-grand-mère s'appelait Cândida.

– Celle qui était aveugle ?

– Oui.

– Ton arrière-grand-mère avait sa propre façon d'appréhender le monde, a continué Vitorina. On raconte que lorsque le colonel a donné l'ordre d'expulser les Flores de la ville, c'est elle qui a déchiffré un chemin de table arrivé de Recife par la poste. Avec ses petits doigts agiles, elle a pu traduire à ses aînées ce qui était écrit sur la bordure : une offre d'hospitalité de la part de ces dames de la capitale. Le message était destiné à Eugênia, mais là où il y a de la place pour une, il y a de la place pour trois. Les Flores ont compris qu'elles pouvaient compter sur cette aide et sont parties sans se retourner, dans une diligence, une valise chacune pour tout bagage. Elles ont pris la direction de la côte pour ne plus jamais revenir dans la vallée du Pajeú. Sur elle, dona Carmelita emportait une photo de son mari et de son fils défunts, Inês son coussin de dentelle, et Cândida un merle, qui s'était perché sur son bras sans plus chercher à s'enfuir.

– Seule dona Firmina est restée, n'est-ce pas ? est intervenue tante Helena, toujours respectueuse, même si elle connaissait déjà la réponse.

– Celle-là avait la peau bien trop dure pour se plier aux exigences du colonel ! Elle était très attachée à sa terre. Son sang ne faisait qu'un tour lorsqu'il s'agissait de défendre son nom de famille. Elle se fâchait si on évoquait la malédiction de la gitane et tenait à rappeler qu'elle s'appelait Oliveira et non Flores. Tu as raconté tout ça à cette petite, n'est-ce pas, Helena ?

Tante Helena a acquiescé et Alice a remarqué que le vieil homme la regardait d'un air perplexe.

– Ton arrière-grand-mère a été mon élève, a-t-il déclaré de façon inattendue, puisque c'était sa femme qui avait mené la conversation jusque-là.

Il s'exprimait avec ce calme propre aux professeurs, économisant les mots et multipliant les pauses.

– Tu le sais peut-être, mais dona Cândida, qui ne connaissait pas les couleurs, avait inventé une façon de les identifier grâce aux chants des oiseaux. C'était aussi un code. Si elle s'était trouvée parmi nous, nous lui aurions dit que les cheveux de son arrière-petite-fille étaient de la couleur d'un gobemoucheron masqué.

La délicatesse de ce souvenir a laissé place au silence un court instant.

– Cette jeune femme est donc l'arrière-petite-fille de Cândida, l'arrière-arrière-petite-fille de Carmelita, l'arrière-arrière-arrière-petite-fille de Lindalva, l'arrière-arrière-arrière-arrière-petite-fille de Das Dores.

Le vieux calculait.

– C'est-à-dire la septième génération. La prochaine sera libérée de la malédiction.

– Arrête tes bêtises ! l'a encore réprimandé Vitorina, pour aussitôt le féliciter fièrement. Il a toujours été doué pour les chiffres, vous voyez ? Je l'ai bien choisi, non, ce beau monsieur à côté de moi ?

19

Bom Retiro, 1919

Le professeur s'est toujours tenu loin des ennuis. Originaire de la capitale, il s'était retrouvé orphelin très jeune, mais son parrain lui avait permis de terminer ses études en payant son pensionnat jusqu'à sa majorité. Ainsi démuni à l'aube de sa vie, il était tellement déterminé à assurer sa propre survie dans le monde qu'il ne se souvenait pas de s'être jamais intéressé à autre chose qu'à remplir ses obligations : étudier dur, travailler dur et continuer à exister. Il s'y tenait en prenant la précaution de ne déranger ou de ne gêner personne, afin que rien ne mette en péril ses moyens de subsistance ni le toit qui l'abritait.

Il se rendit aussi invisible et cordial que possible. Une stratégie développée dans l'enfance, durant ses longues années de pension, afin d'échapper aux punitions et aux coups de garçons plus âgés qui, comme lui, n'avaient pas de famille. Pour rester indemne, il ne se faisait pas remarquer. S'exhiber par vanité ou s'adonner à des petits plaisirs, c'était semer la jalousie et la rancune dans le cœur de quelqu'un qui pourrait, à l'avenir, vouloir lui causer du tort.

Après la mort de son parrain, le professeur, désormais tout à fait seul au monde, se voua plus que jamais à son objectif : ne jamais risquer de manquer de pain. Il se persuada de l'inutilité de toute distraction ou loisir, il n'avait nullement besoin d'un lit moelleux, d'amour ou de repas fastueux. Tout ce qu'il lui fallait, c'était travailler.

À la fin de sa formation, un collègue lui a parlé d'un poste à pourvoir à l'école primaire de la petite ville reculée de Bom Retiro. Il avait toujours pensé que la vie loin de l'agitation urbaine lui conviendrait. Dans la tranquillité de la campagne, il pourrait enfin connaître la paix qu'il n'avait pas eue dans son enfance, lui qui avait dû partager un dortoir avec des dizaines d'enfants, les uns colériques, les autres bruyants, parfois pleurnichards, avec lesquels il se battait quotidiennement pour défendre sa pitance. À Bom Retiro, la vie serait douce.

Le professeur profita de cette stabilité un certain temps. Il se réveillait à l'aube, se préparait une tasse de café et mangeait du pain de maïs bien grillé avant de se rendre à l'école. Pour lui, l'enseignement n'était pas un métier, mais une vocation. Il se reconnaissait dans chaque élève et leur souhaitait à tous, sans exception, de devenir meilleurs en grandissant.

Les turbulents et les rêveurs bénéficiaient d'une plus grande attention de sa part, car, en bon pédagogue, il ne pouvait se résoudre à laisser la paresse ou le manque d'ambition les faire échouer. Au cours de ces premiers mois, le professeur se couchait avant huit heures et ne se souvenait jamais de ses rêves, tant son sommeil était devenu lourd, désormais voilé et protégé par la routine et le silence de la vallée. Il vécut dans cet état de satisfaction personnelle, exactement comme il l'avait prévu, jusqu'au jour où la jeune Vitorina vint bousculer sa vie.

Au début, il réagit à peine aux tentatives répétées de la jeune femme pour nouer une amitié qu'il ne désirait pas. Pour ne pas l'encourager, il ne faisait ses courses qu'une fois par semaine et évitait même de passer devant la porte du magasin que tenait son père. Mais il était difficile de se cacher dans une si petite ville, en particulier de quelqu'un d'aussi déterminé que Vitorina. La jeune femme parvenait à le débusquer partout où il allait. Il ne se passait pas un jour sans qu'ils se croisent et, avec le temps, même s'il était terrifié par la menace qu'un tel événement faisait peser sur lui, qui avait désormais beaucoup à perdre, le professeur se mit à se souvenir de ses rêves au réveil.

Il avait lu une étude scientifique affirmant que tous les êtres humains rêvent, mais ne se le rappellent pas toujours. Ceux qui disent ne pas rêver ont seulement oublié. Dans ses rêves, territoire hors de tout contrôle, qui défiait les lois mathématiques et physiques, le temps et l'espace, le professeur rencontrait Vitorina. Il se promenait avec elle au bord d'un ruisseau qui n'existait pas et récitait des poèmes inventés par son esprit libéré de toute contrainte, des vers sans rime, sans mètre, sans métaphore particulièrement recherchée, des poèmes oniriques qu'aucun poète n'avait jamais écrits.

Il se réveillait en sursaut avec un sentiment d'étrangeté, nostalgique de l'époque où il ne se souvenait d'aucun de ses rêves. L'impact de cette vie rêvée avec Vitorina ne tourmentait le professeur que les premiers instants de la matinée. C'était comme ouvrir les yeux dans une maison en cendre et repenser soudain à la casserole négligemment oubliée sur le feu la nuit précédente.

Tandis qu'il préparait son café, les images de ses rêveries s'estompaient, pour s'effacer complètement au moment d'écrire la conjugaison d'un verbe irrégulier sur le tableau noir.

Mais il lui suffisait de s'endormir à nouveau pour être assailli de nouveaux rêves. Ils arrivaient furtivement pour peu à peu imposer leur empreinte. Ils étaient si fréquents que le professeur croyait connaître Vitorina. Pas la jeune femme bien réelle qui avait repéré les points de dentelle du haut de son échelle et qui avait offert un métier à tant d'autres femmes, mais sa Vitorina rêvée, inexistante. Un ange placide qui se contentait de vivre pour l'éternité dans son esprit, tout le contraire de la vraie Vitorina, qui le considérait déjà comme sien et que rien n'arrêterait.

Le jour de la procession de Santa-Águeda, la jeune femme douce et malicieuse de ses rêves et la véritable Vitorina, vivante et déterminée, ne firent plus qu'une, qui l'embrassa. La jeune femme était en train de fermer le magasin lorsqu'elle vit le professeur changer de trottoir, à dessein. En le voyant, Vitorina lui fit signe comme pour lui demander de l'aide.

– Quelle chance de vous rencontrer, Professeur. J'ai vraiment besoin d'un coup de main. Elle est coincée, voyez-vous, dit-elle en montrant la porte. Je n'arrive pas à la tirer, ajouta Vitorina en minaudant.

Mon amie savait les hommes mal à l'aise face à une présence féminine forte, il valait mieux feindre la fragilité. Faire en sorte que le professeur ne la considère pas comme une menace et l'attirer ainsi dans ses filets.

– Avec plaisir, senhorita Vitorina, dit-il dans un demi-mensonge car il voulait et ne voulait pas être là, si près d'elle, de la vraie Vitorina, de son véritable parfum, qu'il n'avait jamais senti dans ses rêves.

Le professeur tira facilement le loquet, que rien ne bloquait, et Vitorina, rapide comme l'aigrette qui fond sur sa proie, lui vola un baiser. Un baiser léger, presque innocent.

– Merci, Professeur, dit-elle l'air de rien, comme si elle

ne venait pas de l'embrasser sur les lèvres. Vous avez sauvé ma journée.

Puis elle lui sourit comme dans ses rêves, du sourire de celle qui se sait déjà aimée.

– Allons-y, nous sommes en retard pour la fête, l'invita-t-elle, mais en se retournant, Vitorina se rendit compte qu'ils n'étaient pas seuls.

20

Bom Retiro, 1919

Tante Firmina savait que la passion faisait perdre la raison. Elle avait vu autrefois une camarade se jeter dans les eaux du Pajeú parce que son voisin ne partageait pas ses sentiments. Les êtres les plus dociles pouvaient se transformer en créatures terrifiantes s'ils se voyaient privés de cette enivrante torpeur amoureuse. C'est pourquoi, lorsque ma tante remarqua mon absence, elle décida de partir à ma rencontre en pleine procession, quitte à faillir à ses obligations de chantre. Elle se repentirait plus tard auprès de santa Águeda. Après une vie entière de dévotion, la sainte patronne lui pardonnerait certainement.

Elle était sûre de m'avoir vue l'instant d'avant à côté de Cândida, entourée d'autres enfants en costume d'ange. Seule la passion, cette conseillère égoïste et ingrate, pouvait justifier un tel élan de la part d'un tempérament tranquille comme le mien. Malgré les avertissements et les menaces qui m'avaient été adressés, et malgré la diligence qu'elle avait annulée, ma tante crut que j'étais toujours déterminée à m'enfuir avec Odoniel.

Mue par une urgence qui lui remontait le long de la colonne vertébrale, elle se fraya un chemin parmi les gens qui remplissaient la place de bougies allumées et de fanion colorés.

Dona Hildinha, la mère de Vitorina, était également présente. Aussi pieuse que ma tante, également membre de la Société des Consœurs de santa Águeda, elle se tenait debout, les yeux fermés, les mains ouvertes vers le ciel avec un chapelet entre les doigts, lorsque tante Firmina – que dona Hildinha considérait comme un modèle absolu de droiture et de sagesse – l'interrompit dans sa prière, le visage rougi.

– Où est ton fils, Hilda ?

Dona Hildinha hésita un instant, se demandant sans doute « lequel ? », puisqu'ils étaient nombreux, mais la question était urgente.

– Odoniel et Inês ont déserté la fête, annonça-t-elle, la voix ferme mais pressante. Il faut faire quelque chose.

À ces mots, la bougie que dona Hildinha tenait lui glissa entre les doigts et faillit brûler la jupe d'une femme qui se trouvait devant elle, provoquant un petit émoi parmi les fidèles rassemblés là.

« Pas Odoniel », dut penser dona Hildinha. Il était le plus affectueux de ses quatre fils, le plus attentionné, plus encore que Vitorina qui, parce qu'elle régnait sur toute la famille, ne se donnait pas autant de mal que son frère pour plaire à sa mère.

Dona Hildinha ne pouvait admettre que le nom d'un de ses fils, en particulier celui d'Odoniel, soit le prochain sur la liste des défunts de la famille Flores. Elle aimait bien Carmelita, elle avait toujours eu de bonnes relations avec Firmina. Contrairement à beaucoup d'autres, elle avait même laissé sa fille se rendre dans la maison aux volets bleus et se lier d'amitié avec Inês. Mais sa généreuse affection s'arrêtait là ; il n'était pas question qu'elle mette la vie des siens en danger. Odoniel ne mourrait pas pour le péché des Flores.

Un tel risque avait déjà assombri ses pensées lors du mariage d'Eugênia. Cet après-midi-là, dona Hildinha savourait tranquillement un *bom-bocado*, auquel on aurait pu ajouter un peu plus de noix de coco, lorsqu'elle se rendit compte qu'Odoniel dansait avec Inês devant la ville entière. La douceur dans sa bouche vira à l'amertume et faillit même l'étouffer.

Les jours suivants, la mère de Vitorina s'était efforcée d'écarter cette éventualité. À l'affût du moindre changement de comportement, elle avait examiné très attentivement les paroles de son fils à table, et l'expression de son visage le soir, lorsqu'il s'allongeait sur son hamac. N'ayant trouvé aucun signe de langueur amoureuse, elle avait mis ses craintes de côté. Il n'y avait pas lieu de s'inquiéter.

Et puis, il y avait peu de risques que son fils, si gai et beau parleur, s'intéresse à l'aînée des Flores, une fille sans charme particulier. Inês avait un visage ordinaire, un corps sec et une personnalité effacée. Pas du genre à susciter la passion, comme sa vibrante Vitorina. L'hypothèse était si absurde qu'elle finit même par se reprocher de l'avoir envisagée et enfouit son inquiétude dans un tiroir. Du moins jusqu'à ce que Firmina Flores l'avertît de la disparition des deux jeunes gens.

– Qu'est-ce que tu dis, Firmina ? demanda dona Hildinha, l'air incrédule, alors qu'elle avait très bien compris.

Sa première impression était donc la bonne. Certaines menaces semblent si terribles que nous refusons parfois d'admettre leur existence, comme elle le faisait depuis si longtemps avec sa cadette, en s'imaginant que jamais elle ne tomberait amoureuse et ne la quitterait. À force de se préoccuper de Vitorina, elle avait péché par négligence et laissé Odoniel sans protection. Tout était sa faute : elle aurait dû écouter les cris d'alarme de son instinct maternel. Sa peur l'avait rendue sourde et avait ouvert la porte au danger.

– Je n'ai pas le temps de t'expliquer, mais ils vont s'enfuir, Hildinha. Peut-être sont-ils déjà loin. Allons-y !

Le cœur de dona Hildinha s'emballa si fort qu'elle crut son heure arrivée, mais Firmina ne la laissa pas s'évanouir.

– Garde la crise de nerfs pour plus tard, il nous faut agir avant qu'il ne soit trop tard.

Sur ces mots, elle prit la main de dona Hildinha, et les deux femmes se dirigèrent ensemble vers le magasin.

– Ils vont avoir besoin de votre fourgonnette, dit Firmina en pressant le pas. Ils ont tout prévu depuis des mois. Ils sont fous d'amour.

– C'est impossible. Je l'aurais remarqué.

La mère d'Odoniel demeurait incrédule.

– Les mères ne voient rien. Prends le cas de Carmelita, encore une qui s'est bercée d'illusion. On attend toujours le meilleur de ses enfants. Dieu s'est montré généreux envers moi, il m'a préservée de telles préoccupations. Je garde ainsi la tête sur les épaules.

Dona Hildinha ne pouvait pas croire qu'il s'agissait de son fils et se mit à prier à haute voix, pour demander la miséricorde divine :

– *Santa Águeda, vous qui avez souffert tant de martyres, délivrez-moi de ce malheur.*

Puis elle improvisa en s'éloignant du texte de la prière :

– *Faites que nous arrivions à temps pour sauver le destin de ces deux imprudents. Ils ne savent pas ce qu'ils font. Ô santa Águeda, emplissez de sagesse l'esprit de mon fils, ne laissez pas la promesse des plaisirs de la chair le leurrer, qu'il ne paie pas pour les péchés d'un autre temps qui ne sont pas les siens.*

Tante Firmina, agacée par la tournure que prenait la prière, la laissa tout de même poursuivre. Santa Águeda pourrait entendre la supplication de cette mère accablée et retarder le couple, d'une manière ou d'une autre. Elles empruntèrent des raccourcis à pas rapides, leurs jupes remontées jusqu'aux mollets, pour atteindre la rue qui menait à l'arrière du magasin, devant la sortie du garage. Comme elles n'y trouvèrent personne, les deux dames tournèrent au coin de la rue et, à leur grande surprise, au lieu d'Inês et Odoniel, surprirent Vitorina qui embrassait le professeur.

– Qu'est-ce que c'est que ça ?! demanda ma tante, confuse de tomber sur cet autre couple.

Mais à ce moment-là, tante Firmina n'était déjà plus qu'une actrice secondaire du drame qui se jouait. À côté d'elle, incapable de supporter la réalité à laquelle elle était confrontée, dona Hildinha tomba à genoux sur la terre sèche dans un cri de douleur.

– Non ! Pas ma fille !

Vitorina courut l'aider, mais sa mère ne disait plus rien. Si Firmina Flores n'avait pas été témoin de ce qui s'était passé, dona Hildinha aurait pu faire comme si elle n'avait jamais vu la scène. Sa fille, qui maniait les mots comme personne, l'aurait convaincue que ses yeux fatigués avaient dû la tromper. « Enfin, maman ! Bien sûr que non, ce n'était pas un baiser. J'aidais le professeur à attacher sa cravate et j'ai trébuché, distraite. S'il ne m'avait pas retenue, je me serais fait très mal. Nous devrions le remercier. Je te dis toujours de prendre tes lunettes quand tu sors, mais tu es têtue, tu ne m'écoutes pas. »

Le mensonge, agrémenté de quelques détails réels, aurait permis à dona Hildinha de prétendre croire à la version de

Vitorina, et rien n'aurait changé, du moins pas tout de suite. Elle aurait continué à repousser la séparation tant redoutée d'avec sa fille.

Mais lorsqu'elle vit Firmina Flores sermonner les deux jeunes gens au milieu de la rue : « Regardez l'état dans lequel vous l'avez mise ! », dona Hildinha comprit qu'il n'y aurait pas de retour en arrière possible, qu'il faudrait bientôt organiser un mariage et qu'elle venait de perdre son trésor.

En ce 5 février, Vitorina souffrit de voir sa mère si tourmentée. Ce n'était pas ce qu'elle avait souhaité lorsqu'elle avait interpellé le professeur de l'autre côté de la rue. Elle avait misé sur le temps pour convaincre soigneusement sa mère qu'avoir une fille mariée avait aussi ses avantages. Mais le hasard précipitait les choses. Et pourtant, malgré le désespoir de dona Hildinha et le visage blême de son futur fiancé, Vitorina était satisfaite : elle avait actionné la roue, elle se sentait calme et n'éprouvait aucun remord.

Tous deux s'inquiétaient pour rien, ce changement ne leur apporterait que de la joie. Dans quelques années, dona Hildinha s'occuperait de ses petits-enfants, qui égaieraient les soirs de Noël, et le professeur laisserait derrière lui le fil solitaire de sa vie, qui traînait au sol sans jamais se lier à d'autres fils et d'autres pelotes.

Par respect pour leur ignorance de ce bel avenir qui les attendait, Vitorina ne dit rien. Elle feignait la consternation, mais, au fond d'elle-même, elle retenait un sourire.

– Et Inês ? Où est-elle ? insista tante Firmina auprès de Vitorina, ce à quoi mon amie répondit par un haussement d'épaules, car elle n'en avait pas la moindre idée.

Agenouillée devant l'entrepôt, noyée dans ses larmes et ses gémissements, dona Hildinha avait oublié qu'elle devait aussi sauver son fils, tant son désespoir était grand.

– Ma fille, ma petite fille…, répétait-elle, tandis que Vitorina la soutenait, la réconfortant comme un enfant.

– Je suis là, maman. Je ne te quitterai jamais, promit-elle tout en observant du coin de l'œil le professeur, qui se tenait immobile à l'endroit même où ils s'étaient embrassés.

Curieusement, il la regardait sans colère ni peur :

– Et puis, le professeur m'aimes tu sais, conclut-elle à juste titre, se fiant seulement à son regard.

Lorsque le père et les frères de Vitorina arrivèrent sur les lieux, le professeur tint bon, répondant à toutes leurs questions et les assurant qu'il remplirait les devoirs qu'impliquait « son geste déplacé », comme il le décrivit lui-même. À aucun moment, il ne révéla à la famille de sa future épouse qu'il n'avait pas pris l'initiative de l'embrasser. Ni que Vitorina s'était avancée vers lui de son propre chef, ni qu'il avait même reculé lorsqu'elle s'était approchée, et qu'il avait gardé ses lèvres scellées, non par manque d'envie de les ouvrir, mais par respect pour la jeune femme.

En le voyant faire preuve d'une telle dignité, l'amour que Vitorina ressentait pour lui redoubla. Ils seraient heureux, comme elle l'avait prédit.

21

Bom Retiro, 1919

Tante Firmina avait vu juste, j'avais quitté la procession pour chercher Odoniel, mais elle s'était trompée quant à la raison urgente qui m'animait. Dès que je l'aperçus parmi la foule, je courus vers lui, bouleversée.

– Odoniel ! J'ai besoin de ton aide, annonçai-je en le tirant par le bras.

– Maintenant ? Cândida s'apprête à couronner la sainte.

– C'est une question de vie ou de mort, crois-moi, lui assurai-je.

Certain que je devais avoir de bonnes raisons, il me suivit à l'écart de la foule, là où il pourrait comprendre la raison de mon désarroi.

– Il faut que tu me conduises quelque part. Ce n'est pas loin d'ici, mais c'est urgent.

Odoniel ne m'avait jamais vue dans un tel état.

– Bien sûr, mais que s'est-il passé ?

J'étais sur le point de lui expliquer, même brièvement pour

ne pas perdre plus de temps, quand, au même moment, Odoniel remarqua que ses frères se précipitaient vers le magasin. Immédiatement, son attention se partagea entre mes propos et l'agitation de sa famille, qui semblait faire face elle aussi à une situation critique.

– Il s'est passé quelque chose chez moi, murmura-t-il, inquiet, avant d'interpeller un de ses frères, qui lui cria :

– C'est notre mère ! Viens !

Odoniel se tourna de nouveau vers moi, l'air indécis. J'étais en train de perdre ma seule chance de sauver Eugênia.

– S'il te plaît, Odoniel, suppliai-je comme je n'avais jamais supplié personne auparavant. J'ai besoin de toi.

Face à moi, je vis le visage du jeune homme se contorsionner en raison du dilemme insoluble qui le traversait : venir d'abord en aide à sa mère ou à la jeune femme qu'il aimait secrètement depuis des mois.

– Je vais t'aider, Inês, dit-il dans une tentative de réconcilier les deux forces qui s'affrontaient en lui. Nous nous rendrons ensemble au magasin pour voir ce qui est arrivé à ma mère, et ensuite nous partirons. De toute façon, c'est là que se trouve la fourgonnette, ajouta-t-il en me tendant la main.

Nous courûmes tous deux dans les rues et aperçûmes bientôt dona Hildinha agenouillée sur le trottoir, les cheveux en désordre et le visage couvert de larmes. À ses côtés, Vitorina la consolait. Plus loin, les hommes de la famille formaient un cercle au centre duquel se trouvait le professeur.

Lorsque, dans un bref moment de lucidité, dona Hildinha regarda autour d'elle et vit Odoniel qui me tenait la main, elle s'agrippa à lui, toujours à genoux, terrifiée à l'idée de perdre deux enfants le même jour.

– Mon fils ! Dieu merci, tu es de retour.

Odoniel ne comprit d'abord pas la scène qui se déroulait sous ses yeux, ni l'émoi de sa mère en le voyant, jusqu'à ce qu'elle s'exclame :

– Toi ! dit-elle en pointant son doigt furieux dans ma direction, oubliant presque l'autre drame qu'elle traversait. Ne t'approche pas de mon fils, espèce de dévergondée !

– Maman ! la réprimanda Odoniel, incrédule devant sa réaction, pensant qu'elle devait faire erreur.

– Reste en dehors de ça, mon garçon, ordonna-t-elle férocement. Je fais cela pour ton bien. J'ai assez d'une fille condamnée pour aujourd'hui.

Acculée, je me tournai vers Odoniel et Vitorina, tous deux paralysés, et reculai d'un pas, blessée d'être accusée d'un tort que je n'avais pas commis. Devant moi, Odoniel me regardait comme s'il s'excusait, il ne pourrait me conduire nulle part.

De l'autre côté de la rue, je croisai le regard de ma tante Firmina qui me fixait fébrilement, outrée par mon comportement et les propos de dona Hildinha. Mais à ce moment-là, je n'avais aucun moyen de me défendre ou de m'expliquer. Pour ne pas perdre une seconde de plus, je leur tournai le dos à tous et m'enfuis en direction de la route, bien décidée à rejoindre l'endroit où Eugênia attendait peut-être la diligence.

Tandis que je courais sur le sol sec avec des chaussures qui n'étaient pas du tout adaptées aux circonstances, je priais pour qu'une même succession d'imprévus malheureux aient empêché mon amie de quitter la Fazenda Caviúna.

Si elle était chez elle, l'affaire se réglerait d'elle-même. Je continuais d'avancer, les pieds désormais meurtris par les pierres et les branches, m'efforçant de me convaincre qu'Eugênia avait renoncé. Mais je connaissais bien mon amie, je la savais capable de tout. Son absence du cortège était peut-être même une ruse pour arriver plus vite à l'endroit prévu.

Au même moment, à Bom Retiro, les célébrations suivaient leur cours, mais le colonel, qui n'avait pas prévu d'assister à toute la cérémonie, s'apprêtait déjà à partir. Il avait été contraint d'apparaître en public sans son épouse, et l'amertume que lui procurait cette humiliation le rongeait de l'intérieur. Agité, il voulait retourner à Caviúna le plus vite possible pour démontrer à Eugênia le mal qu'elle lui avait fait.

Il avait écouté le sermon du prêtre, furieux à l'idée qu'elle se trouvât, au même instant, dans le luxueux salon décoré par sa mère, penchée sur sa dentelle, sans aucun remords quant aux torts qu'elle lui avait causés. Les femmes étaient censées accompagner leurs maris dans de telles situations, et Eugênia ne pouvait même pas remplir ce rôle élémentaire.

Devant l'autel dressé sur le parvis de l'église, le colonel conservait sa place d'honneur. Mais à côté de lui, à la place de sa femme, une nourrice mal fagotée entourait de ses mains calleuses les épaules de ses deux enfants. Il ne pardonnerait jamais à Eugênia. Ni à ses parents, qui l'avaient trompé en lui faisant croire que la jeune femme avait reçu une bonne éducation, alors qu'elle avait manqué de la discipline nécessaire au dressage des femmes.

Quelques heures plus tôt, sa belle-mère s'était approchée pour demander des nouvelles de sa fille, qui lui manquait. Elle s'inquiétait de la voir absente, seule une maladie ou un incident grave devait l'empêcher d'assister à un événement d'une telle importance. Agacé, le colonel ne daigna pas s'arrêter, mais elle le rattrapa.

– Mon gendre, où est Eugênia ? Quelque chose est arrivé ?

– Oui, répondit sèchement le colonel, et sa belle-mère porta aussitôt la main à sa poitrine en signe de détresse, tremblante à l'idée de ce qu'il s'apprêtait à lui annoncer.

– Dieu du ciel ! Quoi donc ?

– Vous avez échoué à élever une fille forte, dit-il sans ambages, avant de s'éloigner.

La mère d'Eugênia tenta de le suivre, encore plus alarmée qu'auparavant par l'état de santé de sa fille. Elle n'était pas « forte » ? Que voulait-il dire ? Mais le colonel poursuivit son chemin, ignorant ses questions.

*

Dans le plan d'évasion d'Eugênia, sa présence à la messe en plein air, en bonne place, en tant qu'épouse du colonel, était un avantage. La procession aurait démarré après la bénédiction du prêtre. Comme le voulait la tradition, les hommes seraient partis d'un côté et les femmes de l'autre, tous concentrés sur leurs prières, les mains enroulées autour de leur chapelet, la tête baissée ou les yeux tournés vers la sainte sur son estrade. Les femmes autour d'elle n'auraient pas été particulièrement attentives à elle, et puis Inês aurait été là, sa complice, qui aurait pu couvrir d'éventuels soupçons.

Aristeu ne se serait aperçu de son absence qu'à la fin de la procession, au moment où les hommes et les femmes se retrouvent, sans plus aucune chance de la rattraper. Portée disparue, Eugênia aurait savouré une vengeance d'autant plus grande que le déshonneur de cet homme aurait été rendu public.

Ce 5 février, Eugênia se réveilla bien décidée à improviser, comme elle le faisait parfois avec sa dentelle ; lorsque le fil s'emmêlait dans le lacet ou ne tenait pas comme il fallait à l'endroit prévu, Eugênia ne défaisait pas le travail des jours précédents, contrairement aux Flores. Elle profitait de l'erreur pour créer quelque chose de différent : une torsade se transformait en pétale, un nœud en bouton de rose. Elle savait qu'elle ne tiendrait pas un jour de plus dans cette prison, et cette certitude augmentait chaque fois que la coupure sur son front palpitait.

Dès que son mari et les enfants furent partis, Eugênia se couvrit les cheveux avec un foulard pour masquer sa blessure et se rendit dans le salon, prête à jouer la comédie. Lorsque Dorina entra pour lui parler, Eugênia prit un air désolé et poussa quelques soupirs inhabituels avec la ferme intention d'attirer l'attention de la cuisinière :

– Le patron a dit que vous étiez malade. Voulez-vous du thé ?

– Merci, ma chère, je vais bien.

Avant d'ajouter, après une pause étudiée :

– Mais je ne peux pas garantir que ce sera encore le cas demain.

La domestique lui jeta un regard inquiet, et Eugênia poursuivit, l'air prophétique :

– Le pire est à venir, Dorina.

Puis elle changea de ton et fit un geste de la main pour balayer son inquiétude.

– Ce n'est rien. En fait, je veux bien un thé, oui. Cela me calmera les nerfs, décida-t-elle, avant de se lever de table, feignant de ne plus prêter attention à la présence de Dorina, tout en ayant conscience d'avoir piqué sa curiosité.

– Quel est ce pire que vous évoquez, Senhora ? insista Dorina, soucieuse.

Eugênia ferma les yeux et marqua une pause, avant de lâcher comme un cri du cœur :

– C'est peut-être idiot, Dorina, mais j'ai fait un rêve la nuit dernière qui m'a vraiment secouée.

Les yeux de Dorina s'écarquillèrent. Eugênia savait que la cuisinière croyait aux forces invisibles et aimait observer les signes annonciateurs d'événements à venir. Un guira cantara perché sur la clôture de la ferme lui avait ainsi annoncé la mort d'une cousine, et elle portait un morceau d'ail attaché à la poitrine pour, disait-elle, éloigner le mauvais œil.

– Un rêve qui vous bouleverse à ce point doit avoir une signification, suggéra Dorina, qui contenait son émoi pour ne pas l'effrayer ou paraître indiscrète. À quoi ressemblait ce rêve ? Vous en souvenez-vous, Senhora ?

– J'ai rêvé de la sainte, avoua Eugênia, et Dorina se montra encore plus intéressée.

Quand les saints s'invitent dans les rêves, ce sont des avertissements. Sa patronne était trop jeune pour comprendre l'importance de ce genre de message, c'est pourquoi Dorina sut qu'il lui incombait d'en savoir plus :

– Pardonnez ma curiosité, Senhora, poursuivit Dorina en s'efforçant de conserver un ton détaché pour ne pas alarmer Eugênia. Mais que faisait la sainte, dans votre rêve ?

Eugênia se tut un instant, feignant l'inquiétude, comme si elle hésitait à révéler les détails à la cuisinière.

– C'est important d'en parler, cela permet de soulager le cœur, l'encouragea Dorina, consciente des tergiversations de sa patronne, qui se lança finalement.

– Dans mon rêve, santa Águeda pleurait juste là, à cette fenêtre, dit-elle en montrant l'endroit. Nous étions tous très tristes et vêtus de noir, comme à une veillée funèbre.

À ce stade, Eugênia interrompit le récit avec une expression de regret.

– Laisse, Dorina. C'est sans doute la culpabilité de ne pas avoir accompli mon devoir. Tout cela à cause de cette fichue indisposition, qui m'a empêchée de participer à la procession.

– Oui, c'est vrai. C'est possible.

Dorina fit mine d'acquiescer, mais elle brûlait d'en savoir

plus. Elle avait l'expérience de ces choses. Lorsqu'une voisine avait rêvé que sept poussins traversaient une route, elle avait compris que la jeune femme était enceinte et que le bébé naîtrait sept mois plus tard. Lorsque son père avait rêvé qu'il s'était pris les pieds dans une petite bouse de vache, elle avait deviné qu'il recevrait bientôt une bonne somme d'argent. C'était un savoir ancien, Dorina ne se souvenait même pas de qui elle le tenait, mais elle ne se trompait jamais.

– Vous étiez tous présents ? demanda-t-elle encore.

– Je pense que oui, répondit Eugênia, incertaine. C'était l'heure du dîner. Je me souviens que la table était mise.

– Et combien d'assiettes y avait-il sur la table, Senhora ?

– Combien ? Eugênia marqua une pause, comme si elle cherchait à se rappeler exactement : Je crois qu'il y en avait trois...

En entendant ce détail, le visage de Dorina se décomposa.

– Seulement trois ? Vous êtes sûre ?

– Oui, répondit Eugênia, d'un ton désormais anxieux, en se tournant à nouveau vers la table pour indiquer les places. En bout de table, l'assiette d'Aristeu, ici, la mienne, de ce côté, celle de Lili.

À ce moment-là, Eugênia interrompit son geste, paniquée :

– Ô, santa Águeda ! s'écria-t-elle en écarquillant les yeux et en cherchant la complicité de Dorina, qui avait déjà compris que la place manquante à la table était celle du garçon.

– Durvalzinho, conclut la cuisinière dans un murmure douloureux.

Tout en ne voulant pas y croire, son expérience de ces choses ne laissait pas de place au doute. Le petit courait un grave danger.

C'était elle qui avait élevé les enfants du colonel et les avait accompagnés pendant la maladie de leur mère. Elle avait vu la souffrance que sa mort leur avait causée, puis leur joie revenir peu à peu avec l'arrivée d'Eugênia. Elle ne pouvait permettre qu'une autre tragédie s'abatte sur la maison.

– Non, Dorina, réfuta Eugênia en faisant les cent pas dans la pièce. Ce n'est qu'un rêve. Comme je te l'ai dit, j'ai eu une crise de foie, c'est pourquoi j'ai préféré ne pas me rendre à la procession. Une mauvaise digestion m'aura procuré des cauchemars, c'est tout.

– Ce n'était pas un cauchemar, Senhora, déclara Dorina fermement. C'était un avertissement, nous ne pouvons mettre la vie du petit en péril. La procession n'est pas encore terminée et la sainte vous pardonnera. Coiffez votre mantille et partez !

Eugênia, indécise, opposa des dizaines d'objections à l'exécution des ordres de Dorina.

– Je ne sais pas si j'aurai le temps, Dorina. Et puis, je n'ai pas la force. Aristeu sera inquiet quand il me verra arriver en ville et il se fâchera de me voir indisposée. Tu sais comment sont les hommes. Tu le connais mieux que moi.

– Ce que je sais, c'est que rien ne compte plus à ses yeux que son fils aîné, expliqua Dorina en faisant signe à l'un des contremaîtres par la fenêtre. Allez-y ! Je lui parlerai.

Dorina était la véritable patronne de la maison et personne ne remettait son autorité en question. Elle s'était installée à la ferme avant même la naissance d'Aristeu et avait aidé à changer ses langes. Elle avait promis à la défunte mère du colonel – une telle harpie de son vivant qu'elle craignait qu'elle ne vienne la hanter si elle rompait sa promesse – de veiller sur sa famille.

Si elle ne s'occupait pas d'eux, qui le ferait ? Eugênia était très douce, c'était une bonne belle-mère, mais elle n'était encore qu'une enfant.

– S'il le faut, j'irai. Pour le bien de Durvalzinho, accepta finalement Eugênia.

Dorina prit rapidement congé, donna ses instructions aux uns et aux autres, puis fit monter Eugênia dans une charrette en direction de la ville. Elle dit au contremaître de se dépêcher et ordonna à toutes ses aides d'arrêter leur travail et de prier pour la santé du garçon.

Sous le regard confiant de Dorina qui, pour autant qu'elle le sût, venait de sauver la vie de l'héritier Medeiros Galvão, Eugênia franchit le portail de la Fazenda Caviúna, emportant sous sa jupe des vêtements de rechange, quarante mille réis et, dans son cœur, l'espoir d'une nouvelle vie.

22

Route de Bom Retiro, 1919

À mi-chemin, Eugênia demanda au jeune homme qui conduisait la charrette de s'arrêter un moment, prétextant des nausées dues aux secousses. Elle avait besoin de respirer les pieds posés sur la terre ferme et de se rafraîchir le visage. L'eau du petit ruisseau tout proche ferait très bien l'affaire. Le contremaître tira sur les rênes pour arrêter le trot des chevaux et, afin de laisser un peu d'intimité à sa patronne, se retourna pour fumer une cigarette. Comme il regardait l'horizon, distrait par les vagues de fumée qui se brisaient au gré du vent, il ne remarqua pas qu'Eugênia s'éloignait pas à pas, attentive à la moindre branche sèche, aussi silencieuse qu'un tupinambis, jusqu'à atteindre enfin la forêt.

Dès qu'elle fut assez éloignée de la route pour se fondre dans la végétation, Eugênia releva ses jupes et se mit à courir aussi vite que possible. Ses jambes et ses poumons étaient portés par la confiance que je lui avais un jour suggéré d'acquérir. « Aie confiance », avais-je inscrit sur mon col. Dans quelques minutes, tout au plus, l'employé s'inquiéterait de l'attente et partirait à sa recherche au bord du ruisseau. Même s'il comprenait ce qu'il se passait, il ne saurait pas dans quelle direction courir. Il pourrait tenter de la retrouver en cherchant ses empreintes ou en se fiant à son intuition, mais le soir approchait et, le temps qu'il la rattrape, la diligence aurait déjà rejoint le deuxième virage après la sortie pour l'emmener loin.

Tout ne se déroulerait pas exactement comme Eugênia l'avait prévu, mais mon amie s'adapterait. En sueur, elle parvint au lieu du rendez-vous dix minutes avant l'heure prévue. Sa ponctualité, au milieu du chaos dans lequel elle était plongée depuis la veille, la remplit de fierté et d'espoir. Santa Águeda était à ses côtés, elle avait entendu ses prières et l'avait couverte de son voile de protection.

L'assurance que tout se passerait bien ne la quitta pas même lorsqu'à huit heures aucune diligence n'apparut. Ni à huit heures cinq, ni à huit heures dix. Eugênia avait confiance en ma parole. Depuis l'enfance, je ne l'avais jamais trahie ni n'avais failli à mes promesses. Même ce jour de notre dispute à propos du rituel de Santo-Antônio, Eugênia avait toujours su, même si elle l'avait nié et s'était moquée de moi à l'époque, que j'avais raison.

*

Enfant, Eugênia avait l'habitude de se fâcher contre moi, arguant que ce trait de mon caractère était extrêmement agaçant. Elle disait cela en étirant la syllabe « trê » pour allonger un peu plus un mot déjà très long et me faire paraître plus énervante que je ne devais l'être.

– C'est très ennuyeux de côtoyer des personnes qui pensent avoir toujours raison, Inês. Vous donnez l'impression que le reste du monde est stupide. C'est désagréable, disait-elle tandis que j'haussais les épaules.

– Que veux-tu que je fasse ? Ne plus dire ce que je pense ?

– Tu pourrais penser comme moi pour changer.

J'aurais tant voulu penser comme elle, mais je n'y arrivais pas.

Enfants, nous étions souvent en désaccord, mais je cessai, en grandissant, d'essayer d'imposer mon opinion. Avec le temps, surtout après l'accident de Cândida, je développai un tempérament conciliant, non par soumission mais par désir de rendre tout le monde heureux autour de moi, comme je le faisais avec mon père, qui souffrait depuis longtemps. Un objectif impossible, me rendrais-je compte.

Jamais je n'aurais soupçonné que mon dévouement sans réserve aux désirs des autres pût avoir des conséquences néfastes. Ce ne fut que bien plus tard, tandis que je vivais déjà à Recife, que j'eus le courage de me poser cette question, tout en sachant que je n'en obtiendrais jamais la réponse : « Si je n'avais pas soutenu Eugênia, serait-elle encore en vie ? »

Un jour, nous devions avoir à peine onze ans, nous rentrions de l'école à pied et nous sommes passées devant une cour où se trouvait un manguier couvert de fruits. Eugênia repéra cette merveille de loin et attira notre attention :

– Regardez ces mangues. Je donnerais n'importe quoi pour en manger une.

Vitorina en avait aussi l'eau à la bouche, et proposa de sauter par-dessus le mur pour en voler.

– Allons-y tant qu'il n'y a personne dans la rue. Ce sera plus facile de ce côté, nous dit-elle.

Mais contre toute attente, Eugênia lui signifia fermement son désaccord. Elle portait une nouvelle robe et ne voulait pas la « gâcher en grimpant aux arbres comme une gamine ». Et puis, elle était la fille du commissaire, au cas où Vitorina l'aurait oublié. Elle ne pouvait pas se permettre d'être impliquée dans un délit, même s'il ne s'agissait que de mangues. Grimaçant devant ce premier refus, Vitorina accepta l'argument d'Eugênia et réfléchit à une alternative qui nous conduirait aux mangues. Parvenir à ses fins, même quand on la contrariait, était pour elle un défi de tous les jours. Petite déjà, notre amie ne s'énervait jamais contre ceux qui lui disaient « non », précisément parce qu'elle ne croyait pas au « non ». Pour Vitorina, « non » sonnait comme une plaisanterie, un « j'en doute », une farce qu'il ne fallait pas prendre au sérieux. « Comment pouvaient-ils lui dire non ? » pensait-elle souvent. Il en fut ainsi avec le professeur et le temps lui donna raison.

– Nous pourrions secouer les fruits avec une branche ? Ce ne serait pas un vol ou une intrusion. Les mangues, tombées par terre, nous appartiendraient de droit, plaida-t-elle.

Eugênia évalua l'idée, sembla l'approuver, mais y mit une condition :

– D'accord, mais c'est toi qui vas les secouer, je refuse de me ridiculiser de la sorte et de me rendre complice d'actes douteux.

La condition imposée par Eugênia irrita Vitorina. Elle n'était pas sa domestique et n'avait pas d'ordre à recevoir d'elle.

Au milieu de ce débat intense, que j'avais jusqu'alors suivi en silence, une solution revenait sans cesse dans mon esprit. Elle était si évidente que je me permis de la suggérer :

– Pourquoi ne pas demander à la maîtresse de maison ?

Vitorina et Eugênia cessèrent immédiatement de se chamailler et me regardèrent comme une enfant certes charmante, mais à la logique tordue.

– Tu es folle, Inês ? me réprimanda Eugênia. Dona Veridiana ne supporte pas ma mère. Elle nous refusera les mangues, juste par principe.

– D'accord, acceptai-je, ayant déjà en tête une nouvelle proposition. Si le problème de dona Veridiana vient de son antipathie envers ta mère, alors cache-toi. Vitorina et moi irons lui parler. Elle n'a pas de différend avec nos mères, que je sache.

Eugênia soupira à cette idée. Elle ne voulait pas être mise à l'écart.

– Dona Veridiana va vous prendre pour deux mendiantes. Et je serai l'amie de deux mendiantes.

– Je n'ai pas l'air d'une mendiante, se défendit Vitorina.

Nous portions notre uniforme scolaire, chemise boutonnée jusqu'au cou, jupe plissée et chaussures cirées à bride.

– Mon ruban à cheveux est tout neuf ! ajouta-t-elle, vexée.

– Dona Veridiana ne nous prendra pas pour des mendiantes, Eugênia, rétorquai-je calmement, consciente qu'elle inventait des excuses pour faire capoter l'aventure. Le père de Vitorina est le propriétaire de l'épicerie. Il ne manque pas de nourriture sur ses étals. Arrête de t'entêter et cache-toi. Tu veux les mangues ou pas ?

Eugênia me regarda avec une moue boudeuse, elle ne voulait plus de ces fichues mangues. En montrant les fruits quelques minutes plus tôt, elle n'avait fait qu'exprimer un désir passager, un souhait qui n'avait pas forcément vocation à être réalisé. Et voilà que, grâce à ses deux amies, Mme Pratique et Mlle Cerveau, elle se retrouvait dans une situation embarrassante, bientôt humiliée par dona Veridiana.

C'est ainsi que fonctionnait notre trio : Eugênia rêvait, Vitorina agissait et je cherchais des solutions, qui n'étaient ni aussi romantiques que les aspirations de la première, ni aussi audacieuses que les actions de la deuxième. C'est pourquoi, des années plus tard, même si ma dentelle parfaitement symétrique était toujours la plus appréciée, elle ne me procurait pas autant d'émotion qu'à mes deux amies.

« C'est dans l'erreur que réside l'humanité. C'est par nos erreurs que la pièce devient unique », disait Vitorina quand une fleur sur laquelle elle travaillait apparaissait de travers mais qu'elle n'avait pas la patience de la défaire.

– Je ne veux plus de mangue, grommela Eugênia. J'ai dit ça comme ça.

– Parfait. Je mangerai la tienne, lui lança Vitorina, qui se dirigeait déjà vers le portail.

– Certainement pas, dis-je en attrapant Vitorina par le bras pour la retenir tant que nous ne nous serions pas mises d'accord. Nous en demanderons deux. Une pour chacune d'entre nous, puisque Eugênia n'en a plus envie. N'est-ce pas, Eugênia ?

– Allez, dépêchez-vous, je ne veux pas qu'on me voie dans une attitude suspecte, dit-elle en nous chassant, irritée.

L'instant d'après, Vitorina était postée devant le portail de dona Veridiana et tapait dans ses mains en criant « Il y a quelqu'un ? ».

– Laisse-moi parler, me dit-elle, car elle était la plus convaincante de nous deux.

Lorsque la maîtresse de maison se présenta à la porte, nous lui adressâmes nos beaux sourires de petites filles bien élevées :

– Bonjour, dona Veridiana. Je suis Vitorina, la fille de Hildinha, et voici Inês Flores.

Dona Veridiana me regarda avec méfiance, ce qui ne m'étonna guère. Même enfant, de nombreux habitants me regardaient ainsi, moi et notre maudite réputation.

– Que faites-vous ici ?

– Nous voulions vous féliciter, commença Vitorina, mielleuse. Votre jardin est magnifique. On aperçoit les arbres bien entretenus du bout de la rue. Le jacquier, les citronniers. Mon père pourrait être intéressé par la revente de ces fruits. Et ces mangues, alors ! Elles feraient fureur.

Ses paroles flatteuses désarmèrent la vieille dame.

– Pfff, j'en ai assez de cette odeur, ça me rend malade quand elles tombent. Je vais vous en donner un sac plein, venez mes petites.

– Vous êtes sûre, dona Veridiana ? questionna Vitorina, juste pour le plaisir. Ce n'est pas nécessaire.

– Bien sûr, jeune fille. Qu'est-ce que je viens de dire ? Je veux me débarrasser des plus mûres, qui attirent tout un tas de mouches. Voilà. Profitez-en pour en faire goûter une à votre père. Nous pourrions sans doute faire affaire ?

Vitorina accepta et me lança un sourire victorieux, que je lui rendis. J'étais fière, moi aussi, d'avoir trouvé l'idée qui nous avait conduites à ce trésor.

Tandis que nous choisissions les fruits, « Prenez-les tous, je n'en ai que faire », Eugênia nous attendait au coin de la rue, s'efforçant de ne pas passer pour une mendiante. Ou pour l'amie d'une mendiante.

Lorsqu'elle nous vit franchir le portail avec un panier rempli de mangues roses, elle quitta sa cachette, toujours contrariée de ne pas avoir pris part à notre aventure.

– Regarde, Eugênia, se vanta Vitorina. Cinq pour moi, cinq pour Inês. Quel dommage que tu ne sois pas venue avec nous.

– Arrête, Vitorina, désapprouvai-je. Avec tout ce que nous avons, nous pouvons partager.

– Je ne partagerai pas les miennes, se fâcha Vitorina, indignée. Eugênia n'a rien fait, elle ne mérite pas notre générosité.

– Tiens, Eugênia, dis-je en lui offrant deux mangues, pensant que cela suffirait. Comme ça, personne n'est lésé.

Mais Eugênia n'en voulait vraiment pas.

– Je n'en ai pas envie, je te l'ai dit, refusa-t-elle, orgueilleuse, en repoussant ma main. Si elles étaient par terre, elles doivent être passées. Vous allez avoir mal au ventre. Et même vous tordre de crampes, j'en suis sûre.

Vitorina gloussa, de la bouillie plein les dents et la bouche barbouillée du jus orange qui coulait de chaque côté de son menton.

Eugênia prit un air dégoûté.

– Quel cochon. Je ne peux même pas te regarder en face, Vitorina.

Et, avec une expression exagérément écœurée, elle accéléra le pas pour nous devancer.

La fille du commissaire semblait faire bande à part. À quelques pas de distance, Eugênia piétinait fermement le sol avec ses souliers à bride.

C'était elle qui avait repéré les mangues. C'était elle qui avait fait naître ce désir en nous, et elle se retrouvait spectatrice de notre joie, sans pouvoir s'y abandonner ni savourer le fruit. L'odeur sucrée lui montait aux narines, ajoutant à sa souffrance, mais elle ne reviendrait sous aucun prétexte sur sa décision.

C'est pourquoi, des années plus tard, tandis que je courais pour lui venir en aide, j'étais certaine qu'elle aurait trouvé le moyen de rejoindre à temps l'endroit convenu pour s'enfuir.

Malgré la détresse et l'émotion, mon esprit avait élaboré une solution pour sauver cette amie que j'avais toujours aimée plus que moi-même. Si elle était parvenue au deuxième virage après la sortie, je devais la retrouver avant son mari et lui dire simplement : « Fais demi-tour ! Il faut remettre ça à un autre jour, car il n'y aura pas de diligence aujourd'hui. » Eugênia protesterait, marcherait peut-être à quelques pas de distance devant moi, frustrée et agacée, comme ce jour où nous avions cueilli les mangues, mais elle serait en sécurité.

23

Deuxième virage après la sortie de Bom Retiro, 1919

Le colonel trouva la charrette de la *fazenda* arrêtée sur le bas-côté, vide. Il pressa la pédale du frein, se précipita hors de la voiture et parcourut les alentours jusqu'à trouver le contremaître ; celui-ci avait les yeux affolés et la voix tremblante à l'idée des terribles conséquences qu'il subirait pour avoir tourné le dos quelques instants. La gorge sèche, il déglutit avec difficultés avant d'annoncer à son patron que son épouse avait disparu. Contrairement à ce que le jeune homme avait imaginé, le colonel ne l'attaqua pas, il ne se mit même pas en colère. Il lui ordonna simplement de ramener ses enfants avec la charrette et de ne rien dire à personne une fois rentré à Caviúna.

– Que s'est-il passé, papa ? Où est Eugênia ? lui demandèrent les enfants.

Le colonel donna une tape sur la croupe du cheval et s'écria :

– En avant ! Éloigne-les d'ici !

Dès que les petits furent hors de vue, Aristeu sortit son pistolet de son étui et courut dans les bois à la poursuite de la fugitive. Au même instant, quelque part dans la vallée, je courais, pensant que le fait de savoir exactement où se trouvait Eugênia me donnerait un avantage. J'espérais que le colonel était encore à Bom Retiro, en train de se recueillir. Mais, tandis que j'approchais du deuxième virage, encore pleine d'espoir, je vis Eugênia se débattre avec acharnement pour se libérer de son époux, qui la traînait par les cheveux.

– Sale catin ! Où est-il ? Où est ton amant, garce ? hurlait Aristeu en pointant son revolver en direction des bois. Parle, malheureuse !

– Je n'ai aucun amant. Je me rendais à la procession, je me suis un peu éloignée lorsque nous nous sommes arrêtés et je me suis perdue, mentit-elle dans l'espoir de se tirer d'affaire.

Mais il était comme possédé.

– Tu trouves que j'ai une tête de cocu ? Je vais te tuer, vermine ! menaça-t-il en lui donnant une gifle qui l'assomma.

Affalée sur le sol, Eugênia ne put se retenir :

– Alors tuez-moi ! Tuez-moi une bonne fois pour toutes et mettez fin à mon tourment.

Elle lui faisait face, la tête haute, abandonnant la posture de repli qu'elle avait adoptée jusque-là.

Aristeu pointa son arme sur la tempe d'Eugênia, déterminé à appuyer sur la détente.

– Tirez ! cria-t-elle sans peur, les yeux injectés, saisie d'une haine plus puissante que son propre instinct de survie.

– Ne me défie pas, femme. Tu n'auras pas le temps de t'excuser pour tes péchés, misérable.

Je me précipitai vers eux en hurlant :

– Colonel ! Je vous en prie, colonel !

L'homme détourna son arme pour la pointer sur moi. Mon amie me dévisagea à son tour, surprise et en même temps soulagée par ma présence, moi qui lui apportais toujours des solutions.

– Que fait cette autre garce ici ? Les Flores ont quelque chose à voir avec tout ça ? demanda-t-il en me reconnaissant, les veines de son cou sur le point d'exploser.

Le colonel n'était pas connu pour son tempérament violent. Réservé et peu loquace, c'était un homme de décisions. Jusqu'à cet après-midi de février, l'argent lui avait donné le privilège de ne pas avoir trop de sang sur les mains.

– Ayez pitié, colonel, le suppliai-je, en essayant de le convaincre. Vous connaissez Eugênia, il lui arrive de faire des caprices, mais ces choses passent.

En désespoir de cause, je marmonnais toutes les excuses qui me venaient à l'esprit, guidée par l'intuition que certains hommes considéraient les femmes comme des fillettes à éduquer. Une fois punies, lorsqu'on les avait corrigées, elles se comportaient mieux et cessaient de poser problème.

Si je pouvais faire croire au colonel que cette tentative d'évasion n'était qu'une nouvelle marotte d'Eugênia, qu'un peu de temps et de discipline l'assagiraient, peut-être l'épargnerait-il.

– J'ai tout fait pour elle, me confia-t-il soudain d'un ton déconcertant. Tout. Mais rien ne suffit à cette ingrate.

Je compris alors qu'Aristeu avait des sentiments très forts pour Eugênia et qu'il croyait l'aimer. Je m'accrochai à cette découverte inattendue pour tenter de sauver mon amie.

– Vous avez raison, colonel. Eugênia a toujours été trop gâtée. C'est à cause de son éducation. Ses parents l'ont élevée comme une princesse, ils lui ont fait croire qu'elle commandait. Vous voyez, c'est idiot.

Eugênia comprit ma stratégie et se tut. Elle ne pouvait pas

soutenir mon discours, mais elle n'avait pas non plus le courage de le contredire.

– Eh bien, sous mon toit, c'est moi qui commande, déclara le colonel. Et ma famille m'obéit.

– Bien sûr, bien sûr. Elle l'a bien compris maintenant. N'est-ce pas, Eugênia ?

Je m'agenouillai à côté de mon amie. La terreur voilait ses yeux et le sang lui coulait le long de son visage. La gifle qu'elle avait reçue quelques minutes plus tôt avait rouvert la blessure de la veille.

En sentant son corps trembler entre mes bras, je compris qu'elle ne savait vraiment pas quoi faire devant ce choix réduit comme peau de chagrin. J'eus envie de la prendre par la main pour lui faciliter la tâche.

Le colonel était plus calme et ne réagit pas à mon geste. Il ne voulait pas la tuer, son dilemme était cruel. Il souhaitait apprivoiser Eugênia, il voulait qu'elle l'aime. Si sa femme mourait, il n'obtiendrait jamais ce qu'il désirait désespérément. S'il appuyait sur la détente, ce jaguar indompté mourrait sans s'être plié à sa volonté.

– Il est tard, les enfants doivent s'inquiéter, recommandai-je calmement, en tentant de tirer Eugênia vers la route. Tout va s'arranger à la *fazenda*. La voiture est au coin de la rue. Viens, Eugênia, allons-y.

Aristeu, silencieux, semblait approuver ma proposition. Il était prêt à donner une nouvelle chance à sa femme, « la dernière, tu m'entends ».

Mais après un premier pas, Eugênia s'arrêta net et me lança un regard que je n'oublierais jamais. Après tout ce qu'il s'était passé ce jour-là, si elle montait dans la voiture de son mari pour retourner à Caviúna, il n'y aurait plus d'échappatoire. Elle le savait.

– Marche, femme, ordonna Aristeu sans se retourner.

C'est à cet instant précis qu'elle fit son choix.

– Non.

– Eugênia, je t'en prie..., la suppliai-je doucement.

Elle m'adressa un sourire en guise d'adieu.

Son regard exprimait toute la gratitude qu'elle ressentait pour ce que nous avions vécu ensemble. Les jeux d'enfant, les après-midis de dentelle, l'entraide dans les moments les plus difficiles.

– Je ne peux pas, marmonna-t-elle seulement pour moi. Merci d'avoir essayé.

Puis elle se redressa, impérieuse. Elle était redevenue cette Eugênia que je connaissais bien et qui ne revenait jamais sur une décision :

– Je préfère mourir que de vivre à vos côtés, Aristeu. Vous me dégoûtez.

À ces mots, le visage du colonel se décomposa. Je saisis la main d'Eugênia de toutes mes forces, mais il s'avança vers nous aveuglé par la fureur. Il arracha sa femme de mon étreinte et la projeta sur la terre battue.

– Brûle en enfer, démon !

Il lui tira une balle en pleine poitrine. Et une autre. Et une autre.

Face à une telle brutalité, je cherchai le regard de mon amie pour l'accompagner jusqu'à son dernier souffle, mais les bottes du colonel m'empêchèrent de voir son visage une ultime fois.

Debout, il regardait le corps sans vie de son épouse puis, dans un réflexe, comme s'il se rappelait soudain mon existence, il se tourna vers moi. Il pointa son arme dans ma direction et m'ordonna de déguerpir si je ne voulais pas subir le même sort que cette traînée qui avait trahi sa confiance.

Craignant pour ma vie, je courus jusqu'à me risquer, déjà à bonne distance, à regarder en arrière. Le colonel berçait le corps sans vie d'Eugênia comme un nourrisson. Malade d'amour, Aristeu se lamentait d'avoir perdu celle qui aurait dû remettre sa vie en marche.

24

Bom Retiro, 1919

« Morte. »

Morte, leur disais-je, essoufflée, désespérée, hors d'haleine, hors de moi. Eugênia est morte, répétais-je, sans pouvoir m'en empêcher, et ma mère, et tante Firmina, les yeux exorbités, m'assaillaient de questions vides qui ne changeraient pas le cours des choses. Elles voulaient savoir comment, où, pourquoi, mais je ne parvenais à répondre à aucune de leurs interrogations. La seule, l'implacable vérité s'imposait comme un rocher dévalant un ravin : Eugênia était morte. Tant de vie, tant de rêves, tant de colère, tant d'espoir, tant d'obstination. Morts.

Tandis que ma mère s'assurait que j'étais bien revenue en un seul morceau, alors que j'avais perdu à jamais une partie de moi-même, un homme frappa à notre porte sur ordre du colonel. L'avertissement fut transmis à voix basse à la maîtresse de maison : nous avions vingt-quatre heures pour quitter la ville. Ma mère fondit en larmes.

– Nous n'irons nulle part. Cette terre est aussi la nôtre,

affirma tante Firmina à l'homme qui se tenait toujours dans l'embrasure de la porte.

Sa mission était de nous transmettre le message et de s'assurer qu'il avait bien été compris. Il revenait à l'instant de la maison du commissaire où il avait accompli la même tâche. Les sanglots de la femme de celui-ci, tombée à genoux, qui criait : « Ma fille, qu'a-t-il fait à ma fille ? », n'avaient pas empêché le commissaire de comprendre ce qu'il lui restait à faire.

– Accident de cheval, Madame. L'animal a pris peur et la senhora est tombée, avait-il dit aux parents d'Eugênia.

Soutenant sa femme qui murmurait, inconsolable, « Eugênia, mon amour, comment ai-je pu permettre cela ? », le commissaire avait fait un signe de tête à l'homme pour indiquer qu'il comprenait et que son épouse comprendrait bientôt la situation elle aussi. Étant donné la position qu'il occupait, il connaissait bien les règles tacites qui avaient cours dans le Sertão. Aussitôt la porte fermée, il ordonna à sa femme de faire ses bagages. Il leur fallait quitter Bom Retiro de toute urgence, le soir-même. « Mais qui veillera et enterrera le corps de mon trésor ? J'ai le droit de voir ma petite fille une dernière fois. » Son mari lui avait rétorqué : « Nous avons perdu ce droit quand Eugênia a épousé le colonel. Maintenant, ressaisis-toi et va faire tes valises. »

– Le colonel ne prévient qu'une fois, précisa l'émissaire aux habitantes de la maison aux volets bleus, considérant peut-être qu'il nous manquait un homme pour nous protéger ou nous montrer la gravité de la situation. Je reconnus sur le visage de ma mère l'air incrédule de ma vieille grand-mère, il y avait des années de cela.

– Ne tardez pas, jugea-t-il bon de nous conseiller, puis, effleurant son chapeau du bout des doigts, il nous salua avant de remonter sur son cheval.

Nous le savions, le temps était venu pour nous de quitter Bom Retiro. Sur ces terres, il n'y avait pas de négociation possible avec les puissants. Des familles entières s'en allaient, bannies du jour au lendemain, et le reste de la ville cessait tout simplement de les évoquer, les effaçant de la mémoire collective comme si elles n'avaient jamais existé. Si l'honneur, la bravoure ou l'entêtement poussaient certains à défier la détermination des puissants, il en résultait des morts, des embuscades et des maisons incendiées. Sauf, bien sûr, si la famille impliquée possédait également des terres et du pouvoir. Dans ce cas, c'était une autre histoire : la violence se démultipliait et, la plupart du temps, une guerre éclatait qui pouvait durer des années. Mais pour des personnes comme nous, des dentellières avec peu de revenus, sans père, ni mari, ni frères, ni enfants, une veuve, une dévote, deux jeunes filles, la voie à suivre était celle de la disparition, sans laisser de traces. Nous serions tout simplement rayées de la carte, remisées comme de vieux objets devenus inutiles, et dont l'histoire serait recouverte par la poussière et le temps. Telle était la loi en ces lieux.

Le visage de ma mère demeurait figé, à l'agonie, les yeux embués de larmes silencieuses. Qu'allait-il advenir de nous ? Elle pleurait pour moi et pour Cândida. Pour notre avenir réduit à néant. La vie de ses filles comme suspendue.

– C'est ma faute, dis-je au bout d'un moment, brisant le silence qui régnait dans la pièce. J'ai essayé d'aider Eugênia à s'échapper, avouai-je.

Ma mère me jeta un regard que je ne lui avais vu qu'une seule fois auparavant. Lorsque mon père lui avait avoué son erreur en appliquant le collyre dans les yeux de leur petite fille.

– C'était l'histoire d'Eugênia, cela ne me concernait pas directement, commençai-je à expliquer, tout en sachant qu'il était impossible de justifier l'injustifiable, mais tante Firmina m'interrompit.

– Cela ne te concernait pas du tout en effet. En te mêlant de la vie des autres, tu viens de détruire celle de ta mère et de ta sœur.

Réalisant mon erreur, je me jetai sur le canapé, effondrée, ce qui n'empêcha pas ma tante de continuer.

– Vois-tu seulement où ton inconséquence et ton entêtement nous ont conduites ?

– Ça suffit, Firmina.

Ma mère haussa le ton en fixant fermement ma tante, pour ensuite serrer mes mains tremblantes.

– Tu as fait ce qu'il fallait, ma fille. C'est le colonel qui est responsable, et le monde tel qu'il est. Bien sûr que cela te concernait. Nous étions toutes concernées par Eugênia. C'est l'assassin, le responsable.

Cândida, qui était restée silencieuse jusque-là, toujours habillée en chérubin, me tendit une étoffe brodée :

– Inês, lis ceci. C'était sur le pas de notre porte au retour de la procession.

Il s'agissait d'un chemin de table qui n'était pas de nous. Il avait été réalisé sur du lin écru par des mains certainement amatrices, avec des couleurs vives et des écheveaux à trois fils. Au centre, un bouquet de fleurs en point de chaînette, marguerite, rose et point de nœud.

– D'où cela vient-il, jeune fille ? demanda tante Firmina, mais Cândida continuait de ne s'adresser qu'à moi.

– Lis-le, Inês.

Tante Firmina se mit en colère.

– Et depuis quand lit-on des tissus, Cândida ? As-tu perdu la tête comme ta sœur ? L'heure est grave, grogna tante Firmina.

Ma mère s'avança pour caresser les cheveux de Cândida avec la chaleur infinie de son affection.

– C'est une broderie, mon amour. Il n'y a rien à lire.

Les doigts de Cândida cherchèrent la bordure de la pièce, élaborée dans un fil blanc très fin, avec des points si petits qu'ils étaient presque imperceptibles.

– Tu le sens, Inês. Nous sommes attendues, me dit ma sœur pleine d'espoir. Nous allons à Recife. Un oiseau nous appelle.

Furieuse de voir Cândida s'entêter à dire des bêtises dans un moment aussi critique, tandis que tout s'effondrait autour de nous, tante Firmina s'approcha de sa plus jeune nièce et lui arracha la pièce des mains. Ce n'était pas le moment de dire n'importe quoi, une jeune femme était morte, le sol de la maison aux volets bleus était en train de se fissurer sous les pieds de notre famille, et cette petite fille s'inventait des histoires d'oiseaux sauveurs.

– Ce ne peut être qu'une punition, dit-elle, révoltée. Pour ce complot diabolique qu'Inês et Eugênia ont inventé le jour où nous devions honorer santa Águeda.

– La sainte n'a aucune raison de nous punir, Firmina, lui rétorqua encore ma mère pour nous défendre. Elle qui a subi le même sort, elle aurait eu pitié d'Eugênia, et de nous.

Tante Firmina resta silencieuse un moment, car elle savait que sa sœur n'avait pas tort, et j'en profitai pour m'emparer de la broderie qui était encore sur ses genoux. Le paquet nous avait été livré le matin même. Dans la confusion générale de cette journée, on ne l'avait découvert qu'au soir, lorsque Cândida trébucha dessus au retour de la fête.

En survolant la bordure discrète de l'ouvrage, je déchiffrai rapidement le message venu de la capitale.

– En effet, Cândida. Il est signé par un oiseau.

– Tu vois ?

– Il est écrit Ave Libertas, ce qui signifie « sauve la liberté » en latin, annonçai-je.

– De quoi parlez-vous ? demanda ma mère en examinant la broderie.

– C'est un code, maman, lui dis-je en lui montrant l'ourlet. Eugênia a inventé un moyen de communiquer à travers la dentelle à l'insu du colonel. Chaque point est une lettre, vois-tu. Il y a quelques mois, nous avons envoyé une demande d'aide à un groupe de femmes haut placées de Recife, dans l'espoir qu'elles accueillent Eugênia. Ceci est leur réponse. Elles ont utilisé ce même code pour broder un message.

Ma mère analysa la succession discrète de points inhabituels.

– Ce sont les mêmes que sur le col d'Eugênia, reconnut-elle immédiatement. Et sur son voile de mariée.

Tante Firmina ne daigna pas regarder la pièce. Son visage était tourné vers l'extérieur de la maison. Au loin, son regard se perdait dans les contours de la Serra da Baixa Verde, au fond de la vallée du Pajeú, encadrée à cet instant par le bleu écaillé de nos fenêtres.

– Nous pourrions bénéficier de l'aide que ces femmes étaient prêtes à apporter à Eugênia, conclut Cândida. L'aide sert à ceux qui en ont besoin, n'est-ce pas, maman ? Ne dit-on pas « Faire le bien, peu importe à qui » ?

Ma mère sourit en signe d'approbation tandis que je continuais de déchiffrer.

– Elles affirment pouvoir apporter le soutien nécessaire. Il nous suffit de les rejoindre à l'adresse que nous connaissons déjà.

Lorsque j'entrevis la possibilité de cette issue, je sentis l'air entrer à nouveau dans mes poumons. Mais toutes ne partageaient pas l'euphorie qui commençait à m'envahir. Assise dans le fauteuil, la broderie entre les mains, ma mère était catastrophée.

– Je ne peux pas abandonner cette maison.

– Je sais que c'est douloureux, maman, mais c'est nécessaire, insistai-je.

Cândida nous rejoint alors et prit la main de ma mère pour l'apaiser.

– Tout va s'arranger, maman. Tout ira bien. Comme toujours.

Ma mère s'effondra de douleur, serrant ses deux filles dans ses bras. Peu à peu, son souffle ralentit. L'idée de partir pour Recife devenait supportable. Il ne nous restait plus qu'à espérer.

Cândida était habituée à écouter attentivement les respirations autour d'elle, qui s'agitaient puis se calmaient, dans un cycle continu qui ne s'achevait qu'avec la mort.

Affligée par les larmes silencieuses qui nous unissaient à cet instant, tante Firmina ferma la fenêtre et se mit à mettre de l'ordre autour d'elle, regonflant les coussins, arrangeant un vase.

– Faites ce que vous voulez, moi je reste ici. Pas question de payer pour les actes de deux têtes de linotte. Eugênia n'a pas supporté le poids du mariage ? Je ne perdrai pas la maison de mon père à cause de son manque de courage.

– Ma tante ! Un peu de compassion, lui reprochai-je. Eugênia est morte. Morte.

– Eh bien, elle serait là si elle n'avait pas été aussi têtue, me rétorqua-t-elle les yeux pleins de reproches. Si elle avait accepté son destin, elle serait encore en vie. Et j'ajoute, Inês, que sans ton aide, elle n'aurait pas connu pareille fin.

Ma respiration s'arrêta net. Je dus m'asseoir un instant pour supporter le poids de la culpabilité qui me broyait les os. L'image de ma mère vieillie de dix ans en quelques minutes se confondit avec le dernier regard d'Eugênia. « Merci d'avoir essayé », m'avait-elle dit, mais, au fond de moi, je savais que je ne méritais pas sa gratitude. Si je n'avais pas teint cette fichue robe en jaune, signant mon engagement à l'aider, si je ne lui avais pas apporté l'argent, si je n'avais pas organisé son transport, Eugênia serait encore en vie. Même les plans les mieux conçus peuvent échouer. Partout le chaos nous entoure, il est impossible de prévoir la façon dont les événements vont s'enchaîner.

– J'accomplirai mon devoir de catholique pratiquante, déclara tante Firmina, sévère. Je prierai pour l'âme d'Eugênia. Mais c'est tout ce que je peux faire pour le salut de cette imprudente. Et je prierai aussi pour toi, Inês, que Dieu te pardonne de nous avoir tant négligées. De ne pas avoir mesuré les conséquences de tes actes. Carmelita, c'est ta décision. Tu ne m'as jamais écoutée, tu as élevé ces filles à ta guise et voilà le résultat. Pour ma part, le colonel qui me fera quitter la terre de mes ancêtres n'est pas encore né.

– Nous devons partir, Firmina, dit enfin ma mère. C'est la seule issue.

Depuis leur enfance, les deux sœurs n'avaient jamais été séparées, d'où peut-être à cet instant leurs regards confus, ceux de celles qui voient une partie d'elle-même si violemment arrachée. Comme lors d'un accident, elles ressentaient la douleur de leur chair déchirée, de leurs os réduits en poussière, mais leur instinct de survie, même écorchées vives, les poussait à continuer d'avancer coûte que coûte : Que faire loin d'elle ? Qui suis-je sans d'elle ? Quelle béquille me permettra de marcher sans ma jambe ? Sans mon unique, ma bien-aimée ? Celle qui porte les traces de mes faux pas, qui me maintient debout et m'assure l'équilibre. Firmina et Carmelita Flores se savaient à jamais incomplètes l'une sans l'autre.

– Le colonel ne pardonnera pas à Inês, Firmina, poursuivit ma mère, en essayant de rester concentrée sur ce qu'il fallait faire. Il pourrait me pardonner, ainsi qu'à toi et même à Cândida. Mais à Inês, jamais.

En aidant Eugênia, j'avais scellé malgré moi le destin des personnes que j'aimais le plus, sans empêcher mon amie de mourir. Mon seul réconfort à ce moment-là était de sentir la petite main de Cândida se blottir dans la mienne, telle une merlette à ventre roux lovée dans son nid.

– Pardonnez-moi, balbutiai-je, même si je me considérais indigne d'une quelconque absolution.

J'avais conscience de traverser le pire moment de ma vie. Ma propre mort, celle de ma mère ou de ma sœur, rien ne me déchirerait autant à l'intérieur.

– Qu'imaginiez-vous, toutes les deux ? dit tante Firmina en s'approchant à nouveau de moi, indignée. Que vous pourriez vous mesurer à un homme comme le colonel ? Vous ne le pouviez pas. Et ne l'auriez jamais pu. C'était déjà ainsi avant toi, jeune fille. Avant moi, ou ta mère. Vous, les jeunes, vous êtes des imbéciles qui n'écoutent pas ceux qui ont vécu plus longtemps et donc souffert davantage.

En écoutant les accusations de tante Firmina, une faible lueur d'espoir me traversa, telle la dentellière devant un motif raté qui cherche à se convaincre qu'il est digne d'un musée.

– À moins que…, suggérai-je, comme pour changer de sujet, d'un ton presque enjoué qui fit lever les yeux de ma mère. Je pourrais me rendre seule à Recife. Si je m'éloigne de Bom Retiro, le colonel se calmera et vous permettra de rester ici.

La solution semblait merveilleusement simple et une vague d'excitation, née de cette mince possibilité d'échappatoire, parcourait mon corps. Si je me sacrifiais en quittant Bom Retiro, ma famille serait épargnée. Deux dames de leur âge et une aveugle étaient inoffensives. Elles n'étaient évidemment pas au courant des plans d'Eugênia. C'était mon choix d'aider mon amie, pas le leur. Je serais le paria, ce n'était que justice.

Je me suis levée pleine d'une vigueur renouvelée. Nous avions un peu d'argent à la banque, fruit de la vente de la dentelle, et il y avait l'offre d'hébergement des dames d'Ave Libertas. La vie dont Eugênia avait rêvé pour elle-même serait désormais la mienne. Comme lors de ces courses de relais, où l'on passe le bâton à son coéquipier pour qu'il termine le parcours, je pouvais presque voir Eugênia me tendre le sien.

Je vivrais au bord de la mer. Moi qui n'avais jamais quitté cette terre arride, couverte de sillons à l'image de notre dentelle. Moi qui contrairement à Eugênia n'aspirais qu'à la tranquillité silencieuse de mon aiguille dans la chaleur de l'après-midi. Moi, Inês Flores, je quitterais la vallée pour devenir quelqu'un d'autre. J'honorerais la mémoire d'Eugênia en vivant pour elle.

– Ma fille n'ira nulle part sans moi, annonça soudain ma mère, mettant fin à ma rêverie sous le regard surpris de tante Firmina. Cândida et moi t'accompagnerons.

– Tu es folle, Carmelita ? gronda tante Firmina.

– Tu appartiens à cette maison, Firmina, répondit ma mère d'un ton affectueux. J'appartiens à mes filles. Je te demande seulement de nous faire parvenir, lorsque nous serons dans la capitale, l'argent qui nous revient de notre dentelle.

En entendant cette demande, le visage de Firmina se contracta. Il n'y avait plus d'argent. Elle l'avait dépensé pour compenser la rupture du contrat avec le conducteur de la diligence. L'espace d'un instant, ma tante se demanda si elle ne devait pas avouer son erreur et révéler à sa sœur que sa nouvelle vie serait encore plus difficile qu'elle ne l'avait imaginée, mais elle décida de s'abstenir pour nous laisser partir sans ressentiment. Tante Firmina avait toujours eu des secrets pour sa sœur.

Toutes ces années, elle était parvenue à taire la vérité sur la malédiction de la gitane afin de l'épargner, elle n'aurait donc pas de mal à se taire cette fois encore. Elle voulait repousser le plus longtemps possible la déception et la crainte d'une vie sans ressources qu'éprouverait inévitablement ma mère.

– Je le ferai, mentit-elle.

Et ma mère, avec le calme qui l'avait toujours caractérisée, essuya ses larmes et commença à rassembler les quelques objets qu'elle avait l'intention d'emporter avec elle.

Elle décrocha du mur le portrait de mon père portant son fils. Tante Firmina regardai fixement l'empreinte rectangulaire laissée par le tableau lorsqu'elle sentit la main légère de Cândida se poser sur son bras.

– Tu es sûre que tu ne seras pas triste, ma tante ?

– Allons, ma petite, arrête tes bêtises. Va aider ta maman, répondit-elle en retenant une larme.

– Mes oiseaux seront là, tu ne seras jamais seule, dit Cândida, réconfortante. Tu pourrais leur mettre du jiló et des graines d'alpiste. Une fois par jour. Leur chant te tiendra compagnie. Tu ferais ça pour eux ? Tu le ferais pour moi ?

Tante Firmina resta silencieuse et Cândida prit son silence pour un oui. Rassurée par cet arrangement, elle se retira dans sa chambre avec l'intention de faire sa valise.

Il était déjà tard, mais nous étions trop épuisées pour allumer la lanterne. Seul le clair de lune nous éclairait à travers les fenêtres aux volets bleus, tandis que tante Firmina et moi demeurâmes je ne sais combien de temps silencieuses dans le salon.

La fureur avait déjà disparu de son visage. Elle aussi se sentait responsable de ce dénouement.

– Inês ?

– Oui, ma tante.

– Cette diligence, commença-t-elle, hésitante, car elle n'avait pas l'habitude de poser des questions, elle qui préférait les affirmations. C'était pour Eugênia, n'est-ce pas ?

J'acquiesçai et tante Firmina soupira.

– Je dois te dire quelque chose à propos de l'argent, mais tu devras attendre d'être en sécurité pour en parler à Carmelita. Je ne veux pas l'alarmer plus.

Je hochai la tête et j'écoutai son histoire calmement, sans l'accuser d'avoir pris les économies qui ne lui appartenait pas, car sa souffrance était immense. En voulant tromper le destin, tante Firmina avait commis des erreurs. Elle pleurait pour la première fois devant moi, et c'était la dernière fois que je la voyais.

ÉPILOGUE

Sa vue n'était plus aussi perçante qu'à l'époque où elle grimpait aux échelles pour espionner les secrets. Vitorina avait donc fait appel à deux de ses arrière-petites-filles pour enseigner à Alice Flores les points les plus simples de la dentelle connue aujourd'hui sous le nom de dentelle de Bom Retiro, qu'on exportait même à l'étranger.

La descendante de Cândida espérait ainsi pouvoir compléter le voile d'Eugênia et raconter le pan d'histoire qu'il lui manquait.

– Je n'arrive pas à croire que tu oses abîmer ce voile, Alice, a commenté Vera en regardant sa fille entrelacer des rubans synthétiques colorés entre les fils de la relique centenaire.

– Je ne l'abîme pas, maman, je le poursuis, a répondu Alice sans son habituel ton défensif.

Regrettant quelque peu cette critique inutile qui lui avait échappé par habitude, Vera a ajouté :

– Bon, si ça ne rend pas bien, tu n'aurais qu'à défaire.

Toutes deux se montraient désormais plus patientes l'une envers l'autre, peut-être grâce aux découvertes qu'Alice avait révélées à Vera sur sa propre histoire, que même sa mère, Celina, ne lui avait pas racontées.

Au lieu du lacet blanc, Alice utilisait un fil doré Made in China sur lequel elle enfilait des perles achetées quelques jours plus tôt par Sofia au supermarché au prix modique d'un real et quatre-vingt-dix-neuf centavos. Après quelques semaines de travail, la pièce conservait son essence classique et conforme aux règles de l'art, tout en affichant désormais une explosion de paillettes et de nuances fluorescentes.

Le voile s'était métamorphosé en une installation artistique qui réunissait deux époques.

Au centre de la pièce, un carré d'un mètre par un mètre élaboré par Eugênia, nom de baptême Damásio Lima, en 1918, pour demander de l'aide. Ce même voile qui était resté accroché des décennies durant au mur de la salle de rédaction d'*Ave Libertas*, jusqu'au jour où dona Maria Amélia de Queirós l'avait rendu à Inês avant que l'association ne déménage.

Sur les bordures du voile, une dentelle moins élaborée et désormais multicolore résumait les événements postérieurs. Cette fois, le message codé était signé par la représentante de la septième génération de la famille depuis le mariage de Das Dores Oliveira : Alice.

Les invités étaient réunis au centre culturel de Bom Retiro pour le vernissage de l'exposition « Le code de la dentelle – Briser le silence des femmes aujourd'hui et au début du XXe siècle ». En rassemblant tout ce matériel, Alice souhaitait que l'histoire des dentellières de Bom Retiro soit partagée non seulement avec les descendants des pionnières, comme l'avaient fait ses aïeules, mais avec le plus grand nombre. Hommes et femmes.

Alice n'avait toujours pas ressenti l'appel de la vallée, dont lui avait un jour parlé tante Helena, ou peut-être ne l'avait-elle simplement pas identifié. Car après tout, depuis qu'elle avait hérité du voile, ce jour où elle s'était réveillée encore étourdie par la fête de la veille, Alice n'avait cessé de se diriger vers cet endroit, obéissant peut-être déjà à son appel.

Encore débutante, il lui avait fallu des mois pour retranscrire les événements survenus après la tentative d'évasion. L'arrivée à Recife de son arrière-grand-mère Cândida, accompagnée de sa mère et de sa sœur Inês. Les difficultés financières des premières années, en l'absence des économies dont elles avaient cru disposer, puis la stabilité obtenue grâce à leur assiduité et à une clientèle fidèle.

Alice racontait aussi le courage de Firmina Flores qui, quelques jours après le départ de ses proches, s'était rendue personnellement auprès du colonel veuf à la Fazenda Caviúna. Elle s'était présentée comme une vieille femme pieuse qui désapprouvait fortement le comportement de sa nièce et qui entendait donc continuer à vivre dans la maison qui l'avait vu naître. Si le colonel décidait de commettre d'autres injustices, il devrait en rendre compte à Jésus-Christ Notre Seigneur lorsque son heure viendrait, « bien le bonjour chez vous et au revoir ».

Le colonel avait semblé accepter l'ultimatum, puisqu'il n'avait plus adressé d'avertissement à la maison aux volets bleus. Il ne se s'était pas remarié, même si de nombreuses familles avaient souhaité lui présenter leurs filles. Il était mort jeune, à quarante-cinq ans, d'une occlusion intestinale.

Firmina Flores n'avait jamais manqué de disposer de l'alpiste et du jiló pour les oiseaux de la maison, exactement comme Cândida le lui avait demandé. C'est pourquoi ces volatiles y nichent encore aujourd'hui, au grand dam des nouveaux propriétaires, et souillent les piles de cahiers de la Papeterie Elegância.

Firmina Flores avait également joué un rôle dans un épisode impliquant le brigand Virgulino Ferreira, dit Lampião, qui était originaire de la région et avait formé sa bande l'année de la mort d'Eugênia. En route vers Bahia pour devenir le bandit le plus recherché du pays, titre qu'il conserverait jusqu'à sa mort deux décennies plus tard, Virgulino et ses hommes avaient prévu d'attaquer Bom Retiro. Mais au lieu de la police et d'habitants armés, les *cangaceiros* avaient trouvé un voile de plus de vingt mètres de long étendu sur la place en guise de bouclier.

Derrière lui, l'icône d'une sainte aux cheveux couleur miel, et pas une âme qui vive. Devant cette scène aussi déroutante qu'énigmatique, le bandit avait apparemment décidé de ne pas défier la guerrière certes inanimée, mais qui semblait le menacer de forces inconnues. Par respect pour la sainte patronne de la ville, sa bande avait poursuivi son chemin de violence à travers d'autres paysages, laissant Bom Retiro en paix.

Cet exploit avait été réalisé grâce à l'ingéniosité de Firmina Flores, qui avait eu l'idée d'ériger une barrière physique – et spirituelle. Elle avait ainsi prêté le linceul auquel elle se consacrait depuis sa jeunesse pour qu'il serve à la défense de sa terre. Jusqu'à la fin de ses jours, elle s'est consacrée à ses activités ecclésiastiques. Même si sa famille lui manquait, elle était certaine que ses nièces étaient plus en sécurité loin de la vallée du Pajeú. Peut-être que la malédiction de la gitane ne les atteindrait pas au bord de la mer.

Lorsque la nouvelle de sa mort est arrivée à Recife, Inês a lu la lettre à Carmelita et Cândida, qui ont écouté ensemble, main dans la main, la description détaillée de la veillée funèbre, écrite de la plume fantaisiste de dona Hildinha, qui l'avait accompagnée jusqu'à la fin. « Firmina souriait, enveloppée dans le plus beau linceul jamais vu, celui-là même qui nous avait protégés du terrible Lampião. » Alice avait retrouvé la lettre dans un carton qui appartenait à une cousine de la lignée de tante Helena.

Après son premier voyage dans l'État de Pernambouc, Alice est retournée plusieurs fois à Recife et à Bom Retiro pour essayer de trouver les premières pièces codées : le col de la robe, les sachets parfumés, le centre de table et les serviettes. Firmina Flores avait presque tout donné à l'église.

En fouillant dans les tiroirs de la sacristie, Alice est tombée sur la délicate petite tunique de chérubin qui avait appartenu à son arrière-grand-mère Cândida, pliée dans un papier de soie. Elle voulait la rapporter chez elle, mais s'est ravisée. Son héritage, c'était de croire qu'aucun destin n'était perdu d'avance.

Dans son amère prédiction, la gitane n'a jamais dit que seules les femmes de la famille souffriraient, mais c'était ainsi que la malédiction avait été comprise, car, après tout, ce sont les femmes qui paient pour tout, depuis le jour où l'une d'entre elles a croqué dans la pomme interdite.

Alice était convaincue que l'histoire de la malédiction servait à montrer l'importance des mots. Un fils de pute est un crétin. Il n'y aucune raison de s'en prendre à sa mère.

À l'entrée de l'exposition, contrastant avec le mur peint en rouge sang, le voile qu'Eugênia avait porté lors de son mariage et qui avait été rendu à sa famille après sa mort était à l'honneur. Lorsqu'il était arrivé à Caviúna avec le corps de sa femme dans les bras, le colonel avait ordonné de brûler tout ce qui appartenait à Eugênia. Mais Dorina, qui n'admettait pas la version de l'accident et se sentait coupable d'avoir participé à la désobéissance de la jeune femme, et qui resterait persuadée jusqu'à la fin de ses jours qu'Eugênia était partie pour sauver Durvalzinho, se devait de prendre un nouveau risque.

À l'insu de son patron, elle avait fait livrer une malle contenant les affaires d'Eugênia chez le commissaire avant qu'il ne quitte la ville avec sa femme. Dorina avait pensé que les souvenirs de leur fille défunte seraient une consolation pour les vieux jours de ces deux exilés. Au lieu d'être réduits en cendres, ces vêtements, peignes et mouchoirs serviraient à apaiser la nostalgie des parents de la senhora.

Dans ce coffre se trouvait également, secrètement rangé entre les pages d'un livre, un morceau de dentelle ensanglanté. La légende, sur la plaque de l'exposition placée en dessous de l'objet, précisait : « Sur cette pièce, les mots *peur* et *haine* ont été codés. »

En interrogeant la fille d'une cousine de tante Helena, qui avait connu Inês Flores, Alice a découvert que celle-ci ne s'était jamais mariée. La mère de cette cousine, aujourd'hui décédée, était devenue très proche d'Inês entre les années 1940 et 1950. Selon elle, Inês parlait sans cesse d'un jeune homme de sa ville natale, qui était même venu lui rendre visite à Recife au mitan de sa vie.

– Il portait un drôle de nom commençant par un O, mais je ne m'en souviens pas. Otônio, Otílio.

– Odoniel, ajouta Alice, en songeant que la pelure de pomme aurait pu facilement former la lettre O, si Inês s'était prêtée au rituel de Santo-Antônio avec Eugênia.

– En effet, a confirmé la personne interrogée par Alice avant de poursuivre. Apparemment, ils s'étaient perdus de vue. Je me souviens d'avoir plus tard entendu dona Inês dire : « Notre heure est passée. »

Le nom d'Inês Flores apparaissait également dans certains exemplaires du journal *Ave Libertas*, en signature d'articles sur le salaire des femmes, injustement rémunérées par rapport à leurs collègues masculins. Elle n'avait pas eu la chance, au hasard des mouvements de l'aiguille, d'inventer son propre point de dentelle – qu'elle aurait baptisé point du ruisseau, point de rosée ou point de l'aube –, mais Inês Flores, sa grand-tante, était la grande narratrice de cette histoire.

Auprès des archives de l'état civil, Alice avait retrouvé l'acte de mariage de son arrière-grand-mère, Cândida, qui avait épousé un commerçant à l'âge de dix-huit ans – celui-là même qui s'était jeté dans le Capibaribe après avoir fait faillite, poussant sa fille Celina à rompre définitivement avec sa famille en s'installant à Rio. Pour Celina, la malédiction était responsable de la mort de son père, c'est pourquoi elle n'avait pas enregistré sa fille, Vera, sous le nom de Flores. Ce qu'elle ignorait, c'est que la mariée maudite plusieurs décennies avant sa naissance, était une Oliveira, un détail que le temps, le silence et les choix de ses aïeules avaient enfoui.

Les actes de décès des trois femmes originaires de Bom Retiro avaient été consignés dans le même livre de registre. Carmelita, soixante-trois ans, arrêt cardiaque. Inês, quatre-vingt-deux ans, accident vasculaire – produit dans son sommeil, en toute tranquillité, comme l'avait découvert Alice. Cândida, quatre-vingt-dix ans, à la suite d'une défaillance de plusieurs organes. À la lecture de ces dates, Alice n'avait pu s'empêcher de ressentir un pincement au cœur. Elle aurait pu rencontrer son arrière-grand-mère, si Celina n'avait pas renié ses racines.

Ces derniers mois, Alice avait insisté pour que Vera essaie de se souvenir d'épisodes de son enfance, mais Celina ne parlait jamais du passé.

– Lorsque nous lui posions des questions sur sa famille, ma mère grommelait toujours et changeait de sujet. Elle essayait même de dissimuler son accent du Pernambouc. C'était comme si la seule intonation de sa voix pouvait réveiller ses fantômes

Alice se souvenait bien d'un détail. Lorsqu'on demandait à sa grand-mère d'où elle venait, Celina répondait toujours fièrement, même si ce n'était pas vrai : « Je suis carioca de souche. Comme ma fille et ma petite-fille ici. »

– Je n'ai rien trouvé dans les vieux dossiers, s'est lamentée Vera, sincère, auprès de sa fille. Juste les passeports recouverts de tampons. Nous ne gardions rien d'ancien à la maison. Ta grand-mère considérait que tout ce qui avait plus de dix ans était vieux, elle passait son temps à jeter, à acheter du neuf, à redécorer les pièces. Ma mère ne s'attachait pas aux objets. « Il faut aller de l'avant, je ne suis pas un crabe », voilà ce qu'elle disait. Le souvenir a fait rire Vera et Alice s'est sentie reconnaissante des efforts de sa mère. Toutes deux étaient en train de façonner une nouvelle manière de vivre ensemble qui pourrait fonctionner.

L'histoire comportait encore de nombreuses lacunes, et Alice savait qu'il en serait toujours ainsi. L'identité du père de Vera, par exemple, était encore nébuleuse. Celina n'avait jamais révélé cette information à Vera, qui soupçonnait qu'il s'agissait d'un homme marié, d'une brève histoire d'amour ou d'une rencontre d'un soir. Cet homme était-il vivant ? Avait-il été victime d'une mort prématurée, comme les autres ? Sans connaître toutes les réponses, Alice se sentait suffisamment proche de l'arbre dont elle était le fruit et dont elle n'avait découvert les premières branches que quelques mois auparavant. Au point de signer désormais Alice Ribeiro Flores. Elle n'était pas un de ces fruits sortis directement de la terre.

Même les descendants d'Aristeu Medeiros Galvão s'étaient rendus à l'exposition. Près de cent ans plus tard, il était de notoriété publique que le colonel était responsable de la mort de son épouse fugitive. La version de l'époque, celle d'Aristeu, racontait qu'Eugênia avait été victime d'une chute de cheval. Le prêtre avait été appelé en toute hâte pour bénir le corps le soir même, et Eugênia avait été enterrée le lendemain matin dans un cercueil scellé à Caviúna, sans veillée funèbre et sans la présence de ses parents, qui avaient quitté la ville, « de chagrin ». À l'époque, tout le monde avait fait semblant de croire à cette histoire, même si l'on savait que les choses ne s'étaient pas tout à fait passées ainsi.

– C'était un féminicide, mais ça ne portait pas ce nom à l'époque, a expliqué Alice à l'un des descendants du colonel, qui l'écoutait avec intérêt. Ma famille aussi a été bannie, or une chute de cheval ne suscite pas tant d'ennemis.

La Fazenda Caviúna est devenue un hôtel historique, géré par l'arrière-petit-fils de Durvalzinho.

– Je suis désolé de ce qu'il s'est passé entre nos familles, a regretté le descendant d'Aristeu, quelque peu troublé par les crimes de son ancêtre. Vous êtes notre invitée à l'hôtel, si je peux vous aider à éclaircir l'affaire. Nous avons gardé les choses telles qu'elles étaient à l'époque. C'est ce que préfèrent les clients. C'est comme un voyage dans le temps, ce qu'on appelle le tourisme d'immersion.

Alice a souri pour le remercier de sa proposition, et le jeune homme a ajouté :

– Mon arrière-grand-père évoquait avec beaucoup d'affection sa belle-mère Eugênia, très tendre. Il la considérait comme une mère. Ils n'ont pas vécu longtemps ensemble, mais ils étaient très proches. Un jour, alors qu'il était très âgé, il m'a avoué qu'il n'avait jamais pardonné à son père.

Un séjour à Caviúna ne serait pas une mauvaise idée : cela aiderait Alice dans ces recherches, qu'elle envisageait de transformer en thèse de fin d'études. Dans la maison de maître de la *fazenda*, ce serait elle cette fois, ses bottines aux pieds, qui ferait grincer les lattes du parquet. Un bruit qu'Eugênia redoutait tant, qui annonçait l'arrivée de son époux.

Elle pourrait aussi se rendre à l'endroit où la jeune femme avait été enterrée et où, d'une certaine manière, elle était encore emprisonnée. Ce serait l'occasion de lui rendre hommage. Elle sucerait une mangue juteuse, puis creuserait la terre à côté de la pierre tombale. Les années se chargeraient de faire pousser un manguier plein de fruits, rien que pour Eugênia.

Parmi les invités, Alice a aperçu dona Vitorina, en fauteuil roulant, qui admirait la pièce maîtresse de l'exposition. Le voile de messe original affichait désormais les interventions audacieuses d'Alice, rendues possibles grâce aux points que la vieille dame avait épiés dans le passé puis enseignés à tant de personnes. Le professeur, lui, n'avait pas quitté sa maison depuis des années.

– Alors, dona Vitorina ? M'accordez-vous mon diplôme de dentellière ?

– Quelle merveille ! dit-elle en souriant à Alice. Tu as réussi à égayer ce voile qui, jusqu'à présent, n'avait fait que pleurer les gens.

Et, attirant Alice vers elle pour mieux se faire entendre, elle lui chuchota :

– D'où elle se trouve, cette tête de mule d'Eugênia doit bien rire.

– Pourquoi ? fit Alice, curieuse.

– Eugênia s'est toujours érigée contre notre dentelle blanche. Elle avait raison, tu sais ? Nous aurions pu utiliser n'importe quelle couleur à l'époque, mais la tradition voulait qu'elle soit blanche. Qui décide de ce qui est correct ? Pourquoi pas jaune canari, dirait votre arrière-grand-mère Cândida. Rouge comme le panache du paroare dominicain, bleu comme…

La vieille dame s'apprêtait à dire « comme tes cheveux », mais en regardant Alice plus attentivement, elle fut à nouveau surprise.

– Eh bien, ils sont roses maintenant ? s'est amusée Vitorina. Vous, les Flores, êtes de véritables avant-gardistes. Ne perdez pas cette habitude.

Alice a souri pour la remercier du compliment. Elle commençait à s'y faire.

*

NOTE DE L'AUTRICE

Découvertes, émotions et motivations

Mon souhait était de situer l'histoire fictive des dentellières à l'époque des premières conquêtes féminines au Brésil. Dès le début du XXe siècle, plusieurs mouvements de lutte pour les droits des femmes ont vu le jour dans les grandes villes du pays, parmi lesquelles Recife, et se sont intensifiés dans les années 1920. En 1916, une loi autorisant la séparation de fait et la séparation des corps dans certaines situations a été adoptée. Toutefois, le divorce n'a été légalisé qu'en 1977.

Pendant ce temps, à l'intérieur de l'État de Pernambouc, plus précisément dans la vallée du fleuve Pajeú, région marquée par les guerres de clans et le *coronélisme*[1], une ère de grande violence a commencé avec l'émergence des *cangaceiros*, en même temps qu'on observait un désir progressiste de la part

1. Le *coronelismo*, en portugais, était un système de pouvoir local assuré par des grands propriétaires terriens, les *coroneis* (colonels), chargés de maintenir l'ordre public sur leur territoire.

de la classe moyenne locale, une aspiration symbolisée par la construction de l'élégant Cine Teatro Guarany à Triunfo, inauguré en 1922. Fictive, la ville de Bom Retiro symbolise justement cette dichotomie. L'arriération et la culture, la brutalité et la délicatesse, la masculinité et la féminité, la poussière et la dentelle.

Presque cent ans plus tard, en 2010, Alice, notre héroïne contemporaine, pratique un activisme différent, plus axé sur les changements sociaux et comportementaux que sur les combats juridiques, qui sont toujours nécessaires. D'autres figures et données insérées dans le livre, telles que dona Maria Amélia de Queirós et l'association Ave Libertas (inaugurée en 1884), sont réelles, même si elles ont été utilisées à des fins fictives. Et avec peut-être un léger décalage temporel : on ne sait pas si l'association a réellement été active jusqu'en 1918, et on ne connaît pas la date de mort de Maria Amélia. Malgré ces incertitudes, j'ai intégré ces éléments parce qu'il me semblait qu'ils enrichiraient le récit et parce qu'ils s'inscrivaient dans le spectre de la période que je souhaitais recréer.

Angélica Lopes

RÉALISATION : NORD COMPO À VILLENEUVE-D'ASCQ
ACHEVÉ D'IMPRIMER SUR ROTO-PAGE
PAR L'IMPRIMERIE FLOCH À MAYENNE
DÉPÔT LÉGAL : AVRIL 2024. N° 152700-02 (104820)
IMPRIMÉ EN FRANCE